天堂門外的女人

葉威廉之事件簿 1983—1996

葉桑——著

目次
Contents

第四部

第一部

第一章　流星的歸宿（1980年）

「表姊，表姊！」美寬從店口衝進來，大聲叫著，好像看見天空落黃金似地。

「妳這個大喉嚨，人未到聲先到，莫非又有什麼天下奇聞？」姍柔忙著縫衣服上圖案的亮片，頭也不抬地說。

這件新娘衫，是隔壁的歐巴桑要嫁女兒，千挑萬選的。可是她嫌太素了，希望華麗一些。現在開禮服店，真是愈來愈難了。同行之間的惡性競爭，顧客的品味千奇百怪，市場的動向又很難以掌握。如果不是一頭栽進去，又是本身興趣所在，否則心理真是難以平衡。

「妳的老情人，啟富要回來開醫院了，是綜合醫院，就在關渡那邊。三層電梯大樓，遠遠看去彷彿一頂鋼盔，好不威風。」

「妳少三八，說些什麼鬼話。」姍柔猛地抬頭，美寬站在油光水亮的日影裏，高挑健美、青春亮麗，和櫥窗裏列著的模特兒相比，毫不遜色，差的就是缺少那份不食人間煙火的靈氣。

「真的，我昨天應邀去參加開幕酒會，是請圓山飯店辦的，蛋糕餅乾冰淇淋都好好吃。鎮長剪綵和說祝詞，有錢有勢的人所送的匾額、對聯和花籃數都數不完，連新聞記者都去訪問。妳沒去，實在是太可惜了！」

「他回不回來開醫院，跟我已經毫不相干了。」姍柔嘴上如是講，可是心中免不了淡淡的酸苦。畢竟是自己生命中第一份的戀情，雖已遙遠而滄桑，夢中的回憶，卻是歷久彌新。

「表姊，我知道妳一直都很喜歡啟富的。」

「喜歡有什麼用，人家又不稀罕我。」

「話不是這樣講。妳又不是不瞭解啟富的為人，很閉思、很內向。他才不會把『我愛妳』三個字，當作流行歌曲，掛在嘴上哼哼唱唱。」

姍柔不怪美寬亂講話，因為她根本搞不清楚狀況。於是敷衍地應答：「人家現在是大醫生了，總要找個門當戶對的小姐來匹配才是，怎麼會看得上我這樣的小戶人家？」

「可是你們畢竟相好過，人家不是說初戀最難忘嗎？唉，我懂妳的意思了。妳以為啟富真的會愛上素馨嗎？真拚呢！我最討厭素馨這個女人了，九怪又假仙。自以為是大學畢業，在大公司上班，就目空一切，自以為了不起。姍柔，妳比她漂亮卡多，啟富一定比較合意妳，到時候當了醫生娘，可不要忘記請我當伴娘。」

「好啦！好啦！客人來了，不要再亂講了。」姍柔站起來，向走進店門的客人打招呼時，才看清來人正是素馨。正想叫美寬去倒杯飲料，她已經嚇得不知躲到哪裏去了。

姍柔笑著說：「溫小姐怎麼有空呢？自己隨便找個地方坐坐吧！」

當姍柔欲再開口說下去時，被素馨打斷，搶先說了：「我真羨慕妳，永遠都是這樣快樂明朗，好像沒有什麼煩惱似的。」

「唉，只是好像而已，其實……」姍柔正想掏出心事時，卻發覺素馨的表情有太多的淒楚。只好繞河過山，另闢終南捷徑地說：「什麼事情只要往好處想，日子就好過多了。聽說啟富回來開醫院，妳不去幫忙，怎麼有空來這裡？」

素馨搖了搖頭，像是彈簧娃娃，被人一點。遲疑一下，才從皮包裏翻出一張喜帖，遞了過來，說：「沒有，倒是託人送這張帖子給我。」

姍柔愣住了，望著那張鮮艷得近乎殘酷的喜帖，映在素馨的白襯衫，恰似雪地上的一灘血，剛從靈魂的深處嘔出來的。

「謹詹於國曆民國六十九年四月二十四日（農曆三月二十九日）為長男啟富與古鑑文先生之女如鈺小姐在天香居飯店舉行結婚典禮。敬備喜筵，恭請闔第光臨。」

姍柔明白了，悄然忘記自己的感受，同情地注視著素馨。她不懂啟富為何要這樣做？難道還相信戲文上寫的：既然無緣做夫妻，就以兄妹相待。

素馨強笑著說：「說不定他明天就會拿帖子過來，所以妳這個禮是躲不掉的。我今天來妳這裏，是想和妳討論如何送禮。」

「難送的不是那份禮，而是那份尷尬……」姍柔自言自語一番之後，突然失去控制地抓住素馨的雙臂，激動地呼喊：「妳太傻了，妳太傻了！當初我就是為了妳，才決定和他分手，我就覺得自己好傻，可是為什麼妳又和我一樣傻呢？」

素馨眼皮一紅，淚光浮出來了。

「當初妳說，你們學歷相差太多，兩個人的思想和志趣都無法配合，生活在一起，恐怕是痛苦多於幸福。而我現在所持的理由是我沒有辦法送他一棟醫院，也無法給他實質的幸福。」

「這個理由太荒謬了。」

「假如你們兩個還在一起就好了。」

姍柔聽了之後，既生氣又傷心，無言地聽著素馨說著好像事不關己的故事：「聽說新娘長得眉清目秀，而且留學美國。」

是的！姍柔還記得自己曾對自己說：假如啟富能夠遇見一個比自己有學問、善良美麗的女孩，就應該為他感到高興和驕傲。所以知道啟富開始和素馨在一起時，就毅然戴上荊冠，走向十字架。按理而言，如今他要和一位比素馨條件更好的女孩子結婚，更應該快樂才對，可是除了微微的惆悵之外，還是微微的惆悵。可見，感情是永遠無法套上公式，否則來些加減乘除，事情不就解決了嗎？

姍柔心裡明白，自己依然深愛著啟富，喃喃自問時也不會否認。

回想啟富小時候，總是以優秀的成績，上台領獎……！他赤著腳在黃色的運動場上奔跑，午後的陽光，在他小小的身軀，滾上美麗的金邊……他提著餿水去餵豬，站在陰暗汙濁的豬寮，純潔明亮的眼睛，是掛在松葉上亮晶晶的露珠……還有那些淡紫色的清晨，自己和他沿著鐵路一同去上學。他總是一面走，一面背誦課文，而自己總喜歡去採各種顏色的野花，夾在書頁裏——像褪色但依舊不變的愛。

那些壓扁的野花，如今還仔細地保存著，像保存著那些點點滴滴的過去，繽紛了自己內心世界，卻使現實的生活愈來愈黯淡孤獨。因為擁有了這些華麗的滄桑，就沒有勇氣再去追求另一次的幸福了。

國中畢業後，姍柔沒再升學，到服裝設計公司當學徒。啟富順利地考上高中，雖然生活清苦，功課卻是名列前茅。在那些悠悠綿綿的日子，他總是寄來一封接著一封的信來鼓勵姍柔。單純的生命，抹上了淡淡的虹彩，姍柔的世界是多麼幸福美好。

姍柔永遠忘不了那個有流星的晚上。啟富穿著高中生的制服來找她，羞怯地約她出去散步。他人在左邊，她人在右邊，中間的街道猶似舊日的那條鐵路。沒有五顏六色的野花，只有無精打采的街燈，兩人默默無語。最後，還是姍柔打破沉默……。

「啟富，你在想什麼？」

「想很多事情。」

「能不能告訴我一些？」

「明年就要大專聯考了，我想考醫學院，因為我想將來當醫生。」

「我知道你從小就有這個願望，還猶疑什麼？」

「妳知道唸醫學院要花很多錢的，而我……」

「我瞭解你的處境，但是，不要忘記你是怎樣寫信鼓勵我，希望你用那些話鼓勵自己吧！我不會像你那樣，說出富有人生哲理的話。但是，如果你有困難的話，一定要告訴我，我會盡朋友之義來幫助你。」

「姍柔，妳對我太好了，我一定要考取公費的醫學系，將來到鄉村開個小小的診所，專為窮苦的人服務。姍柔，妳願意和我一道去嗎？」

姍柔抬起頭來，恰好看見一顆流星，劃過漆黑的夜空，立刻闔眼許下心願。睜開雙眼時，流星已經不見了，但是她知道它掉入她的眼眶，然後化成一滴溫柔的淚水。

後來啟富以第一志願考進了醫學系，可是到台北唸書的他，寫信的次數愈來愈少，並且不斷地抱怨生活太緊張、功課太繁重。空虛、苦悶、悲觀等這些字眼在他的信中比比皆是，然後慢慢地被另一個女孩子的名字所取代了。

想到這裏，姍柔不由得苦笑地說：「啟富真是艷福不淺，有那麼多女孩子深愛著他。」

當素馨把臉轉開，姍柔心思一轉，裝著不瞭解她的怒意，刻意挑撥離間地說：「妳不是說要送禮嗎？乾脆買一盒化妝品送新娘，既實惠又大方。」

「人家是千金小姐，用的可都是外國貨呢！何況又不認識她，送了反而麻煩。我送禮是送給啟富的。」

素馨果然上當，姍柔火上加油地說：「假如妳能早一點吃醋就好了，現在沒有用，來不及了。」

「姍柔！」素馨的臉繃起來。

「我是和妳開玩笑的，請別信以為真。那妳就想一些男孩子需要用東西。」

「我想送一套金筆給他。」

「妳還盼望他再寫信給妳嗎？素馨。」

「不，我會在賀卡上畫一條線，意味著一筆勾銷。」

雖然心情不好，姍柔還是笑了，說：「還是你們唸過大學的人，懂得用這種拐彎抹角的方法。我嘛，就不懂。」

「妳不是不懂，而是寬宏大量。」

「妳太抬舉我了。」

「時候也不早，我去精品店一趟。選好後我會叫小弟送到妳這邊，麻煩妳替我送給啟富，並說幾句祝福的話。」

「妳為什麼不親自跟他說，大家好聚好散嘛！」

「我可沒那份修養和風度，曾經那樣貼心的愛過，誰又能沒事似地坦然相對。萬一扯出什麼風波，對大家都不好，往後的日子還長呢。何況我們又不是小孩了，還聽得下那些今世無緣，來世再見的癡言夢語？」

「素馨……」姍柔輕輕呼喚著，可是她已去遠了。

姍柔望著恰似被雨水清洗過的夜空，彷彿又看見那顆楚楚動人的流星，它欲往何處去呢？

轉過身來，姍柔才發現不知何時，啟富已站在店門口。

「你什麼時候來的，我怎麼都不知道？」

「妳只顧著和素馨講話，所以沒注意到。」

「啟富，恭喜你了。」

「謝謝妳，我是專程送請帖子給妳的。素馨來過，所以妳也聽她說了。」

「你太客氣了，醫院剛開幕，結婚又有許多事要忙，還勞你的駕，真是過意不去。」姍柔說著，心裡卻想著：「新郎送喜帖給前任、還有前前任女友，這個啟富到底在想甚麼，殘酷無情呢？還是憨直兼白癡。」

「好朋友嘛！這是應該的。」

姍柔猛然發現好像另外一個自己在和啟富說話，竟然能夠雲淡風輕地瀟灑應答。

「剛才素馨在這裏，為什麼不進來？以後四個人不可能再有碰在一起的機會了。」

「四個人？」

「對不起，我想到另一個人。」

「難不成……？」

「不是啦！」姍柔唯恐讓身為醫生的啟富瞧出端倪，另外找些不相干的話題塘塞過去。

啟富有氣無力地問：「素馨對妳說了些什麼？」

「沒什麼，反正這種事都是靠緣分，誰也勉強不來，她不怪你，你也不用怪自己，高興一點吧！再過幾天就要當新郎了。」

「我實在很對不起她。」

原來的自己歸位了！姍柔心中飛掠過一陣不快，真是郎心狼心。以前把自己甩在一旁，和素馨混一起，就情意悲切地說對不起。現在對不起素馨，或許等到哪一天，當他成為名利雙收的大醫生時，恐怕又要對不起那位古如鈺小姐了。另一個壞心的姍柔迫切等著看好戲……。

「啟富，你的新娘一定很漂亮？」

「……」

「對了，素馨說要送你金筆，那我就送新娘一套小禮服，而且我要親手裁，親手做，這樣就不會厚此薄彼了。」

「啊！千萬不要這樣，如鈺她……」

「怎麼？有錢人家都穿國際名設計師的服裝，看不起我們鄉下人，是吧？那她為什麼不找個台北醫生嫁，要嫁你這個田莊醫生。」表面堅強的姍柔冷冷地說，委屈卻在心窩滾滾流動，淚水幾乎就要從眼眶溢出來。

啟富也激動了，太陽穴裏彷彿有隻蚯蚓在鑽動。

「姍柔，妳……妳不要多心，她正忙著辦嫁妝，不能親自來妳的店裏量尺寸。」他又嘆了口氣說：「也許妳看到了她，妳會對我有另外一種看法。」

「這是什麼話？」姍柔也覺得自己的舉止太幼稚了，於是又說：「你現在要不要去新娘的家？」

「要……」

「那也帶我一起去，馬上量馬上做。我想看看妳的新娘，當面獻上祝福。」

啟富遲疑了幾分鐘之後，眉毛一挑，堅決地說：「好吧！」

車子在一棟花木扶疏的庭園前停下來。方才一路上，姍柔幻想兩人遠走高飛，在無邊無際的夜色裏，宛如兩顆流星，相偕奔向天涯。

啟富在牆邊停好車，讓姍柔先開門而出。

下車後的姍柔環視陰暗陌生的四周，然後緊緊跟隨著啟富，走到可以望見類似蛋糕造型的雙層樓房的大門前。

啟富按了門鈴，鈴聲像隻響尾蛇似地竄到那燈光迷離的豪華洞穴裏去，又像催眠曲的節奏，把姍柔從剛才的夢引渡到將來的夢裏去。

大門邊的小門慢騰騰地被打開了，門後有個年紀大約25、26歲左右的女子，梳著元寶髻、穿著素藍色的套裝。修長的四肢，有著一雙兒童般的小手。她那海闊天空的臉龐，三分之一被閃閃發亮的銀邊眼鏡所佔據。相比之下，眼睛小小的、鼻子小小的、嘴唇小小的、安分守己地固守在恰當的位置，似乎還沒被歲月的腳步踩過。

「王小姐，如鈺睡了嗎？」

「還沒有，在臥室裏看電視。」

王小姐謙卑地笑著，其實不能說是笑，只能算作是皺紋的加深罷了。姍柔敏感地意會到她那雙眼裏，濃濃的寒意。

姍柔望著王小姐離開的背影，低聲問到：「她是誰？」

「如鈺的私人助理，就是古代大戶人家的丫環。」啟富發現自己說的話有些過份，轉口開始介紹這棟庭園大宅。本來是如鈺父親公司的招待所，現在成了如鈺的嫁妝。除了剛才王小姐，還有兩名佣人，他們的薪水都是如鈺的父親支付。

姍柔對王小姐很感興趣，啟富卻一問三不知，只說她的名字叫「王墨茗」。

啟富並沒有帶姍柔走向正門，反而沿著鋪著石磚的小路往裡面走。整個庭院除了一大片碧綠的草坪外，和身邊幾株古老的榕樹之外，其他都看不清楚。

兩人走到一面大窗外頭，姍柔隨著啟富的視線往裏面瞧。

在金碧輝煌的房中，有個女子躺在臥椅中。頭歪向牆裏邊，因此看不清她的容顏。她的左手無力地垂著，像一串枯萎的紫籐。右手護著芳心似地撫在胸口，唯恐別人會偷走似的。不過，與其說是保衛著自己的心，倒不如形容她是守護著垂在頸間的一顆又大又亮的鑽石。姍柔覺得自己在鑽石的光輝下逐漸渺小。

那件披在睡夢中女子身上的長袍，千絲萬縷地繡了隻圍紅繞翠的彩鳳。那栩栩如生的眼珠和利爪更讓姍柔膽顫心寒。除了那隻彩鳳外，她那套睡袍，渾身上下都是滑溜溜的嫩黃，讓女子整個人看起來就像是金子打造出來的。袖口褲角都滾了鏤金的花邊，猶似千千百百條細細的金鍊，牽牽絆絆地鎖住了女子的雙手雙腳。不！她竟然沒有雙腳，在她的臥椅旁有一架輪椅。

恍然大悟的姍柔冷冷地對啟富說：「這就是你的選擇，恭喜你。我祝賀你們白頭偕老、永浴愛河。」

啟富的背後是慘藍的夜空，漠漠地再也見不到那顆遙遠的流星，那曾經是姍柔心目中一盞千古不滅的燈，如今墜落在這淒涼的花園裏。

本作原載於《夢幻二重奏》（一九九〇，林白出版社）

第二章　羅莎達之石（1980年）

一身歐式女僕裝扮的墨茗，引導姍柔步進走廊。打開了盡頭的一扇門，裏頭是一間巨大陰森的房間。

整個房間簡直就是一座繁花森林，到處都是花瓶、花缸、花盆，每個容器裏都是一叢叢美麗盛開的花朵，在黯淡中閃耀著光輝，就像陰影斑駁的洞窟中，一面面的寶石牆。在房間中央有張大床，上面放著一大堆枕頭。

枕頭堆的縫隙躺著一個比小孩大不了多少的軀體，原來她就是啟富的新娘如鈺。姍柔稍微靠近，從她被掩蓋在錦波繡浪間的纖細身子看來，她一定是非常衰弱。但是露出來的皮膚，卻輕軟光滑，猶如初綻的靈芝。更令人訝異的是那頭秀髮，密密地披散在大半張床上。如此富麗堂皇，恰似雪地上的黑狐，姍柔所能想像的最神祕的顏色。

「小姐！」墨茗彎著腰，低聲地說：「邵小姐來了。」

床上的如鈺撐開薄薄的眼皮，注視著姍柔，那雙琥珀色的大眼睛，如彩鳳般晶瑩，不亞於她頸下的那枚巨鑽。不錯，那真是一枚巨鑽，鑲在白金碎葉之中，益發光華奪目。然而印映在姍柔充滿恨火的眼膜上，應該是劍身沒入喉嚨，遺留在外的把柄。尤其是那條緊扣在脖子的項鍊，不就是死神捏過的痕跡——如果那不是幻想的話，也許自己就不用站在這裡了。

墨茗看到姍柔的目光被那枚巨鑽吸引住，便說：「很美，是不是？那是小姐最愛的珠寶，名字叫做羅莎達之石（Rosetta Stone），您是時尚服飾設計師，應該知道它的典故。」

羅莎達之石是西元一七九九年，在埃及尼羅河口的羅沙達所發現的石碑，是解釋古代埃及象形文字的可靠線索。能夠以這考古學的瑰寶來命名，可見那枚鑽石的價值非凡。

當姍柔一踏入這古堡似的別墅，墨茗便告訴她，如鈺的全身因神經麻痺而無法動彈，隨時都有蒙主寵召的可能。姍柔心中暗暗冷笑，沒想到眼前的她，病得比啟富所說的嚴重多了。不知不覺把原來的計畫，刪掉許多步驟。——可是前幾天，陪著啟富時，這個女人好像還可以坐在輪椅上……。

「如果妳不介意的話，我想和如鈺小姐單獨講幾句話。嗯！我想送她一件小禮服。」

墨茗為難地看著姍柔，再用眼光徵求如鈺的同意。當如鈺微弱地眨眼睛答應之後，便向兩人鞠躬，謙遜地離去。當房門被關上之後，如鈺的雙眼同時合上，或許她已感覺到復仇女神的氣勢了。

姍柔靠近她，輕輕地撫弄她的頭髮，可是一時之間卻忘了要說甚麼。雖然心中注滿了惡毒的句子，可是一句也說不出口。難道恨到最高點就是這樣嗎？姍柔恨不得把她美麗的髮絲，一根一根地拔下來。尤其是看到淚水從對方彎彎的睫毛間滲出來時，更加添她的憤怒。

「妳費盡心機設計我，讓我蒙受不白之冤。奪走啟富，妳立刻從黑街的妓女，搖身變成上流社會的貴婦。什麼慈善晚會、什麼義演活動，真教我噁心。妳的哭泣再也起不了作用，今天的我是要向妳索取我所失去的一切，不要討價還價，身外之物都不要，只要妳的生命。」姍柔感覺自己好像在做夢，又好像是另一個自己，語無倫次地說：「天主憐憫我，替我在這段日子裏，差遣病魔來懲罰妳，直到我出獄之後，又賜我良機，不費吹灰之力地把妳枯朽的肉體，拋向永不超生的火窟，接受世世代代的煎熬。」──姍柔不知道自己為什麼會說出這段話，她以前並不認識如鈺，難道是口不擇言？

如鈺濡濕的雙眸益發光亮，宛如兩顆「羅莎達之石」。薄紫色的嘴唇微微地動著……姍柔不想去聽，縱然任何的說明都移動不了現今的心志。到底發生了甚麼事？──姍柔開始被滿屋子美麗盛開的花朵所迷惑，腦子一片混亂。

「妳是不是在懇求我的寬恕呢？對不起，我不是釘在十字架、頭戴荊冠的耶穌，聽到強盜臨死的悔過，就允許他進入天國。」──姍柔感覺自己真的在做夢，因為她手中不知何時有了一隻廣口瓶。

姍柔慢慢地打開瓶蓋，然後伸向如鈺的鼻端，說道：「這裏面放的是浸滿二硫化碳溶液的棉花球，是我費盡九牛二虎之力才收集到的寶貝。一般的二硫化碳有特殊臭味，天賜良機，四周有那麼多啟富送給妳的鮮花，愛情的芬芳會掩蓋死亡的氣息。」

二硫化碳中毒的原理──其症狀和酒精中毒類似，最初為興奮狀態，然後進入麻痺期，意識溷濁，再陷入昏睡而逐漸死亡。這也是為什麼姍柔得知如鈺不但失去雙足，而且還罹患漸凍症，全身動彈不得，便設計用二硫化碳為催命符。二硫化碳中毒在臨床醫學上並沒有像氰化鉀、砒霜等毒物那種明顯的特徵，只能從血液中證明。而這個只差一口氣就變成死人的活人，誰會想得那麼多。──然而姍柔開始迷惑，自己怎麼會知道用二硫化碳為催命符，難道是前幾天看了推理劇嗎？原來如此，方才自己並非口不擇言，而是那部推理劇裡的情節。還有劇裡的女主角也是罹患漸凍症，全身動彈不得。啊！不管了，專心執行任務吧！

如鈺吸了幾口之後，胸口激烈地起伏，頭部也因反抗而左右略為擺動。為了怕超過劑量，引起立刻死亡的顧慮，姍柔立刻將瓶子收回口袋，再把她的頭髮整理整理，然後推門而出。姍柔估計當離開這棟屋子時，如鈺的靈魂也悠悠地從窗口飄出去……。

姍柔剛一開房門，墨茗便如影隨行地迎上前來，問道：「邵小姐，您要離去了嗎？」

「是的，小姐睡著了，所以我不便久留。」

墨茗不放心地遙望了一下躺在床上的如鈺。

哼！能瞧出什麼蛛絲馬跡嗎？姍柔自信滿滿地在內心冷笑。可是，就在回頭見到墨茗的臉時，發現對方的表情有強烈的疑惑。

「邵小姐，我是否能夠搜搜您的身子？」

「為什麼？」

「對不起！我要檢查您有沒有偷夫人的鑽石。」墨茗一面說，一面伸出雙手。

姍如擋不過對方的力氣，只能任其擺佈。啊！她低頭看見鮮血從自己心臟的部位滲透出來。難道是墨茗的雙手捏破藏在口袋的廣口瓶？那麼，破碎的玻璃割傷了皮膚，裏面的二硫化碳不就浸入了自己的體內嗎？

墨茗怒吼道：「妳到底把鑽石藏在哪裏？」

不支倒地的姍柔在意識模糊之際，聲嘶力竭地喊著：「我沒有……我沒有……」

不知過了多久，墨茗跑過來扶起姍柔，連聲抱歉地說：「對不起！邵小姐。我方才沒注意到夫人的鑽石滑到脖子的另一邊，以至於誤會您是小偷。在您來訪之前，我才清潔過她的身體，項鍊也是我替她掛上去。由於夫人無法動彈，所以鑽石應該端正地放在上方，沒想到會……我真的好抱歉，還讓您受傷。」

——姍柔在心中詛咒：該死的羅莎達之石，如同解破埃及象形文字之謎般地破壞了自己的計謀。方才掙扎之後，還記得整理如鈺的頭髮，卻忽略了項鍊上的鑽石墜子。可是，破碎的玻璃會割傷了皮膚，怎麼不感覺痛呢？原來的血跡斑斑怎麼消失不見呢？二硫化碳浸入了體內，怎麼還活得好好的呢？還有原本站得挺挺的墨茗和病懨懨地躺在床上的如鈺剎那間如雲霧般慢慢退去。

難道是一場充滿忌妒和怨恨、荒謬絕倫的夢嗎？不過彷彿依稀中，姍柔看見啟富瀟灑無比地出現在眼前。他的笑容宛如旭日東昇，深情款款地伸出雙手。兩人如同往昔般地擁吻在一起，永永遠遠地相愛下去。姍柔輕輕動了一下，就這樣再度跌入另外一個夢中。

本作原載於《台北怨男》（一九九一，林白出版社）

第三章　玻璃鞋（1983年）

午後四點二十五分，古鑑文綜合醫院的院長辦公室，一名西裝筆挺的年輕業務員正滔滔不絕地向啟富推銷他們公司研發出來的一套電腦軟體應用系統。

「電腦應用在醫學，非但沒有因為法規的限制和社會倫理的干預，反而有愈演愈烈之勢。譬如說：原本就很完善的醫生診斷和處方設計系統，由於更多的電腦專家及醫學人士的參與，因此更趨於完善。另外，民眾的教育水準提高，不論電腦或醫學方面的知識都大有進步，尤其是大量資料庫的建立。於是，所謂的家庭醫生或醫藥諮商顧問就被電腦取代了。」

業務員發現啟富有些興趣缺缺，於是跳躍過幾張幻燈片，秀出幾張幾乎全裸的美女圖，繼續說下去……。

「請想像以下的畫面——一位美麗的女郎在午夜夢迴時，感覺到胸口有些悶，胃部有些脹，呼吸有些急促，面部甚至有些發紅。她懷疑自己病了，於是將一片標示『醫藥小百科』的磁碟放入電腦中，然後在鍵盤上按來按去，螢幕上不斷顯現問題和提示，也不斷有答案出現，而美麗的女郎的表情也時而柳眉倒豎，杏眼圓睜，時而貝齒微露、媚笑盈盈。到了最後，她嬌態可掬地瞪了電腦一眼，然後撥電話給『貴婦淑女服務中心』。」

「然而並非每個人都能像那位美麗的女郎般的幸運，而且各樣的軟體並非都是正確和具有療效。所以政府規定，凡是標示療效的電腦軟體，必須經過特殊專才確認和主管機構審核之後，方能上市。但是偏偏有些人就愛吃『家傳祕方』的那一套，於是『祕醫軟體』、『江湖郎中系統』、『蒙古大夫程式』紛紛出籠，也讓有關單位頭痛不已。」

「市場上的競爭，致使某些牌子的軟體系統愈來愈有名，事業愈做愈大，就像你知我知的醫學中心。原本因社會福利、全民保險而沒落的醫生行業，將來一定以電腦診斷、處方、手術取代。總之，電腦醫師勢必會在二十一世紀獨領風騷。」

雖然有些天方夜譚，啟富還是耐著性子聽下去。

「敝公司研發的這一套以『神醫華佗』命名的軟體系統，非常實用。對於常見的症狀，幾乎都診斷得出來，是每個有電腦的家庭的必備聖品。但是人類畢竟是人類，總會覺得缺少一些『人性的了解和關懷』，所以每當出現診斷報告和建議非處方箋時，還是會有一小行字出現在備註欄上，那就是——以上列示純屬建議，最好再向醫生請教，然後就會出現貴醫院的名號，甚至指明醫師和看診時間。」

啟富聽到最後，竟然打起瞌睡。業務員只好摸摸鼻子走人。

冬日的夜很勤快，老早就把百葉窗的縫隙鑲黑起來，而對街的燈影卻如一根根黃色的小指頭，頑皮地伸進來。行政人員早就已經下班了，院長辦公室外只有幾個值班人員在吃便當，啟富依舊不想起身離開。他剛才任由業務員口若懸河地推銷，主要是想聽「有人在講話」。

啟富正想把幾小時前收到的醫學期刊打開來看時，清潔人員一言不發地走進來，聊表歉意地對他一鞠躬。運作的吸塵器，魔音穿腦般的噪音毫不留情地貫入耳膜。啟富即刻夾起公事包，恰似絕龍嶺的聞太師，被姜子牙逼得落荒而逃。

車子開過一條街之後，又開向另一條街，就是不肯駛上歸程。最近和如鈺鬧得正兇，根本就不想回家，可是又不知道往何處去。不知不覺，車子已經在士林的街上。

醉人的晚霞，隱約在天空的角落，恰似深閨怨婦傾吐出的一口口煙圈，沾染了濃艷的胭脂和口紅，以及些許的無奈和傷感。

啟富餓了，於是挑了一家西餐廳。請人泊車後，推門而入，隨意點了特餐。餐桌上擺了本「時報周刊」，清涼性感的封面女郎吸引了他的目光，尤其是那雙修長晶瑩的美腿。隔壁桌傳來女性的聲音。

「這明明是洛神花，菜單上卻寫著木槿花蜜橙飲，與事實不符啊！」啟富的耳邊傳來女客人抗議的聲音：「我覺得太陽餅、月亮蝦餅等取其意象為名是ＯＫ，或是取名相思花茶，消費者不會管它裡面是玫瑰、茉莉或薰衣草。但是，把洛神花說成木槿花蜜再加上『橙飲』，我覺得應該跟你們反應。」

「對不起，我會跟上級反應。」

「算了吧！這又不是妳的錯。」

啟富一面用餐，一面翻閱雜誌。眼角餘光瞥見面前的桌上，多了一雙白嫩的手，除了十根尖尖紅紅的指甲外，還有一枚閃著黃光的鑽戒。雖然天差地別，還是讓他聯想到如鈺胸口的那顆「羅莎達之石」。慢慢地抬起頭，只見到正對面坐著一名女子。一頭蓬鬆的長髮，染著帶有螢光的紫斑，宛如芒草堆上停滿了大大小小的蝴蝶。女子鼻樑挺直、杏眼黑白分明，上方是一雙細細彎彎的柳葉眉。兩瓣潤澤的厚唇之間，整齊如玉米的牙齒，是一張讓人看一眼就忘不了，極富個性美的臉孔。

「請問，我們以前是否見過面？您看起來很面熟。」聲音低沉沙啞，一聽就是剛才那位客訴者，只是語氣天壤之別。

「沒有吧？不過我也不敢確定，我不是個好記性的人。」啟富看著美麗的陌生女子，聽她一說，真的有幾分面熟。

「我坐在那邊，看見您的側臉，就想起一個從前的朋友。可是您太專心了，始終不曾看我一眼，只好冒昧了，您不介意吧？」

啟富放下餐具和雜誌，管不住的眼光順著她的頸項滑下去。她穿的是目前流行的落肩式襯衫，隱約看出胸型十分可觀。

「我叫妮卡，剛從香港來的。先生尊姓大名？」

「敝姓鍾。」對方報名不報姓，那自己就報姓不報名。

「鍾先生，在那兒高就呢？」

「我在一家醫院上班。」

啟富心中漸漸產生疑惑，以開始用餐和拿起雜誌的動作暗示自己不想被打擾。對方不但伸手制止了他，接下來所說的話，更讓他心中拉起警報。

「鍾先生，如果您不嫌棄的話，我們換個地方談好嗎？我們都希望能有個快樂的夜晚，不是嗎？」

畢竟是醫院院長，風月之事，啟富自然耳濡目染。他開始去注意對方的服飾打扮，從一眼就看到的耳環、項鍊，都是由白金和鑽石搭配，如果沒認錯的話，大約是克麗斯汀迪奧名師所設計的精品。還有左腕上那只BULOVA，眼睛拍照，留存心中之後仔細思量。如果對方是名專釣上流社會人士的高級交際花，會在這種平價西餐廳出現嗎？難道對方已經知道自己是小有名氣的醫生？

啟富婚前曾經和兩名女子談過戀愛，甚至和其中一名論及婚嫁。但是礙於當今社會風氣，婚前性行為是敗德和禁忌，因此始終發乎情、止於禮，從不逾越過友誼的界線。婚後，妻子如鈺是個失去雙腳的殘疾人士，過了新婚之夜，對於性愛開始於冷感，然後逐漸變成厭惡，不但堅決拒絕丈夫的求歡，反而鼓勵他去召妓，解決生理的需求。她嚴厲警告啟富不可破壞神聖的婚姻、不可帶回一些奇奇怪怪的病、不可鬧出敗壞門風的事件，其餘可以隨心所欲。然而看到啟富不為所動、安安分分，內疚的如鈺只好三不五時，塞給他數目龐大的「補償金」或價值不斐的「禮物」。

經過一段無性生活，年輕力壯、身為醫生的啟富終於找到如何滿足自己性慾的方式。他養了一頭大丹犬，取名「Fresh」的母狗。大家都知道「Fresh」的中文是「新鮮」，但是不知道「新鮮」的諧音是「馨姍」，更不知道「馨姍」是來自兩個女孩子名字的組合。

啟富的醫院附近街角有家寵物店，專賣各種的狗。由於樣類繁多，吠聲不絕，引人注目。啟富如果經過，都會在店口流連一會兒。一段時日的觀察，別有驚喜的發現。那個體型巨大、面貌善良的老闆，每當和啟富微笑時，愈看愈像是隻「黃金獵犬」。而他那個嬌小玲瓏、走路喜歡扭來扭去的太太，真的很像是「貴賓狗」。至於他們的小baby，不用看也會有「吉娃娃」的聯想。

最絕的是老闆的爸爸，常常安靜地坐在躺椅上打盹，啟富只要看看蜷在他腳邊，那隻同樣打瞌睡的「沙皮狗」，總會忍俊不住。或許他們的氣質特殊，所以生意愈做愈好。後來老闆從台北找來他的帥弟幫忙看店。

帥弟的出現，像翻版的勞勃瑞福……可是，啟富左看右看，總覺得像隻雄赳赳、氣昂昂的「哈士奇」，尤其是那股酷勁。後來帥弟交了個女朋友，那女孩有雙又圓又大的眼睛，配上櫻桃小口，算是個美人，只因額頭微凸過寬，而鼻子扁了些，很像是……唉！啟富不敢想入非非，因為她就是他的秘書，誰叫她的寵物是隻「馬爾濟斯」。

有一天，啟富心血來潮地走入店內，然後發現了一頭搖頭擺尾、含情脈脈望著自己的「大丹」。

所以，在這麼一個平淡無奇的冬夜，突如其來地出現這麼一個神祕美麗的陌生女子。啟富心動了，她媲美西方女人的體格，再加上三吋多高跟鞋，遠遠望去，就像一座走動的巴黎鐵塔。披上了那件名貴的皮大衣，在朦朧的燈光下，那毛皮的顏色彷彿像是……像是陪伴他度過無數寂寞夜的「Fresh」。相形之下，如鈺宛如飄逸嬌柔的雲朵。然而這三年來的她，古怪而無法捉摸。三不五時化成一場讓人不知所措的狂風驟雨，背後還深藏著抽得啟富遍體鱗傷的閃電。

妮卡住在離台北美術館不遠的大樓，算不上豪宅，依然富貴逼人。

兩人走入大廳，在守衛的注視下進入電梯。妮卡按下9，然後將一串鑰匙交給啟富。電梯門開，啟富捏著其中的一支鑰匙，開了門，他讓妮卡先進去。妮卡將啟富交還給她的鑰匙隨意一丟，脫掉大衣，直接走向浴室。

啟富先看看屋內的裝潢擺設，不客氣地到吧檯為自己倒了一杯白蘭地。他坐在沙發上，細細啜飲，同時回想著一路上兩人的對話。

妮卡自稱是香港某珠寶商的遺孀，也許是悲傷過度吧！她罹患了非常嚴重的憂鬱症和臆想症。常常在某些時刻，某些地方，做某些事，事後自己都無法記憶，因此引起了很多不勝其擾的不良後果——有人指控她偷竊超級市場的商品，甚至有莫名其妙的男子找上門來。於是她逃難似地回台定居，病情似乎好轉了，但沒想到就在今夜，歷史似乎重演。

「嗨，Chief，你在想什麼？」

「啟富」兩個中文字由妮卡口中說出來，變成了「Chief」，兩人的關係似乎也隱喻著主和奴的角色。從浴室出來的妮卡，揉擦著一頭黑髮，原來她剛才是戴著假髮。臉部的輪廓在洗去化妝品之後，竟然是意外的柔美與潤潔。身材依然高挑健美，但整個人卻似脫胎換骨般地煥然一新。啟富心想：也許女人就是這樣吧！

「我在想妳的遭遇，從醫學的觀點。」啟富望著她，心想那名夜行千里的荒江女俠，翻牆消失，卻從月下西廂走出一位美嬋娟。

「你不相信我的話嗎？」妮卡優雅地坐下來，白得發亮的長腿，自然伸直，就像是屋子裏部分的擺飾，缺之不可，否則一切就黯然失色了。

「我怎麼會不相信呢？只是妳為什麼不去找醫生呢？」

「你怎麼知道我沒有呢？在香港我就有私人的心理醫生。初來台灣時，一切還好，所以也不急著找醫生治療。我很幸運遇見了你。假如遇見什麼壞蛋，那就完蛋了。」

啟富溫柔地脫掉她身上僅有的衣物，只有披上那件和「Fresh」同樣毛色的大衣。桌上那隻殘留琥珀色液體的酒杯，浮映著糾纏的人影……。

離開妮卡住所的那一刻，啟富決心不再和她聯絡。妮卡也沒有來找他，真的就像是一場了無痕跡的綺麗春夢。啟富鬆了一口氣，不過也感到有些恍然若失。從此以後，他斷絕了和「Fresh」的關係，瘋狂地在真正的女體上尋找慰藉和快樂。啟富的改變，換來如鈺大大的不滿，從此家庭風波不斷。

他們的關係其實從婚後就開始變質，只是兩人不願意面對現實。由於啟富的唯唯諾諾，加上周遭人的閒言閒語，讓如鈺認定啟富為了貪圖榮華富貴，才會把自己萎縮成世界上最懦弱的男人。啟富想離婚，但是考慮到將會失去一切。除了手頭寬裕的現金，如鈺已經把所有的財產納為己有，包括自己這幾年來對醫院的付出。此外，離婚的後遺症——他的前途，也是個大問題。

這一天午後，啟富駕車從市立美術館經過，禁不住又回想到那一個奇艷詭麗的夜晚。一股熱流從跨下緩緩升起時，出乎意料地竟然看見妮卡正站在朱銘的雕刻作品前。他想也不想地趕緊找了個停車格，然後走至美術館的廣場。她尚未離去，且還保持著原來的姿勢。只是近看之後，妮卡的表情，有太多令人難解的迷惑。

啟富向她招了招手，妮卡卻好像不認識他似的。啟富有些遲疑，考慮要不要走過去。也許當時，微醺的夜，迷亂的寂寞芳心。如今偏離的行星又納入正常的軌道，現在的她說不定是個賢妻良母。先生和孩子，他們在廣場的另一端玩耍，只要她輕呼一聲，就會出現一幅感人的天倫圖。啟富歪頭一想，她不是失去了丈夫嗎？至於是否有孩子，不得而知。還是只是性愛遊戲之前的一則謊言？誰知道！

就在這時，妮卡憂傷地走過來，輕柔地問：「我們見過面嗎？先生。」

啟富點了點頭，她繼續說：「請您告訴我，我們在哪裏見過面，我說了些什麼話，還有……發生了什麼事。」

妮卡的眼睛忽然充滿淚水，然後不勝負荷地一顆一顆掉下來。

「請您幫助我，我是一個病人，我什麼都不記得了。」說著、說著……她整個人癱軟地坐下來，哭聲也漸漸提高。

啟富望著眼前的女人，好像自己忽然被置放到另一個時空交叉點，不知所措。唯一能做的事，是溫柔地撫摸她的頸背。然而當他發現她耳根的紅暈越來越濃豔，感覺自己的膝蓋微微地顫抖，脊椎骨再也挺不直了。

「現在的妳，是妳真實的自己嗎？」啟富的聲音只有自己才聽得見。

淡灰色的光線抹在妮卡的臉龐，最後連聲音也斷斷續續地模糊了……，她伸出右手讓啟富將她拉起。兩人緊緊相依，往妮卡的住處走去，再次進入那一個夜晚的夢境。

十二月了！牆壁上的月曆換上清新和平的瑞士風光。啟富撫摸著那光滑的雪銅紙面，幻想自己是其中一位無憂無慮的隱士，在綠色的田園間怡然漫步……可是摔破的玻璃杯聲，粉碎了他的遐思。

「我前世不知造了什麼孽，嫁了這麼一個狗變態……」如鈺的聲音從門縫裏鑽進來。於是，啟富抓起外套，奪門而出。

「哼！又要出去，現在了不起了，有地方……」

啟富看也不看她一眼，因為此時此刻的如鈺只是一台亂了頻道的收音機，只播放尖銳而無意義的雜音，而他又無法操控音量和開關，只好落荒而逃。

如鈺早先一步地用輪椅擋住，伸出鷹爪似的指甲，狠狠劃破了啟富的臉皮。在劇痛之餘，啟富本能地用手腕大力地抵擋回去。如鈺的輪椅被推向牆壁，巨大的回衝力讓她摔倒在地。如鈺大吃一驚的表情，好像在懷疑對方是不是啟富本人。

下意識地使出這招，啟富開始害怕起來，後悔自己竟然膽敢做出這種行為。就在如鈺的臉色轉為憤怒之前，啟富已經半跑在灑著月光的庭園小路上。

車窗外是擁擠的建築物，像無數隻伸得長長的手，爭奪著那個恰似從招親樓坊上拋下來，繡球似的圓月。可是如願以償地抱在懷裏又當如何呢？一段永無休止的婚姻大戰。

「我前世不知造了什麼孽，嫁了這麼一個狗變態……」

如鈺惡毒的咒罵如緊追不捨的虎頭蜂，難道自己過去和「Fresh」的祕密被發現？不可能！或許「狗變態」只是個形容詞。到頭來，啟富也只能儘量安慰自己。可是……啟富有自知之明，如鈺已經恨自己入骨了，怎肯輕易饒過呢？不能冒險，萬一如鈺真的掌握到證據，那麼自己一輩子就要萬劫不復了！

啟富像是在沙漠中找尋綠洲似地來到圓山。

明亮的路燈是一手揮灑而出的成串水珠，灑在深藍的夜空，對於紫陌紅塵，不屑一顧。啟富隨意在路邊停車後，抬頭遙望台北美術館，妮卡的身影隨風飄來。想起她令人窒息的愛情，加上時而發作的憂鬱症和臆想症。啟富不敢想像如果這兩個女人碰面時，會發生什麼瘋狂的事件。

黑色的基隆河恍若流自地府，縱然有信使之神麥丘里和春神們，在水面撒滿了白色的花瓣，也無法消除那噁心的臭味。一粒惡毒的孢子，隨風落在他枯木似的心靈。因為如鈺的怨恨和惡毒，宛如是靈效的肥料，一瞬間長成了一株艷麗的毒蕈。

隔天，啟富設法到藥局拿了些安眠藥。下午外出去辦了香港觀光的手續，然後到錄影帶出租店買了三卷全是有關情殺事件的錄影帶。

周末的陽光燦爛，連刺骨的寒風都帶點金黃色，甚至聞得出香檳的味道。走入妮卡住的大廈，啟富先刻意友善地和管理員聊了幾分鐘。雖然見過數次面，可是他似乎不太愛管別人的閒事，這對於啟富的計畫不太好，因為他將是重要關鍵人物。

啟富進入屋內，妮卡還在睡覺，於是將安眠藥粉撒入裝著果汁的容器。然後故意將一個瓷盤摔到地上，那個瓷盤的圓心烙燒著妮卡的相片。

妮卡被鏗鏘一聲吵醒了……。

「對不起，小寶貝。」啟富趕緊拾起瓷盤，雖然沒有碎成片片，可是裂了一道長痕。好像有人用利刃在妮卡的面孔劃了一刀似的，可是她還是毫無警覺地嬌笑。

「Chief，你怎麼在這裏呢？」她睡眼惺忪地問。

「喔！別這樣子嘛！我昨晚就在這裏過夜啊？」

「可是……我怎麼一點印象都沒有呢？」

「寶貝，難道妳又發病了嗎？」啟富愛憐地將她拉進懷裏，妮卡猛然地搖著頭。

「不信妳可以問問管理員，他親眼看見我昨晚來找妳。」其實這只是方才啟富故意製造的假象，為了造成讓管理員想成他剛才是去外面散步回來，提高包在塑膠袋內的錄影帶，然後說是剛買回來的飯盒。

「沒關係，妳不是很久沒發病了嗎？這表示妳大有進步了，這病有潛伏性的，不是說好就好，要慢慢來。別這樣，小寶貝，我給妳信心，讓我們一起來克服它。」

妮卡愁眉苦臉，幾乎讓啟富改變心意，但是……。但是啟富仍然狠著心，倒了一杯加工過的果汁給妮卡喝。

「我把昨天的細節，一字不漏地告訴妳，也許可以幫助妳喚起回憶。」啟富看了看腕表，焦急的說：「可是，我快遲到了。」

「啊！你要走啦？」妮卡將空杯子交給啟富。

「這樣子好了，我下午再過來陪妳。對了！那三卷錄影帶，昨天我們就坐在客廳看錄影帶。妳仔細地再看一遍，也許會想起些什麼。」啟富拍著她的肩膀，低下頭吻了吻半躺在床上的妮卡，說：「保重，寶貝。」

離開了妮卡，以及這幢大廈，啟富想像沒多久之後，響徹雲霄的消防車聲，將從遠遠的地方嘶鳴過來。不，不一定會有消防隊的來臨，但是一定會引起騷動，因為他將空空的電茶壺插了電……。

啟富進入對街的咖啡廳，隔著窗戶靜觀其變。如果妮卡有了個三長兩短，他一定會第一個衝進去救人。不是因為仁心，而是……。所幸毫無動靜，直到午餐過後，啟富再度進入妮卡住的大廈時，那位不愛搭理人的管理員，神色倉皇地說：早上這裏差點釀成火災。啟富假裝關心地追問。他說：九樓的妮卡小姐燒開水，結果忘了拔掉插頭，幸好火警系統良好，可是妮卡小姐已經遭到嚴重的抗議，房東想把她趕走。

「可是電水壺不是有自動開關嗎？」

「壞掉了！可能她常常忘記，所以開關壞了。」

啟富雖然精心設計，讓引燃的煙霧藉著暖氣口的氣流盡快接觸到警報器，但是心中還是感覺慶幸，沒有造成重大傷害。

「我是妮卡小姐的私人醫生，也是她的好朋友，我會處理這件事的。」啟富一面說，一面想像妮卡的現況。

嗯！果然沒錯，她癱瘓在沙發上，似乎睡著了，而電視機的螢光幕正出現女主角美麗而驚嚇的臉，啟富猜想下一個畫面，將有一把利刃插入她豐滿的胸部。因為這三卷他所熟悉的錄影帶中，一卷是妻子殺死丈夫情婦，另外兩卷是情婦謀殺了情人的妻子，手法非常的殘忍，又充滿了想像力。

不知道是走動的腳步，還是逼近的陰影，妮卡忽然睜大了眼睛。她看清來人之後，就像溺水的人抱住浮木似的緊摟著啟富的腰部，沙啞地說：「你知道嗎？今天發生了一件很可怕的事……」

「別說，都知道了。一切都會好轉的。」

「我快要受不了了，你知道嗎？我真的一點都想不起來。」淚水在妮卡的眼眶中蒙上了一層厚厚的波光，晶瑩透亮。

啟富關掉錄影機，拉著妮卡進入臥室。一面愛撫、一面貼在她的耳畔絮語道：「我今天可要小心一點，否則妳會殺了我，嘻嘻……」

感覺到對方的肉體有些僵硬，顯然是緊張恐懼的反應，好極了。啟富又繼續說：「昨晚我們在愛愛，我一不小心喊錯了名字，把妳當成如鈺，妳立刻翻臉，把我摔到床底下，我難受了一個晚上，今天我發誓絕不會犯同樣的錯誤。」

雖然妮卡的喘息慢慢地加速，啟富知道她的熱情慢慢減弱。他全速運作腦細胞，如同他賣力地抽動他的性器官。

這些日子，他重新溫習以前在醫學院讀過誘導心理學、行為操控學……死馬當活馬醫地運用在妮卡身上。

「妳真是個奇妙的人兒，敢愛又敢恨，妳說如果我背叛妳，妳一定會先置我於死地，再自行了斷。哦！妮卡，妳明知道如鈺是絕不會同意離婚的，她是一個可怕的女人啊！」啟富彷彿擁抱著埃及女王木乃伊，繼續用催眠的聲音說：「妳要我殺死如鈺，我不能，不能呀！一夜夫妻百日恩。妳嘲笑我，說我是個沒有用的東西。妳說妳願意為了愛情，獨自殺死如鈺。」

高潮過後，兩人靜靜地躺在床上，夜色宛如無數黑色的蜻蜓，盈盈地飛進室內。啟富撐起上半身，對瞪著天花板的妮卡說：「我餓死了，出去大吃一頓好嗎？」

啟富見妮卡毫無反應，便伸手去撫摸她的乳峰，好言說道：「我們去我們初次見面的西餐廳，妳就穿那件皮大衣，戴那頂有紫斑的假髮，我好懷念那個浪漫的夜晚，當妳性感地出現在我眼前時，我以為看見了蘇菲亞羅蘭。」

妮卡果然像被轉動發條的娃娃，逐項完成了啟富所指示的動作。最後，啟富從化妝台的抽屜找到一副大型的墨鏡和一雙黑紗手套，讓妮卡戴上去。自己則幫妮卡拿著她的隨身包包。

兩人下樓，經過管理員面前時，啟富向他比了個手勢，表示妮卡又發病了，然後無可奈何地聳了聳肩，管理員深表同情地搖搖頭。

兩人吃完飯回來時，已經快十點了。經過管理員面前時，啟富又重複了離開時的一些手勢和動作，而對方也重複了無言的愛莫能助和關懷。

整個晚餐，妮卡幾乎什麼都沒吃。當她懶洋洋地躺在沙發上時，啟富問她要不要來一杯。她點了點頭，於是啟富倒了一杯有特殊風味的法國葡萄酒，同時撒下了一包藥粉。

「好怪的酒味。」妮卡邊喝邊抱怨，然後將酒杯置於小几旁。

「也許妳心情不好，味蕾失去了作用。」啟富暗中怪自己太大意，強詞奪理地解釋。

「我先去洗澡吧！妳慢慢喝。」

啟富進入浴室，洗了一個熱騰騰、香噴噴的澡。在輕紗般的燈光下，他的肌膚異樣的滑嫩，像是剝了殼的荔枝，不由顧影自戀起來。摸著臉頰，想到今早才刮淨的鬍鬚，但是還是按照計畫再刮一遍。然後用熱毛巾一遍又一遍地敷在臉上，直到所有的毛細孔都變成噴氣孔才罷休。啟富塗上妮卡常用的化妝品，因為兩人膚色差不多，所以不用大費周章。完成之後，再來就是等待。

看看時間差不多，啟富僅穿著內褲，走出浴室。妮卡像一條中了麻醉槍的鯨魚，軟綿綿地躺著。啟富將她剛才出外用餐時所穿的衣服，一件一件脫下來，再穿到自己身上。依照她的唇形劃了自己的嘴巴，當然是用同一支口紅。戴上那頂染有紫斑的假髮、套著黑紗手套，然後披上那件皮大衣。

啟富對著鏡子，右手拎著今晚最重要的「工具包」，左手拿起墨鏡，擺出一個風華絕代的美姿。可是，當他把腳伸入妮卡的高跟鞋時，才感到有些不妙。因為他的雙腳是蹠骨突出，而且鞋子也顯得小了一些。正想放棄，發現是鱷魚皮製的，彈性極佳，只要微微扭一扭腳踝，就可以適應了。

十點二十五分，啟富扭著腰肢，離開了妮卡的公寓。電梯的下降，竟然有暈眩的感覺。啟富不斷提醒自己不要太緊張，並且催眠自記已就是萬人迷妮卡。

經過管理員的櫃檯子時，啟富故意放慢了腳步，然後在他面前稍做停留，這是今夜的第一道測驗，如果……

「有什麼事？妮卡小姐。」管理員講出這句話，啟富知道成功了。於是抑住滿心的欣喜，只向對方牽動一下嘴角——這是妮卡常做的表情——然後冷漠高傲地邁出大廈。

入夜的街道是婚宴後的酒席，雖然凌亂狼藉，但是還有餘歡猶存的氣息。此刻灰黑的天空，猶如一塊攤開的抹布，滴落著令人不悅的小雨滴。啟富招手攔住了一輛計程車，為了不讓男聲洩底，只從皮包裏拿出一張小卡片，上面是預先寫好的地址。司機看了一眼，就交還給啟富。

司機是個賊頭賊腦的年輕小伙子，啟富知道他心裏在想什麼。所以對於他的搭訕，採取不為所動的態度，只默默地望著車窗外，那熟悉得令人厭倦的街道景象。

車子終於停了，啟富給了車資，開門下車。這裡是離自家住處還有一段距離的社區，每扇窗戶都塗上了爛泥般的灰黯。只有少數幾家店還燈火通明。其中一家的啤酒屋，啟富認識的女老闆阿滿站在店口抽菸，好奇地睨了路過的「妮卡」一眼，然後轉身往裏頭去。客人划拳的喝聲，彷彿激盪在岩石間的浪花，起起落落……。

啟富用鑰匙開了鐵門邊的小門，走過那片因為疏於照顧而顯得枯黃的草坪。這個地方，春天曾經不小心地掉落了煙蒂，以至於燃燒了一夏季的碧綠。到了秋季只留下餘煙嬝嬝。如今歲末天寒，荒漠淒涼，宛若千里孤墳。

如鈺本來有個名字叫做王墨茗的私人助理，在如鈺結婚後就辭去職位，並且搬到外面去住，她原來的房間就讓給啟富當書房。至於家中佣人住在另一個區域，按照主人作息，到了晚上下班，便各自回房休息。啟富來去自如，無人過問。

昏暗的梯燈就像隨時就要熄滅似的，啟富在二樓門前停住了腳。調匀呼吸，輕輕打開雕花木門。房內是黑霧迷濛的洞窟，他如同蝙蝠般靈活地穿梭其間。在黑暗中，扭開床邊一座粉紅色的貝殼燈，緩緩綻放出幽幽的光芒，如冷霜般塗抹在如鈺的臉上。

啟富脫下皮大衣，握住預藏在皮包內的尖刀，使出生平最大的力氣，往如鈺的心臟刺下去……。一陣淡淡的悔意湧上心頭，啟富懷疑妮卡是否有如此強大的力氣。不管許多了，他依照犯罪心理學，有關女人之間的忌妒和仇恨的側寫，於是又在如鈺臉上畫了幾刀……。穿好皮大衣，啟富丟下凶器。離開自宅，再度步行到剛才的街道。

啤酒屋還沒打烊，客人們依然大聲談笑，其中一個人似乎醉了，扯著喉嚨唱著「好大的風」。女老闆阿滿站在店口抽菸，對於「妮卡」的再度出現，顯出極大的興趣，凝眸注視。此時，來了一輛空的計程車，及時地解救了啟富，否則真怕會被她銳利的眼神識破。

啟富心想：故意安排讓女老闆阿滿看見「妮卡」，只想到可能是「她來」或「她去」，萬萬沒想到她不但看到「她來」，連「她去」都看過。尤其是「她去」的時候，自己完全暴露在她好奇的眼光。至於是否會被警察查問，或是將來在法庭上作證。她說得愈清楚，對自己愈不利，因為她是如鈺的好朋友，而且像鬼一樣精於想像和分析。啟富的婚姻會糟到這步田地，她倒是幕後不可或缺的「大功臣」。

上了計程車，啟富照樣遞紙條給司機，他看完後，立刻遞還。這個司機成熟穩重，也不說廢話，平平穩穩地將啟富載到妮卡住的大廈。

十二點五十八分，啟富進入大廳時，管理員正在打盹。為了引起管理員的注意，故意用力踩著高跟鞋走過去，被雜音吵醒的管理員果然抬頭注視。穿不慣高跟鞋的啟富右腳一扭，如果不是扶著牆壁，早就摔了個四腳朝天。

手忙腳亂的啟富心慌慌地遁入電梯，這是整個行兇過程，再一次的缺失，因此產生了強烈的虛脫感。同時，彷彿還有什麼地方開始不對勁，但啟富偏是找不出癥結所在，只好強自鎮定地拐著腳進入妮卡的房間。趕緊將鱷魚皮高跟鞋脫下來，放在鞋櫃上。

一切如啟富離去時一樣，妮卡還是以那個姿勢睡著。脫下了身上所有的衣物，一一還原到妮卡的身上，染有血跡的襯衫、窄裙和黑紗手套。替她戴上假髮、穿好皮大衣，再把包包丟到一旁。過程中，妮卡幾度甦醒，不過很快又沉沉睡去。專業醫師開的安眠藥果然與眾不同！

走進浴室，啟富將全身仔仔細細地洗了又洗，然後擦乾淨。當他走到客廳時，對妮卡做最後一次的全身檢查，喃喃地說：「妮卡，妳是兇手，妳殺死了如鈺——我最愛的妻子。」

唸唸有詞說完之後，啟富走入妮卡的臥室，倒頭就睡。

「鍾先生，鍾先生！」忽然聽到有人呼喊。聲音由遠而近匯成一股衝擊，於是啟富從夢中驚醒。

「你……你是誰？」啟富還沒弄清楚是怎麼一回事，只看到一張黑如鍋底的大臉，因為他幾乎已經近在眉睫。

「我是刑事警察。」

當啟富弓起背來時，另外一名身材高大的帥哥警察，逼近床邊，說道：「鍾先生，你的太太被人殺死了。」

「什麼！」

迷迷糊糊的啟富駭極而吼，心臟一陣大收縮，所有的血液都不知流到哪兒去，全身冰冷。所幸腦細胞立刻冷靜地提醒他昨夜的經過，啟富很欣慰這種因「暫忘」而引起的自然反應。可是再下去，則要靠個人出色的演技，因為上帝也幫不上忙。

啟富結結巴巴地問：「是誰死了我太太？」

帥哥警察往客廳一看說：「根據目前所蒐集的證據看來，兇手好像是孫美寬小姐。」

孫小姐？喔！妮卡姓孫，本名是美寬？啟富略微沈思，然後做出憤怒的表情，破口大叫：「為什麼？為什麼？」

大臉警察制止大吼大叫的啟富，帥哥警察安撫地說：「你不要激動，鍾先生。我想你應該知道為什麼。是不是？」

帥哥警察等啟富閉口點頭之後，又說：「你能不能簡單地把和孫小姐認識的經過告訴我們。」

啟富簡單扼要地把那一晚上的邂逅講了一遍，強調妮卡是在精神恍惚時，主動找上門來的。而自己是建築於憐憫的愛情，才和她繼續保持親密關係。

「聽說你計畫去香港？」

「是的，妮卡是香港人，我想送她回去。」啟富加重語氣地說：「從此以後，一刀兩斷。」

「不是和她比翼雙飛吧？」

「如果你知道孫小姐的狀況，所以不可能。」

「你的婚姻似乎不太美滿？」

「差強人意啦！夫妻難免偶爾發生口角。」

「可是你們的朋友，啤酒屋的女老闆花小姐說你性好漁色，風流成性。你太太曾經提出離婚的要求，可是你貪圖她們家財產，死不肯答應。」

「鬼話連篇。」啟富心想，原來女老闆阿滿已經被查問了。喔！原來她姓花，人格和姓氏巒符合的嘛！看來自己沒有露出破綻。

帥哥警察看到啟富黯然神傷，默默無言。於是又問：「是不是因為如此，所以孫美寬才萌生殺意？」

「不知道，我真的不知道。」啟富不知道如何演下去，只好把頭埋在雙手裏，耳邊傳來另一名男人的聲音。

「陳皓，那邊也問不出所以然，孫小姐什麼都不知道，可是的確有殺人的動機。」

啟富抬起頭來，屋裏多了一名穿藍色休閒西裝的男人，中等身材、表情溫和，看起來不太像是執法人員。後來從名字叫做「陳皓」的帥哥警官口中，他好像是個專門在翻譯外文的人，名字叫做葉威廉。他不清楚為什麼會出現這麼一號人物，而且還能夠參與辦案。

「昨晚的事情，她記得很清楚，例如出去吃飯，看見有人在街上遊行示威。但是十一點以後的事情，無法明白的交代，也就是鍾太太被刺死的時候。」葉威廉看了看坐在床上的啟富，說：「我們到客廳去談吧！也許你可以幫助我們，讓孫小姐說出更接近事實的真相。」

當啟富欲起立舉步時，感到腳踝一陣抽痛，不由自主在喉嚨深處呻吟幾聲。

陳警官狐疑地問道：「怎麼了？」

原來昨天，啟富行兇歸來，為了增加管理員的注意力，故意加強腳步聲，結果不小心扭了一下。當時沒感到異樣，沒想到過了一夜，右腳竟紅腫起來，可能是發炎吧！

「腳扭到了。」

啟富苦笑地說，臉上的苦笑直直苦到心裏。當他按摩著腳踝時，感覺葉威廉的眼神，如奧林匹克選手擲過來的標槍。

「鍾先生，你昨天一定走了不少路，腳底都起水泡了。」

葉威廉的猜測讓啟富的心跳開始加快，假裝沒聽見。大臉警察過來扶著啟富，一拐一拐地走進客廳。幾名刑警或東張西望、或四處搜索，妮卡失魂落魄地坐在沙發上，皮大衣敞開，現出觸目驚心的血跡，彷彿一隻被剖胸破肚的雞。大型的墨鏡擱在小茶几上，啟富在那兒看見了渺小的自己，在黑色的海洋中浮游。

啟富開始怒吼：「妮卡，妳為什麼殺死她，妳……」

「沒有，我沒有……」妮卡用力地搖頭，於是那頂染著紫斑的假髮，就滑落到她的肩膀。陳警官和葉威廉交換了一個訝異的眼神。

陳警官走過去，說：「孫小姐，我們到警察局去一趟，我想我們會查個水落石出，如果妳沒有殺死鍾太太，妳就不用害怕。」

「我沒有殺人，也沒有要放火燒房子，請你們務必要相信我的話。」妮卡聲嘶力竭，並且拂開了陳警官的手臂。

「我們相信妳，並且會幫助妳，走吧！」

陳警官好言規勸了很久，妮卡終於平靜下來。

葉威廉冷眼看著妮卡走向玄關，就近換上放在鞋櫃上面的高跟鞋。當她搖搖欲墜地站起來，走了幾步後，高跟鞋竟然鬆開。

「說什麼是義大利進口的鱷魚皮，沒穿幾天就變形了。」妮卡低頭端詳，不悅地抱怨。

葉威廉跟著過去，問道：「孫小姐，妳說這雙鞋是新買的？」

妮卡下巴一抬，炫耀地說：「一個星期前買的，在中山北路，七千多塊，發票還在我的抽屜裏。」

葉威廉問：「妳的記性滿好的嘛！還有，妳的絲襪有沒有換過呢？」

妮卡嬌媚地笑出聲來，彷彿在怪葉威廉不懂事似的，說：「我的衣服都沒換了，怎麼會只換絲襪呢？」

葉威廉蹲下去檢查她的腳趾，妮卡吃吃地笑著，彷彿忘卻眼前的麻煩。幾分鐘後，葉威廉要求啟富舉起腳，讓他檢查他的腳趾頭。啟富想拒絕，但是礙於陳警官權威的眼神，點頭答應。確認了受傷的位置，葉威廉饒富用意地看了啟富一眼，發現他的臉色如雪般的白。

「這雙高跟鞋染有血跡，表示兇手一定是穿著這雙鞋行兇。但是右腳的這隻鞋跟，微微斷裂，表示穿的人不習慣穿高跟鞋走路，或許因而扭傷了腳。還有，鞋子的裏襯有嚴重的刮痕，可見兇手的腳趾甲很久沒修剪。也許我們可以取到微量的物證，化驗之後，再做比較。」

葉威廉轉了個身，微微的風，使啟富不寒而慄。

「如果孫小姐是兇手的話，她絕不是穿這雙高跟鞋，因為她的腳趾甲修得很整齊，更重要的是她所穿的絲襪，前端完好如新；另外一點是，這雙高跟鞋的內側前緣有被凸擠的凹痕。所以我敢說，這雙腳的主人定然是別有他人……。」葉威廉望著啟富語帶玄機地說：「或許是個男的，也許長得瘦小，身材和妮卡差不多。當然啦，警方應該再做更進一步的偵查。」

「所以妳是不是兇手，我們絕對會給妳一個完美的交代。」陳警官溫柔地拍拍妮卡的肩膀，然後自以為是名偵探某某某，對著眾人宣告，說：「好了，事情已經告一段落了，所以我想為大家講一則童話故事，那就是灰姑娘的玻璃鞋。我不講前面，只講結局。十二點過，灰姑娘匆匆離去，卻遺留下一隻玻璃鞋。朝思暮想的王子左等右等，由於見不到灰姑娘再一次的倩影，只好命令部下拿著玻璃鞋，讓全國的少女試穿，誰能穿上這隻玻璃鞋，誰就是王子未來的新娘。最後，王子終於找到他的心上人。而我們呢？也因為這雙高跟鞋，而找到了心狠手辣的兇手。」

本作原載於《愛情實驗室》（一九九一，皇冠出版社）

第四章　天堂門外的女人（1986年）

當辦公室的同事告訴素馨，卜經理被人殺死時，正在喝可樂的她驚訝萬分地呆坐在電腦前，完全無法繼續原來的工作。

灰底綠字的電腦螢幕，不知道為何會濛濛地浮現出姍柔的容顏，一雙放蕩不羈的大眼睛輻射出帶著絕望的冷傲。散放在桌角的傳票和單據，彷彿是她的個人寫真專輯，擺出各種撩人的POSE。心亂如麻的素馨下意識地拿著筆，隨意在紙上塗鴉。等她回神，竟然是姍柔的畫像。於是揉成一團，丟進垃圾桶。

姍柔在素馨的心中宛如是無數個黃昏裏，一抹抹艷麗的晚霞。可是她的光輝愈是鮮活，素馨愈是墮落在深深無人所知的黑暗古井裏。

什麼時候和姍柔最初認識呢？素馨清晰地記得是讀小學三年級的時候。因為母親患了鼻咽癌，長期住院。父親既要上班，又要去醫院張羅，只能丟下素馨一個人在隨時隨刻都能聽見風兒吹哨的破屋中。

素馨小時候很喜歡看漫畫，也喜歡在課本上畫小人頭。記得有次作文課，題目是「我的志願」。她寫將來要當漫畫家，被老師約談。老師講得很含糊，素馨到現在還是搞不清楚她是鼓勵，還是覺得志向不太正確。長大後，偏愛文字閱讀，很少接觸漫畫，甚至忘記了曾經有過當「漫畫家」的夢想。

記得那一年的那一天……。

「喂！你是溫素馨？」

素馨正在專心畫娃娃，被那突來的聲音嚇了一大跳。抬頭看著一個憑空跳出來的小女孩，不知所措。

「看你嚇成那樣子，一定是個膽小鬼了。」小女孩穿著粉紅色的厚棉衫，胸前貼了一個印地安小女孩的臉，由毛線編織而成的辮子靜靜地垂著。

「妳是誰？妳怎麼進來的？」素馨怯怯地發問，眼光只敢逗留在她的胸前，彷彿只對那個印地安小女孩發問。

「我叫邵姍柔，是剛搬來的！我到處逛逛，看能不能交到新朋友，我覺得妳們家很神祕，以為是鬼屋，所以就偷偷爬進來。」

素馨聽對方這麼解釋，感到有些失望。

「妳是不是不高興？」這小女孩真的是鬼精靈，她說：「如果我知道有人的話，一定會先敲敲門的。」

「我沒有不高興，只是……」素馨怎能說：我以為我畫的娃娃們，可憐我孤零零一個人，就變一個小女孩來陪我說話、玩耍。

「妳在畫娃娃。」姍柔毫無顧忌地擠到她的身邊，拿起桌上的圖畫紙來看。

她的皮膚微黑，眼睛很大，愈看愈漂亮。然而最令素馨吃驚的是，小小年紀的她竟然模仿大人，掛了串長長的耳環，隨著頭部的晃動，彷彿兩隻頑皮的長臂猿吊在樹枝盪鞦韆。

「溫素馨，妳有繪畫的天才。」姍柔的口氣和美術老師沒兩樣，尤其是瞪著人看的氣勢。

「妳怎麼知道我的名字？」

「還不簡單。」姍柔指了指貼在牆壁上的獎狀，又說：「妳真了不起，又是模範生，又是期考第一名。如果我的腦筋有妳一半就好了。」

素馨被她說得有些不好意思，因此消除了不少距離感。姍柔接著說：「我們家本來住台北，因為爸爸被調職，所以就搬到淡水來。」

後來，素馨才知道姍柔的爸爸是因為牽涉到貪污之故，被下放到次級單位。因而姍柔一家就被附近的一些「正當人家」列為不受歡迎的人物。但是年幼的素馨並不在乎，兩人很快就成了好朋友。

姍柔是個鬼精靈，教會了素馨很多遊戲。她們最常玩的就是對著轉動的電風扇發出各種不同的長音，幻想對著山谷歌唱，讓斷斷續續的二重奏在兩人的耳邊回盪。有時候姍如要素馨唱歌，然後一下子緊緊按住、一下子鬆開她的耳朵，歌聲就變成有趣的旋律，就像起起伏伏的波浪。有時候姍柔會忽然跳起來，要素馨和她一起一直轉圈圈，想像是兩片在風中飄飛的樹葉，轉到目眩神搖、頭昏腦脹，然後趴倒在榻榻米上，不知不覺睡著了！風聲依舊，夢裡花兒落多少？

「馨馨。」

有一天，素馨的爸爸突然說：「隔壁的李媽媽說，妳現在變得很不乖。不但講話很沒禮貌，還學會爬樹、爬圍牆。昨天下午，你們一群小孩吵得她睡不成午覺，起來說一、兩句，竟然有人拿石頭丟她家的窗戶。」

爸爸的臉看起來很憂傷，繼續說：「李媽媽知道不是妳丟的，可是妳也是其中的一個。她擔心妳會被帶壞，妳以前很乖，為什麼現在變得這麼不聽話。」

素馨感覺很迷惘，心中自問自答：我有嗎？自從認識姍柔後，就變得好快樂，不用再自己一個人對紙上的娃娃說話。然而，素馨的爸爸卻不以為然。

「馨馨，媽媽生病了！爸爸又很忙，無法全心照顧妳，所以妳一定要懂事一點。不要再和那些壞孩子鬼混在一起，聽說有個帶頭的女孩，家教很不好。我們家雖然很窮，可是人窮志不窮，妳要用功讀書，不要自甘墮落。」

素馨不太懂爸爸所說的道理，卻深知他不喜歡她和姍柔在一起。不久，姍柔一家又要搬走了，因為她的爸爸又被人指控瀆職。當姍柔來告別時，原本活潑明朗的她忽然變得那麼落寞、那麼鬱鬱寡歡。彷彿兩人的角色剎那間轉換過來。

「溫素馨，別人可以不相信。但是，妳一定要相信。我爸爸是被人陷害的。」姍柔幾乎要哭出來，原來就很大的眼睛，此時看起來更大。微黑的臉孔因黯淡而現出一片死灰，令人感到不忍。

素馨拚命點頭，卻說不出話來。她終於瞭解姍柔果然是由自己所畫的娃娃變成的女孩。如今，她又要變回去了。

姍柔走後，素馨恢復成大人眼中的「乖女孩」。娃娃越畫越多，面容越來越精緻生動，服飾也越來越華麗繁複，只是表情一律的寂寞和鬱鬱寡歡。就在第二年的春天，患鼻咽癌的母親悄悄地離開了世間。第三年的春天，素馨唸五年級的那一年春天，她跟著爸爸離開了家鄉。

至於姍柔，國中畢業後，一面學洋裁，一面讀夜校。一段時間之後，就在淡水鎮上開了一家禮服店。命運的安排讓素馨和啟富雙雙墜入情網，起初素馨並不知道啟富的初戀情人就是姍柔。姍柔不但大方地選擇離開，也獻上最真摯的祝福。後來，啟富又變心地負了素馨，和富豪之女如鈺交往，攜手步向紅毯的那一端。後來的後來，啟富竟然殺死了如鈺！不堪回首啊！不堪回首。

幾度春去秋又來，已經是落葉飄飄的秋天了！不過台灣的秋天似乎沒什麼落葉和秋意，像是用跑百米似地從「夏」衝到「冬」。記得幾天前還十分悶熱，今天卻有些陰冷，辦公室的冷氣自然就開始冬眠了。

「什麼事？」素馨茫然地看著坐在身畔的林小姐。

「素馨，妳知道嗎？」

林小姐似乎已經說了許多話，但素馨卻一直心不在焉，所以就以點名加問話的方式，來喚起對方的注意力。

「妳不要看卜經理外表不怎麼樣，可是身邊的女人如果用英文字母來代號，都還嫌不夠。」林小姐是個訓練有素的打字員，並不因說話而稍微停頓那雙在鍵盤上躍跳的手。她偷眼看了看素馨，壓低聲量，卻字句清晰地說：「聽說訂貨組的邵姍柔和卜經理曾經過往甚密……」

素馨一方面耐心聽著林小姐說話，一方面開始去回憶三個月前的一天。

盛夏的一天，辦公室裏的冷氣開得很足，可是依然難以抵擋從心頭散發出來的燥熱。素馨吸了一口可樂，精神似乎好些。那是剛才從樓下販賣機買來的，冰涼的液體令人想到夏威夷海灘。看到周遭的人幾乎全專心在自己的工作，於是素馨趕緊把幻想的插頭拔掉，繼續把成堆的單據，一張張輸入電腦。那些倉頡造字法弄得她頭昏腦脹時，桌上的對講機響起。

「素馨，我是姍柔。」

「嗯？」聽到這個名字，被時間稀釋的記憶，一時之間還是保持清淡的濃度。

「那麼久沒見面，難怪妳記不起來。」姍柔的聲音繼續漂浮，彷彿從山縫間湧出來的霧。對方又說：「我是妳小學時代的朋友，住在淡水的鄰居。妳還在畫娃娃嗎？」

素馨理解姍柔故意只有提及小時候，主要是要把她們兩人和啟富之間的愛恨糾葛一筆勾消，如同自己送一隻金筆給啟富當結婚禮物。

「妳怎麼知道我在這裏工作呢？」

「因為我也在這裏工作。」

「什麼？」

「我就在妳右手邊的辦公室。」

素馨按照對方的指示，往右手邊的大玻璃窗望過去。那邊是業務部的辦公室，走動的人群就像是色彩繽紛的酒會，根本無從知道，誰才是姍柔。電話中傳來咯咯的嬌笑聲，素馨好不容易才在訂貨組的角落，看到一名正在揮手的女郎。她的右手正執著話筒……。

「妳終於看見我了，素馨。」

「妳就是姍柔？」

「我是妳的小學同學，不是小學老師喔。」她俏皮地改用一則正在電視上流行的廣告詞。不過，此時的姍柔一點也不像素馨記憶中的姍柔。雖然歲月會改變人的外表，但是說長不長、說短不短的六年，總不可能如此澈底吧！

難道是高明的化妝術，還是做了些甚麼？微黑的皮膚彷彿被用力刷洗過似地，光華潔白，那雙比人大許多的眼睛，可能因臉部的豐腴而變小。姍柔的風情韻味，縱然是隔了一段距離，素馨依然感到熱力十足。尤其是當她站在組合式的辦公室之中，桌間的隔板恰好到肩膀以下數公分，看起來就像沒穿衣服似地。

「我昨天開始上班。今天早上看到妳的時候，一眼就認出來。怎麼樣？下班後，找個地方聊聊……」

當姍柔提到她的新娘禮服的製作成本很高、競爭激烈，在淡水的小小禮服店不堪高額租金和日益稀少的客人而歇業。但是素馨不解以她豐富的經驗和高超的技術，不去時尚服裝公司當設計師，怎會來這裡當一個小小的職員？她問了，不過姍柔支吾其詞。就這樣，一個逐漸已經在記憶中完全消失的人，又鮮活地出現在素馨的生活空間。她訴說別後種種，同時不斷強調地說明她的父親如何如何被陷害，只是隻字不提如何進入這家公司。

姍柔和素馨成為同事之後，大約過了半個月的某一天，業務部的卜經理忽然親自傳話要素馨去他的辦公室。

屬於財務部的素馨，平常很少和其他單位的人有所接觸。印象中的卜經理，是個看起來不怎麼樣的男人。初老年紀，身材適中，卻有個大得出奇的頭顱，燙得扭扭曲曲的頭髮下，是張油漬漬的臉。凸出的厚唇使扁平的鼻頭，看起來更扁平。除了不受年輕女性青睞的外表，他的聲音尖銳急速，話語常常加了許多不必要的修飾詞，以及對年輕女性過多莫名其妙的讚美。

雖然不知道卜經理的用意何在，素馨還是先把工作擱在一旁，在桌上留了張紙條，然後往卜經理的辦公室走去。

公司的人事組織，每一名經理都有自己的秘書，而卜經理的秘書是個很年輕、很年輕的女孩，好像是剛從專科畢業的。可是，她的打扮和談吐，卻流露不符合年齡的風塵味，尤其是那雙滴著醪醇的眼睛。

女秘書裝模作樣地詢問素馨的來意，聽到回答時，皺起那兩道用墨綠色碳粉刷上去的黛眉，說：「奇怪，他為什麼沒交代我呢？」

素馨向她露出一個沒有牙齒的微笑，假假地說：「那麼就麻煩妳通告一聲，我還有事情等著做。」

「沒關係啦！反正大家都是同事，也不在乎這種規矩，既然是他自己私下約妳談，那你就快點進去吧！我會當作沒看見、沒聽見。」

這是哪門子的話？唐伯虎的「畫」嗎？不過素馨懶得與她口角爭鋒。

「等一下。」

「嗯？」

素馨瞪著不斷嗅動鼻子的女秘書。

「妳的香水真好聞。」

「謝謝。這是茉莉香油，有安撫情緒的作用。」

「是這樣啊！很有大自然、鄉土的氣息。」女秘書想到自己暗損了對方，得意地嬌笑。

吃了悶虧的素馨回眸瞪了對方一眼，敲門走入辦公室，卜經理立刻笑瞇瞇地從桌後站起來。他正想走出來招呼，雙腳立刻又縮進去，因為沒穿鞋。素馨假裝沒看見他的雙腳正在桌底下努力搜尋。可能有隻鞋不知道躲到哪裡去，卜經理只能放棄，若無其事地示意素馨在桌前的椅子坐下。

素馨很滿意這樣的安排，隔著楚河漢界的辦公桌對望相談。她極度不放心坐在那條巨型沙發上，那種看起來很柔軟的質感，讓人觸發許多不良的聯想，例如：萬劫不復地一直陷下去。溫素馨，難道妳也患了職業婦女的性騷擾恐懼症候群了嗎？素馨雖然自嘲自問。不過，卜經理那雙瀰漫了某種慾望的眼光，不由得又聯想到直射在監獄夜空上的探照燈光，於是迅速地築起了警戒的鐵絲網。

「溫小姐，妳來公司多久了？」

「四年多。」

「妳似乎很少參加公司的活動，不常見到妳千嬌百媚的芳容。」

素馨低頭不語，眼角看到桌上，有個蟾蜍模型的鎮紙。綠色的玉石，流動著沉重的光澤。然後她又發現卜經理那多毛的手指上，亦有隻鑲金的翡翠蟾蜍戒指，感到再一陣反胃。

「溫小姐，妳平常做什麼消遣？」

「看看書，聽聽音樂。」素馨有些受不了眼前兩隻蟾蜍，不！三隻。卜經理本身就是一隻。於是直接將問題切入核心，說：「不知道卜經理找我，有什麼事？」

「好說！好說！」他微微舉起手，做著拍打波浪的架勢，幸好辦公桌的面積遼闊，否則那可怕的波浪，勢必超過堤防，侵襲到素馨的肩膀。

「公司計畫將業務部擴大編制，國外部的作業要獨立出來，所以我想調妳過來這邊幫忙。」

素馨有些吃驚，可是在沒弄清楚他的本意之前，只能技巧地反問：「卜經理，你認為我是適當的人選嗎？」

「Of course, of course.何況妳的英文能力嘎嘎叫。」

「英文能力很好？為什連我自己都不知道。」

卜經理忽然不懷好意地一笑，露出的黃板牙沾著口沫，閃閃發光，氣勢和亮度均不亞於他頸間沉沉的金鍊，還有那隻又重又大的勞力士錶。

「我前些時候和幾個客戶去PONY談生意，PONY是什麼地方，溫小姐恐怕比我更熟悉吧？談到一半時，溫小姐和一個老外進來，妳沒看到我，但是我立刻注意到妳，雖然畫了妝，髮型也不一樣。嘖！沒想到穿迷你裙的溫小姐，身材真超水準……」

「卜經理，你大概認錯人了。」

「不可能，一定是妳，其實這也沒什麼好歹勢的，上了一整天的班，去放鬆一下也是應該的，沒有不對呀！現在的ＯＬ，哪個不是這樣，白天打扮得像個聖女貞德，夜晚就變成另一個熱情火辣的嬌娃。溫小姐，請相信我的眼光。妳有十足的條件，去玩這種充滿驚險刺激的遊戲。」

「卜經理，謝謝你有意提拔，可是業務部的工作，我實在是無法勝任，請你另請高明。」素馨先將情緒收藏起來，用壓迫喉嚨的聲音，說：「還有，我的英文奇爛無比，也沒有什麼外國籍的男朋友，更不會去那種下流的地方鬼混。」

回到自己的座位，素馨忐忑不安地用對講機和姍柔聯絡，告訴她卜經理也去了PONY。

姍柔毫不在意地說：「去了又怎樣，每個人都有私生活。不過卜經理這個人幹過情報販子，還是小心一點好。既然他主動向妳提起，我想他也會來找我，放心好了，一切讓我來Handle。」

「情報販子」四個字讓素馨嚇了一大跳，倒不是因為卜經理曾經是「情報販子」。而是……姍柔剛來沒多久，怎麼會知道卜經理的過去呢？如果不是薪資結構的電腦資料在素馨手中，附帶一些高級幹部的人事背景，否則她也不知道卜經理曾經是在某情報機關做過事。而他的任務是被駐派到各國營事業單位去監督，看誰貪污瀆職，誰的政治思想有問題。一有狀況發生，就把帽子扣上去……這是古早的事，為什麼姍柔會那麼清楚呢？

窗外的樓房浸在暮色中，彷彿是矗立在海灣發亮的岩壁。素馨經不起姍柔的再三邀約，終於又讓她把自己化妝成像個妖豔的女鬼，再穿上性感時髦的衣服，一塊去PONY狂歡作樂。幾曲勁舞下來，姍柔坐下來和素馨聊天。談著……談著，談到卜經理身上。

正當姍柔問素馨：卜經理是否再找她談那些無聊的話。應驗了那句「說人人到，說鬼鬼到」的諺語，卜經理正好和幾個人走進來。

姍柔瞄了他們一眼，低聲對開始緊張起來的素馨說：「一切有我。」

卜經理發現她們，馬上露出驚喜的笑容走過來。素馨裝著沒看見地喝著啤酒，姍柔媚眼如絲、熱情揮手。

「好巧喔！卜經理。」

「姍柔，怎麼不介紹一下妳身旁的這位大美女？」

「她呀！我的妹妹雪柔。」

「好美麗高雅的名字喔！好像雪花般飄柔，讓我想起飄柔洗髮精、妳妹妹比那個廣告模特兒漂亮多了！」卜經理色瞇瞇地靠近姍柔，聞了聞她的髮香。

姍柔的介紹令素馨感到意外，不知所措之時，姍柔又說：「請卜經理多包涵，我這個妹妹剛從鄉下來台北，沒見過什麼場面。」

「哦！哪裡的話，女孩子要清純些才好。既然如此，我先過去，如果妳們想加入我們的話，隨時歡迎。」

「你們也可以過來呀！」姍柔狐媚地拍拍卜經理的肩膀。

卜經理走沒幾步，又回過頭來，對素馨說：「妳長得真像我們公司的一位同事。」

姍柔順口地接下去，說：「你指的是溫素馨，對不對？也是因為這原因，所以我和溫素馨是死黨加上手帕交。」
卜經理嘖嘖稱奇地說：「天下竟然有如此相像的人，難怪我……」
素馨知道他指的是那件事，心中感到好笑，也有點得意。看著他的背影，就說：「看來，卜經理並不如想像中惡劣，或許我自己該檢討檢討。不過，真的看不出來嗎？」
「妳忘了我原來是吃哪一行的啊！我刻意把妳改頭換面，妳真是我最得意的作品。」
不錯！姍柔不但精通新娘禮服，也深諳新娘化妝。素馨想起不久前，參加女同事的婚禮，當新娘出現時，別說大家，連新郎認不出來。
當素馨略為放心，姍柔立刻提醒：「如果是這樣的話，他就不會再有後面的附註。妳為什麼不稱讚我的機智呢？素馨，不！雪柔！」
「呀！」素馨又開始坐立不安起來。
姍柔先安撫，表示這也沒甚麼了不起。如果公司有甚麼傳言，死不承認，沒有人會相信卜經理的油嘴滑舌。說完後，浮起詭異的笑容，說：「如果妳不介意的話，我想過去他們那一邊。」
「馬上回來嗎？」
姍柔正向卜經理身邊的一名高大英俊男子「頻送秋波」。他有一張混合著滄桑和稚氣的面孔，分開的五官是那麼精緻，彷彿是出自老師父的一雙手，而擺設的位置又是準確地完全合乎美學。
素馨後悔自己問了這個傻問題，於是用自我解嘲的口氣，說：「有花堪折直須折，莫待無花空折枝。那……我先走了。」

「這麼快呀！和我一塊過去嘛！」姍柔口是心非地說。

不知道是心理作用使然，還是其他的原因，素馨感到頭有點暈，而且舌尖滲出分不出是苦還是酸的唾液。由於不愉快的生理感受，雖然姍柔很殷勤挽留，可是素馨仍然有些怕在卜經理面前露出馬腳，所以堅持離去。姍柔只好放棄，表情卻有些如釋重負，明顯表示：終於減少一個競爭者！

素馨獨自離開PONY，心中有份落寞的感覺，好像還沒吃飽，飯菜碗筷就被收走。眼看著極盡繁華的金粉世界，沒有姍柔在旁邊，果然產生了怯意。一名獨行在燈紅酒綠的街上的女子，到底會發生什麼事情。尤其是穿了這條短的幾乎……的裙子，還有化了個連同事都認不出來的大濃妝。

忽然，有個重量在素馨的左肩落下來。原本就深懷戒意的她，被這動作嚇得尖叫起來。迅速地回過頭一看，竟然是滿臉窘惑的卜經理。

「對不起，嚇到妳了。」

「你要做什麼？」素馨退後一步，力圖鎮定。

「我剛才一直叫妳的名字。不過，妳好像充耳不聞，只好冒昧地拍一下妳的肩膀。」

不錯，素馨剛才似乎聽到有人在喊雪柔小姐。由於不是叫自己，自然沒有回頭答應。

「有什麼事嗎？」素馨強顏歡笑，眼前又襲來一陣暈眩，所幸不太嚴重。

「我送妳回去。」卜經理看來誠意十足地說。

「謝謝你，我搭計程車回去就好了。」

「這個地區很複雜，萬一誤上賊船就糟了！」他做了個憂心忡忡的表情，又說：「姍柔實在不該讓妳一個人離開。如果妳堅持不讓我送的話，就陪妳走一段路，到車站那一帶再搭計程車。有個男人陪著，計程車司機就比較不敢心懷不軌。」

嗯！說得很有道理，素馨就順著卜經理的意思。原本對他反胃的印象，略為改觀。或許因為他是業務經理，職業習性使然，自認為若不以如此的方式說話，會使自己和別人的距離拉長。失去了親密感，任何的生意就不好談。素馨想到時下流行的用語——裝熟，嘴角微微揚起。

「雪柔小姐，妳真的和我一個同事長得很像。」他繼續說：「老實說，我很喜歡那位同事。可是……因為我做的工作是業務，所以給人家的感覺總是浮而不實，許多謠言總是繞著我的身邊飛。嗯！妳身上的味道真好聞，好一朵美麗的茉莉花、好一朵美麗的茉莉花……。」

卜經理接下來的話題漸漸勾起素馨的興趣，邊走邊聽他說下去。但是，他的話聲漸漸微弱，彷彿變成耳畔嗡嗡的蚊語，然後就是一片空白。

這一片空白也不完全是空白，素馨似乎見到有情無緣的啟富，含著灑脫的微笑，溫柔地走來，然後擁著自己漫步在維也納森林裏。那白紗般的淡霧中，有著數不清菩提樹婆娑的倩影，看不盡野玫瑰燦爛的嬌顏。清新的大氣中，「費加洛婚禮」的音樂悠揚響起。眼前是長長的紅色地毯，他們攜手並肩走上去，彩雲在身邊圍繞，天使在耳邊祝福，鮮花彩帶紛紛地從晴空落下來。

當素馨的幻想正臻於完美時刻，撒旦所差遣的毒蛇卻偷偷地從窗縫滑進來，然後卑鄙地鑽入她的體內。猛然驚醒，素馨極力想推開那具壓在身上的男體，卻無能為力，只好認命地閉著雙眼，直到一切歸於平靜，才忍住羞憤地離開了卜經理的公寓。

整條街竟然沒有一盞燈，周遭烏烏荒荒的夜色，堆積成暗暗黑黑的高牆。驚悸的月光，把街景染成迷迷離離、層層疊疊的幻影。吹過髮梢的風恰似一群心急如焚、想找回靈魂的鬼魅。

第二天的下午，無故曠職的卜經理被人發現死在自己的家中，消息很快就傳到公司。當時剛剛從洗手間走回辦公室的素馨，聽到林小姐和過來財務部串門子的小茜的對話。

「據說卜經理和公司裏的幾個女孩子有曖昧關係，所以警方也開始找她們約談。」

「幸好，我沒有過去業務部。否則白布就硬被染成黑布了。」小茜想到什麼似地，大聲地問素馨：「卜經理不是也想調妳過去業務部嗎？」

「沒有呀！」素馨大聲否認，可是事倍功半。

「妳為什麼沒告訴我呢？」一向將素馨視為知己的林小姐滿臉受傷的表情。

素馨心情七上八下、無心開口，如坐針氈似地挨受兩個女同事疑惑怪罪的眼光。林小姐和小茜似乎很不滿素馨的沉默，彼此小聲地嘰嘰喳喳起來，學起名偵探似地討論「誰是兇手」。一長串的「嫌疑犯」名單，姍柔被她們列入其間。

「聽說訂貨組的姍柔和卜經理曾經過往甚密……」

素馨知道林小姐很清楚自己和姍柔的交情，這種含沙射影的說話方式，無異就是激起自己能加入她們的推理行動。然而她預感自己的命運就像窗外的夕陽天，漸漸黯淡，然後被永恆的黑暗吞噬。

「是呀！我也有耳聞。」

「聽說她已經離職了。」

離職？那麼姍柔至少應該在半個月之前提出申請。為什麼？為什麼沒有告訴自己？素馨再也忍不住了，拿起皮包和外套，丟下目瞪口呆的林小姐和小茜，踩著飄落的紙張，蹣跚地走出辦公室。然後找了電話亭，迫切地打電話給姍柔，並且約好地點見面。

姍柔比預定的時間慢了約十分鐘才出現。她穿著剪裁非常合身的西裝，襯衫領口別了一粒紅寶石。單單從背後看去，還以為是個小公雞學啼的少年呢！她掃視了這家西餐廳，當那個滿臉雀斑的女侍走過來，問她們要點什麼時，更是把「嫌棄」擺在臉上地說：「為什麼不約在PONY呢？」。

「我約妳談事情，不是飲酒作樂。」素馨深深地看了姍柔一眼，對方幸災樂禍的姿態使她倒抽了一口冷氣，本來想質問她為何沒有告訴自己「辭職」，想想好像也沒甚麼意義，便說：「姍柔，卜經理被人殺死了。」

「我聽說了，那種人死了活該。」

「可是，他昨天晚上還和我們在一起。」

「在一起又怎麼樣，他離開PONY時，我們並沒有和他在一起。」

「可是警察會追根究柢。」素馨心虛地說，並且思考是否把昨晚發生的事情，全盤托出。不，絕對不行，尤其是自己被迷姦的醜事。

「反正我又沒殺死他，怕什麼嘛。何況我整晚都和阿郭在一起，有不在場證明呀！阿郭就是昨夜萍水相逢的人。他實在是個理想的情人，不但人長得帥、嘴巴甜，連性技巧也是一級棒，我……」

素馨掩住嘴巴，忍不住低聲哭泣，淚水把眼前的姍柔弄模糊了，只剩下那粒紅寶石閃爍著嘲弄的光芒。

「素馨，妳怎麼啦？我想起來了，昨晚卜經理跟我說他要送妳回家，然後再也沒回來。所以……？」

素馨在姍柔的逼問下，只好嗚嗚咽咽地將昨夜的情形說出來，最後加強地說：「當我離開卜經理的公寓時，他還沒死。」

「妳確定嗎？」

「我當然能確定。他那噁心的肚皮，隨著呼吸一上一下的。總之，他還沒死。」

「可是，妳說妳的頭暈暈的，會不會看錯？」

素馨激烈地搖頭，提高聲量地說：「妳是我的好朋友，為什麼就不能信任我呢？」

姍柔握住素馨的手，說：「就算我信任妳，那別人呢？妳不要哭了，靜下來想想法子嘛！」

「我已經走投無路，來找妳就是要妳幫我。」

「幫妳，怎麼個幫法？」姍柔事不關己的樣子，讓素馨非常火大，但是又拿她沒辦法。

「昨晚，除了卜經理，妳有沒有對別人提起我的身分？」

姍柔閉眼想了一想，說：「我過去之後，卜經理說，為什麼不叫妳妹妹也一起過來，我說妳頭有些暈，他就隨著妳離開PONY。」

「有沒有……討論我？」

姍柔嘻嘻地笑了幾聲，說：「誰會相信妳是我妹妹，她們問妳到底是哪家酒廊的紅牌小姐。」

「那妳說了些什麼？」

「我什麼都沒說。反正，妳就是蒙著神祕面紗的夜女郎。」

「既然如此，只要妳不說，就沒人知道。」

「妳要我作偽證？」姍柔誇張地叫了一聲。

「我又沒有殺死他，只是要妳幫我脫除嫌疑犯的陰影。」素馨嚥了嚥口水，說：「只要妳堅持說不知道我是誰。」

「可是警察又不是傻瓜。」顯然姍柔被素馨的「友情攻勢」感化了，雖然言辭有所推拖，眼神已經說明願意一試。當素馨進一步質問姍柔為何沒有跟她提起早就辭職之事，姍柔很不耐煩地說她有事，必須先離開。

素馨望著隔開姍柔背影的玻璃門，記憶中的那扇破裂的玻璃窗又清脆地響起來——就像站在李媽媽的屋前，姍柔逃逸無蹤，只留下代罪羔羊的自己。

回到住的地方，素馨立刻把昨夜到PONY時所穿的行頭一概處理掉。處理當中，素馨忽然想起，自己會去PONY，不都是姍柔帶引的嗎？她的化妝和打扮都是姍柔一手包辦，連服飾都是姍柔借她或送她。如今唯一令人擔心的是「指紋問題」。素馨不知道昨晚昏迷的時候，是否曾經碰觸到什麼。如果有的話，就說曾去過卜經理的公寓，反正大家都是同事。

另一個「切身問題」油然而生——素馨發現自己被卜經理佔了便宜之後，除了必要的事後措施之外，還到西藥房買了一盒「驗孕試劑」。她並不了解想要驗孕的話，最快也要在排卵日後7天，因為唯有受孕成功的母體才會開始分泌HCG（人絨毛膜促性腺激素），而驗孕試紙就是透過尿液中的HCG來判斷是否懷孕。

測試的結果，當然沒有呈現陽性反應，但是卻呈現一種類似螢光的褐色。素馨的心中有絲不安，然而整天被卜經理的死訊弄得六神無主。直到晚上才又想到那回事，於是再從抽屜拿出那盒「驗孕試劑」。當她把試片放入尿液中，反應是陰性，只是「呈色反應」還是有點怪異。不過比起早晨，也就是第一次的那種類似螢光的褐色似乎褪去不少。為了確認，她從垃圾桶找出早上做過的試片對照比較，才略微安心。

為了彌補千瘡百孔的身心，素馨決定吃一粒安眠藥，這是姍柔推薦的。幾個禮拜前，她吃過一次，效果蠻不錯。事實也證明了這一點，幾分鐘後，就昏昏沉沉掉入夢鄉。

一覺醒來時，只見微弱的陽光將牆壁塗上一層乳白色。那種乳白色使素馨又想起卜經理的肚皮，滿嘴立刻充滿因噁心而引起的酸味。用力跳下床，進入浴室。梳洗完畢，又再做一遍驗孕，結果還是陰性，然而那類似螢光的褐色卻濃得嚇人。她把三張用過的試片，連同剩餘的試劑，分別置入塑膠袋中，然後放在隨身皮包中。

素馨先到早餐店，拿了所有的報紙，把有關卜經理被人殺死的新聞看一遍，好像沒什麼關於兇嫌之類的報導。她進入辦公室，隨著同事們一個個走進來，消息便像伊拉克撤軍之後所留下來的地雷，一個接一個地炸開來。

林小姐走過來時，素馨立刻佈下笑臉，主動跟她打招呼，然後一面道歉、一面說：「昨天身體不舒服，沒有請假就先走，等一下必定會挨官腔。」

「要保重身體，妳的臉色很蒼白。」林小姐很關切地說：「妳昨天的樣子真的好嚇人，我們都為妳擔心。還有人謠傳妳是因為……」

素馨不想多聽，免得情緒受影響，她做了個無奈的手勢，然後堅定地說：「謠言止於智者。」

到了十點多的飲茶時間，素馨溜到附近的西藥店，將自己的驗孕情形告訴那名女藥師。

「會不會試劑本身有問題，造成了偽陽性或偽陰性。」素馨從報紙上學來的醫藥常識，賣弄幾句專有名詞。

女藥師詳細地查看之後，說：「這是有名的藥廠出品，品質有保證，而且離有效日期還很遠，所以不可能有問題。為了確認起見，再驗一次好嗎？」

「好！那就麻煩妳了。」

女藥師將另外一種牌子的「驗孕試劑」遞給素馨，同時指示洗手間的所在。

素馨很快地完成了試驗，再走出來時，女藥師正在翻看一本厚厚的書，好像是「藥物學」，因為全都是洋文。

女藥師將試紙放在標準呈色表上一對照，說：「小姐，沒有懷孕的跡象。」

素馨並沒有說出前天晚上才性交，所以女藥師當然不明真相。她說完之後，又很專業地用鉛筆在書上劃了幾條線，以翻譯的語句，解釋地說：「至於妳買的那種牌子的驗孕試劑，由於對巴比妥酸鹽以及其衍生物有某種程度的結合作用，所以會產生類似螢光的褐色物質。」

「什麼叫做巴比妥酸鹽？」

「巴比妥酸鹽類是由尿素和濃縮蘋果酸製配而成的環狀化合物，廣用於鎮定劑、安眠藥。」女藥劑師很親切地為素馨說明。

「原來如此。」素馨點了點頭，但是想想，又覺得不對，自己只有昨晚才吃了一粒姍柔推薦的安眠藥，難道……？但是既然沒什麼懷孕的問題，又不能「溜班」太久，所以謝了那名女藥師之後，就匆匆趕回辦公室。

又過了一星期，台北的天空開始出現了冬天的陰森氣氛。素馨不動聲色地注意警方處理命案的動向。據報紙的報導和各類小道消息，似乎都侷限於情殺，以及種種可能性的仇殺，因為受害者的私生活太亂了。

「嗨！」

素馨錯愕地望著攔住自己去路的年輕男子。

「我是阿郭。卜經理的朋友，我曾經在PONY見過妳，也就是卜經理被殺的那個夜晚。想不到妳也在這裏上班。不過每個人都有她的生活方式，如果妳介意的話，我就把它當做過眼雲煙。」

「您……等一下。」素馨輕輕叫住他，問：「郭先生怎麼會在這裏？」

「我來應徵貴公司的業務經理，剛剛第二次面談過，只要薪水談攏，一切就沒問題。」

有個帥哥來應徵……曾幾何時辦公室開始激起一陣陣潮水似的耳語。素馨作夢也沒有想到那個應徵「卜經理空缺」的帥哥就是阿郭，姍柔讚不絕口的理想情人。

「祝您成功。」素馨指著無人的會客室，說：「不急著回去的話，進去談談。好嗎？」

「正合我意。」阿郭瀟灑地把門一推，讓素馨先進去。

素馨沖了兩杯即溶咖啡，說：「你對卜經理的死亡，有什麼看法？」

「嗯！我和卜經理只是泛泛之交。那天他和我們一群人談完公事之後，他就提議到PONY去玩。」他啜了一口，說：「到了PONY，就看到妳和姍柔。」

「姍柔有沒有告訴你我是誰？」

「妳不是雪柔嗎？」阿郭不知道想到什麼，壞壞地露出笑容，說：「我並不相信妳們是姊妹，姍柔也沒有告訴我們有關妳的真實身分，所以一堆男人就狗嘴吐不出象牙。我們要求姍柔請妳過來，可是她卻推說妳頭暈、身體不適。所以，大家就不勉強了。」

素馨想到姍柔編說的說辭，未免也太符合。當時，只是頭感覺有些暈，而且並沒有說出來。如果那是藉口推辭的理由，還說得過去，但是……。她心念一轉，回想當時要求姍柔作「偽證」時，她曾提出一個問題：「妳說，妳頭暈暈的，會不會看錯？」可是，自己並沒有告訴她，頭暈暈的呀！她為什麼會知道呢？還有懷孕試劑的奇異反應。心念一而再、再而三地轉而再轉，忘了小郭在說些甚麼，趕緊收神聆聽。

「其實我剛才一下子並沒有認出妳是雪柔，主要是妳身上飄散的香水味和那天是同一款茉莉花香。妳也不要太介意，每個人都有她的私生活。那天晚上，我們目送妳走後，一致讚賞妳的美貌和氣質。後來，卜經理就跟著出去。」

「跟著出去，你這話是什麼意思？」

「哦！對不起，我失言了。應該說是姍柔要求卜經理護送妳回家。」阿郭語尾略做停頓，彷彿是等待反應。然後再說：「你們是同事，又裝做不認識的樣子。姍柔在其中的角色又那麼曖昧。唉！不談這些了，別說卜經理已經死了，縱然他還活著，我也不會介入這個是非圈。我是個典型的都市人，只對自己的前途關心。所以，請妳放心，妳是不是和卜經理在一起，或不在一起，我不知道，也不想知道。謝謝妳的咖啡，我還有事，先走啦！」

阿郭走到門口，又轉身過來，神情詭異地說：「我不知道警方會不會找上妳，大概是遲早的問題吧！妳最好要有心理準備。就像聰明的姍柔，她就要求我為她的『不在場』做證明。」

「什麼？警方約談了姍柔。」

「姍柔和卜經理之間是有些瓜葛，自然會引起警方的注意，算是過濾有嫌疑的對象。我證明姍柔在卜經理被害的當天晚上，都是在我床上。其實，我那個晚上睡得像死豬一樣，姍柔如果溜出去殺人的話，我也不知道。」

「這是不可能的事。」素馨搖頭否認，但是轉念之後，「未曾不可」四個字幾乎脫口而出。

「我懷疑姍柔暗中在我的酒杯裏做手腳……不過，我們之間……妳懂吧！一夜夫妻百日恩，我這樣做，也盡了道義。」他做了一個「一切盡在不中」的手勢，然後施施然地離去。

素馨呆傻地注視那個掛在牆壁上的白板，上面留著許多雜亂的線條。可能是昨天有人在這裏開會，而沒有擦乾淨，就像是自己現在的思緒。她將紙杯丟進垃圾桶，走出會客室。經過人事室時，某個念頭宛如竄過來的魚雷，在素馨的腦海深處炸開來。

「溫素馨，別人可以不相信。但是，妳一定要相信。我爸爸是被人陷害的。」姍柔幾乎要哭出來的聲音，從塵封的記憶悠悠響起。多年重逢，她訴說別後種種，同時不斷強調地說明她的父親被陷害的事蹟。難道是姍柔查出陷害她父親的人就是卜經理，所以她進入這個公司的主要目的是復仇。

素馨在展開推理的流程之前，開始自怨自恨自己竟然會相信「卜經理以為我是雪柔」的謊言。

是不是這樣呢？素馨企圖捕捉那一絲微弱的靈感。卜經理是個性好漁色的男人，因為姍柔的佈局，刻意安排他「恰好」看見自己在PONY「豪放」的形象。他企圖接近自己，被拒絕之後，就和姍柔串通好來設計自己。換句話說，應該說是心懷不軌的姍柔串通卜經理來設計自己。

是！一定是這樣！證據之一就是姍柔讓自己喝了含有安眠藥的飲料，然後由卜經理將昏迷的自己弄到他的公寓。姍柔趁自己含羞帶恨離開之後，溜進來幹掉他，完成復仇的計畫，然後讓自己成了最大的嫌疑犯。

小茜神情匆忙地走過來，在素馨耳邊輕聲說：「有兩名警察在櫃檯，指名找妳。聽說有人向警方檢舉，妳曾經在命案發生……」

素馨心緒茫然，眼神飄忽。有人向警方檢舉？怎麼回事，是誰？難道是姍柔？小茜的聲音逐漸簡化成一堆無意義的音標，不過素馨卻很清明地感受到，將要有什麼事情會發生，就像是半空中掉下一塊巨石，而自己卻無法動彈、無法逃避，只能在心中大聲吶喊：老天啊！我該怎麼辦呢？請祢快告訴我解決的方法吧！

本作原載於《台北怨男》（一九九一，林白出版社）

第五章　夢幻二重奏（1987年）

初春的午後，美寬發現陽台上的一盆蘭花死了。那是多年前在市場上買的，花朵清麗怡人，賣花女子婉約動人。因為當時買花結緣，日後路過必寒暄。後來，佳人雖然不見，幸有花容可見。如今花落人去，不禁黯然魂銷。

想到自己四年前，無故牽扯到一件情殺案件，如今回想起來，美寬依然心有餘悸。當初，她在士林某西餐廳偶遇啟富，想到自己的表姊姍柔為了那個男人，犧牲了自己的幸福，將她讓手給好友素馨。沒想到他非但沒有感激，還把素馨拋棄，為了榮華富貴，另娶豪門千金鈺如。她當下起了個念頭，想要玩弄這個負心男子。

美寬假裝自己是個罹患失憶症的女子，然後色誘啟富。她想如果啟富上鉤，她會設法破壞他的家庭，然後搞得他身敗名裂。殊不知，一夜激情過後，啟富並沒有再來找她。美寬認為他已經洗心革面，忠於神聖的愛情，因而不但原諒他，還給予真摯的祝福。誰知命運安排他們再遇，然後開始了一段乾柴烈火的愛情，後來竟然被鐘啟富利用當作殺妻的工具。其實兩人交往期間，美寬便有些起疑，只因深陷於迷亂的戀情中時，所以理智被蒙蔽了。她根本沒想到鐘啟富會給她下藥，甚至以他對心理學的理解，潛移默化她的思想和行為。幸好遇見一個明察秋毫的葉先生，識破啟富的詭計，洗清罪嫌。

想到葉先生，美寬又想到他破解另一宗命案，雖然沒有捕捉到真兇，卻幫助警察眼中最大嫌疑犯還原清白。那個嫌疑犯就是姍柔從小到大的手帕交素馨，美寬也認識她。

據說素馨無法很清楚地交代當時的情況，才會被警方列入殺害她們公司色狼經理頭號嫌疑犯。所幸葉先生從她使用的驗孕試劑推理出她曾服用的安眠藥，證明她所言屬實。葉先生再依照藥效時間，素馨應該會在午夜時分醒來，而那個色狼經理被是在凌晨被殺。警方深入調查，找出素馨離開卜經理公寓的確實時間，證明那個時候卜經理應該還活得好好地。不久之後，素馨便無罪開脫。不過，兇手依然逍遙法外。

拋開不愉快的回憶，美寬享受著午後慵懶的氛圍。她把一些舊衣服拿出來，做成抹布，有點像小學生做勞作。

那一件印著唐老鴨的T恤是迪士尼樂園買的，當時她在房仲事務所工作，同事都是帥哥美女。那件藍色的襯衫是她為了首次獨自去和客戶談案件時買的，緊張地直冒冷汗。那時候有個喪偶的中年律師追她追得很緊，還有……還有……可是一看到拿著剪刀的手，悠悠地想起姍柔。

美寬想起當她還是個就讀一年級的小學生。某一天，她一個人跑到後院去玩，發現沒有人住的小閣樓窗戶後面，出現一個大自己一些的小女生。起初，她以為是遠親的表姐妹。仔細一看並不認識，正轉身要走開，小女生向她招手。她想也沒多想，就爬上樓梯，走進小閣樓。

小閣樓布置得很可愛，有很多玩具和童話故事。小女生很喜歡這個比她小兩歲的美寬，拿很多零食給她吃，還送她小禮物。可是當她知道美寬是這個家的女兒時，忽然目露兇光，緊緊抱住她。

美寬嚇死了，正要掙脫，小女生忽然狠狠咬了她一口。美寬用力推開她，咬緊牙根不敢哭出聲來，急忙逃回自己的房間。她不敢告訴任何人，因為了解能夠住在小閣樓、有那麼多玩具、故事書和零食的小女生一定是家族中很重要的人。

過了幾天，正在寫毛筆字的美寬聽到外頭鬧哄哄的聲音，於是好奇地跑出去看看發生了甚麼事情。只見客廳中，有三個陌生人，中年男人、年輕女人和一個年紀和自己差不多大的小男生。小男生低聲哭泣，女人憤怒地高聲咒罵，男人很為難地和祖母說明，其他的人則默默站在一旁。

小男生說他一個鐘頭前，被一個女生咬了。他看見她跑進這個庭院。說著說著，又哭了起來。美寬好不容易認出他就是隔壁班的同學，很愛哭，所以常常被人家欺負。年輕女人就是他的媽媽，中年男人好像是過來主持公道的里長。祖母低聲吩咐站在身後、美寬的媽媽幾句之後，然後開始向年輕的女人賠不是。沒多久，美寬的媽媽領著那個咬人的小女生過來。

祖母命令小女生跪下，向年輕女人和小男生磕頭道歉。小女生硬是不肯，只見一向慈祥的祖母，臉上出現一種美寬從來沒看過的怒容。她從太師椅猛地站起來，往前一個巴掌狠狠打在小女生的臉上。小女生經不起打，整個人飛摔到一邊，如果沒有美寬的媽媽及時扶住，小女生可能會跌倒在地。整個客廳的空氣剎那間凝結成一團冰霧，里長見苗頭不對，立刻帶著那對母子離開。美寬的媽媽跟著出去，手裡拿著一個紅包。

祖母直直望著低頭、悶不吭聲、跪在地上的小女生，客廳的人逐漸散去。躲在後面偷看的美寬正舉步時，聽見祖母低聲說了幾句話，小女生開始流眼淚。當兩人抱在一起痛哭，美寬彷彿看見了立在大海邊，兩塊連在一起的大小岩石。

在美寬成長的過程中，每當看到女鬼或殭屍咬人的電影，就想起那個小女孩，還有祖母抱住她哭泣的一幕。美寬從來不曾被祖母擁抱，她時常猜想她怎會對一個陌生的小女生，如此關心呢？

美寬小學畢業之後，從母親口中得知那個小女生的名字叫做姍柔，未婚姑媽的私生女。提及那個男人，美寬立刻想起小時候，在祖厝附近的山洞修行的苦行僧。他終日念經、只吃剩食，冬天穿單衣，夏天穿棉襖。大家都認為他瘋了，嚴禁婦女和小孩接近。後來不見了，大家都說他得道成仙。言之鑿鑿，令沉迷武俠小說的美寬深信不疑。還為自我修行的他抱屈，如果傳言佈道，必然成為一代聖師。沒想到他的飄然消失，竟然是因為犯了色戒。

美寬的姑媽懷了姍柔，為了家族名譽，趕緊擇人遠嫁。聽說姍柔一生下來，不停哭鬧。美寬的祖母一眼看出這女嬰脾氣不好、一生命苦，所以給她取了個發音類似「纖柔」的名字，也希望長大成人會賢淑溫柔。姍柔的後父是個忠厚老實的公務員，因為不與同事同流合汙，反遭陷害，只好舉家搬遷到姍柔母親的家鄉。但是陷害的人死咬不放，幾年後又被迫離職，姍柔因此吃了許多苦。

長大成人的姍柔，因美寬祖母的資助，在淡水街上開了家小小的禮服店。兩人年齡相仿，又是表姊妹自然常常膩在一起。可是自從美寬遠嫁香港，兩人的關係就日漸疏遠。

當美寬在回想姍柔時，姍柔正和幾個同事，在牧貝里時尚衣飾台北總公司的員工餐廳享受下午茶，接受男同事的注目禮和女同事誇張的讚美。原因無他，姑娘她今天穿了一套平日難得一見的花衣裳，還有因為幸福感所放射出來的美麗。

「等了這麼久，他終於向我求婚了！」姍柔快樂地自言自語。

大約一年前，姍柔開始在牧貝里時尚衣飾企業工作。台北總公司派遣還是新人的她去位於淡水碑島里山上的成衣廠指導打版師，製作新產品打版、初樣檢驗和試穿的標準作業流程。同時藉由她豐富的裁縫師經驗，教導作業員的車縫相關技能。

姍柔每天一走進工廠大門時，立刻就被那酸酸臭臭的味道，嗆得幾乎要當場嘔吐。再加上遲鈍的打版師和作業員，更是令她頭痛不已。工作完畢已經晚上七、八點，有時候回到輔大附近的家，都已是三更半夜。

公司的本意是姍柔是淡水人，應該順理成章住到家裡，其實不然。廠長看不過去，就指定一名通勤的工程師，固定開車接送姍柔上下班。那個工程師就是負責電腦打版、修版、放縮和製作打樣的霍以峰。

當他們從車窗看了十幾次深夜的月亮之後，姍柔開口問道：「以峰，你以前有沒有交過女朋友？」

霍以峰略做沉思，不予正面答覆，說：「妳猜。」

姍柔對他研究了一番後，極為肯定的說：「沒有。」

「妳為什麼會這樣想。」

「因為你不懂女孩子的心。」

霍以峰傻傻地解釋：「可是，我懂得如何去愛她。」

雖然他講的正經八百，一點也沒有Romantic的情調，然而姍柔卻感到體溫開始上升。她好想把唇貼過去，可是看到那張流露著古代書生，守禮又嚴正的臉，忽然昇起了一種莫名的愛憐之感。

當他們再看了十幾次月亮之後，決定來一回陽光下的約會。

那天他們開車沿著海岸奔馳。途中，選擇了當年姍柔和啟富最愛去的那間咖啡屋。想當然爾，人事皆非，那位風情萬種的老闆娘換成了一個似乎是剛從職場退下來的文青大叔。隔壁那棟以前專賣高級日本料理的餐廳，如今已成廢樓。誰說青山依舊在，幾度夕陽紅？應該是碧海依舊在，幾度夕陽紅。因為回憶中的青山已經不是青山，而姍柔眼前的碧海，可還是多年前的碧海。舊地重遊，唯有滄桑，沒有其他情懷。回程中，經過一大片山坡，開滿了紫雲英，紫色的歡唱在姍柔的心弦。

再來十幾次的陽光約會和月光約會以後，霍以峰真心告白。姍柔終於在第一百次以後的某一個陽光約會後的第九次月光約會做了決定，拂去往日情傷的暗影，接受霍以峰獻出的那枚白金戒指。不久以後，她將是他的新娘，比翼天涯，無盡輪迴的愛。

此時快九點了，姍柔將文件夾取出，等一下要去和總經理等高層討論下一季的流行趨勢。

突然，有陣耳語翻滾而來。姍柔漫不經心地問正在擦辦公桌的小妹，說：「他們在說些什麼？是不是發生了什麼事？」

小妹字正腔圓地報導：「凌晨三點的時候，淡水工廠發生爆炸，數人受傷。其中一名值班工程師當場死亡，他的名字是霍以峰。」

啊……姍柔茫然地望著小妹，那是一張青春不知愁的臉，佈滿了事不關己，卻又期期艾艾的興奮。剎那間，姍柔彷彿是被坦克車輾過的冰雕，在寒天凍地中展現破碎的晶瑩。劇烈的衝擊，使她驟然麻痺。然而逐漸恢復的知覺喚醒了痛苦，以及一些怨恨、內疚、不滿等情愫。

小妹雖然發現了姍柔臉部的瞬間變化，卻因為缺乏經驗而不知所措，只能盡責做完工作後，默默地離去。

姍柔失神了好幾分鐘，腦子裏盡是些亂七八糟的東西。當她站起來去倒茶時，「霍以峰」三個字就像暴風雨中的帆船，不斷地在眾人的言談間起起落落。沒有「邵姍柔」三個字，也沒有任何異樣的眼光投射過來，他們之間的事被鎖在黑盒子裏頭。

茶水從壺嘴流出來時，姍柔才發現根本無法準確地倒入杯子。她放棄了，轉身進入空無一人的會議室。映入眼前的是具電話，姍柔走過去，按了幾個數字。由於她使用免持話筒的電話，所以擴音器傳出來的嘟、嘟聲，有強大的回音效應。她直直地望著……沒多久就接通了，不過卻是電話答錄機。姍柔恨恨地關掉通話鍵。會議室又恢復了死寂，只有陽光在暗暗流動。

幾分鐘後，姍柔的指尖再度接觸按鍵時，竟然想不起任何號碼。於是，她又胡亂試了幾次，竟然撥通了。清了清嗓子，她快速地說：「喂！我是邵姍柔，就是那個被妳喚作無可救藥的女人的邵姍柔。我告訴妳，霍以峰死了，我知道兇手是誰，我無法再忍受下去了，我知道下一步應該怎麼做，請不要為我擔心，我……。」

電話忽然斷掉，猶如牙醫師拿了團石膏塞入姍柔的口腔，還沒說完的的話就隨著口水流入喉嚨。她全身顫抖地站起來，恰似古裝戰爭片海報中的女主角，淒美地豎立在千軍萬馬之中——滾滾的煙塵，傾陷的危城，夕陽下蒼茫的荒原。

「你知道嗎？葉先生。我們公司的首席設計師，昨晚被人發現死在她淡水的祖厝，全身一絲不掛。那棟祖厝荒廢已久，沒人住。」

葉威廉望著眼前這位穿著時尚服飾，長相英俊的男人。不過，微微下垂的眉目和鬆弛的神情，有意無意透露著風流輕佻的個性。他是牧貝里時尚衣飾公司企劃部的曲經理，五天前委託精通七國語言的葉威廉翻譯一份法文資料。

葉威廉很早就翻譯好了，因為路過，便順便交稿。曲經理和葉威廉合作多年，多多少少知道葉威廉曾經多次協助警方辦案，並擁有「神探」的封號。於是，迫不及待地說出他們公司剛剛發生的大代誌。他的風流輕佻消失無蹤，取而代之是渴望迫切。因此雙眼明亮，鼻頭泛起蝦紅色的光澤。葉威廉心想這傢伙大約是受了銀幕上，所謂「香閨艷屍」的影響，所以才會有這種可笑的綺念。如果親身目睹過實際的情形，包準他三天吃不下飯。可是葉威廉沒有插嘴，靜待他繼續講下去。

「那個邵姍柔，人長得很漂亮。曲線玲瓏、前凸後翹，沒有一個男人看了不流口水。不過脾氣很怪，讓人不易親近，也因為如此，更富有令男人想入非非的魅力。雖然邵小姐在公司都是獨來獨往，在外也沒什麼不良的風評。可是我個人卻不以為然……」曲經理經理的聲音沉下去時，眼睛爆射出強烈的慾望，彷彿飛舞在花叢中的蜜蜂。

「我曾經看見她在外國人聚集的PUB鬼混，形跡十分浪蕩。曾經數次向她暗示，她卻一臉無辜的模樣，令我懷疑我是不是看錯了。後來，我又刻意跟蹤她幾次，才證明所見不差，真是個雙面夏娃。哦！不，可能不只雙面……」

「你是否向警方提起？」

「何必自找麻煩呢？我是個上班族，萬一三番兩次來個什麼約談，勞心傷神，可能還會影響我的年終考績。對了！我說的這些是她剛進公司的事，後來就沒再發生。可能以前是近墨者黑，如今來了我們這家正派的好公司，近朱者赤，所以邵姍柔就改邪歸正了。」

曲經理睨了一下坐在櫃檯後方的總機小姐，重拾方才的話題，說：「讓我將所知道的情形，詳詳細細地告訴你吧！淡水工廠在昨天凌晨三點左右，鍋爐爆炸，數人受傷，還有一名工程師當場死亡。消息傳到台北公司時，眾人議論紛紛，只有邵姍柔一個人，沒有交代一句話地離開公司。因為整個辦公室的氣氛亂糟糟的，所以也沒有人注意到她。直到今天早上，住在淡水的同事，被警察叫去認屍，才知道公司又少了一個人了。」

「邵小姐的離開公司，以及以後的被殺，會不會和工廠的爆炸有關呢？」葉威廉憑直覺判斷。

曲經理瞪大眼睛，說：「葉先生，你為什麼有這種想法呢？」

「那是我隨口亂問，沒有什麼根據的！」葉威廉不想回答，換個問題：「那個被警察叫去認屍的同事，到底怎麼跟你們說？」

「昨晚八點鐘時，淡水工廠的黃廠長接到警察的電話，問他是不是認識邵姍柔，然後告訴他邵姍柔被人殺害。黃廠長嚇了一跳，不等警察問他是否願意過去確認屍體的身分，就自告奮勇地過去了。」

「邵小姐是何時離開公司，昨天嗎？」

「是！我們都不知道她怎麼了？沒想到……唉！紅顏薄命、紅顏薄命啊！」

「邵小姐和廠長有特別的關係嗎？」

曲經理這次沒有瞪大眼睛，反而瞇小眼睛，油油地說：「有沒有不可告人的關係，是不是？唉，如果硬要扯關係的話，他們算是鄰居，因為邵小姐小時候就住在淡水，開過禮服店，口碑很好。嗯！邵小姐是黃廠長介紹進公司，不過還是要經過面試和筆試。邵小姐實力堅強，一進公司就當了首席設計師。」

葉威廉誇張地做了個「好厲害」的表情，然後鼓勵曲經理繼續講下去。

「廠長跟我們說，當他走入那間破屋時，就看到邵小姐身無寸縷地躺在血泊中，胸口插了一把刀。光亮的燈泡紛紛地灑下紙屑般的光線，使人有種面對一幅用了太多紅色顏料的油畫，那種感覺實在很不舒服。」

葉威廉知道曲經理是個文青，常常寫詩，用字遣詞自然不凡。從他口中吐出來的形容，可以把置身於外的人推入現場。不過並非寫實，而是迷離夢境。

總機小姐看兩人談話，好心地端來兩杯咖啡，也適時地打斷了曲經理的長篇大論。在咖啡潤澤了食道之後，葉威廉發問：「有沒有被強迫性交的跡象？」

「沒有。」曲經理使勁地搖頭，還用手去抓，宛如髮叢裏藏著咬人的蝨子。他說：「我聽黃廠長說：當時的情形是邵姍柔的屍體靠牆滑下，也就是說兇手將她逼到牆邊，再一刀刺入心臟。令警方納悶的是，邵姍柔似乎沒有任何抵抗跡象，甚至衣服都是整整齊齊地疊在椅子上。所以，大家認定兇手和死者之間必然存在某種程度的親密關係。」

「衣服整整齊齊的放在椅子上，包括內衣褲嗎？」

「嗯！所以其中一名對男女關係頗有見地的警察說……」當曲經理說到這裏，看見有個穿灰黑條紋西裝的男士從大門走進來，立刻向他招手。然後對葉威廉說：「他就是黃廠長，我們請他現身說法吧！」

「會不會不方便呢？」

「不會、不會。工廠爆炸，公司相關的業務都停擺，我們想幫忙也插不上手，樂得在旁邊涼快。」

黃廠長西裝革履，斯斯文文。濃眉之下，一雙略顯單薄的眼睛，脣色黯淡，顯得無精打采。曲經理親親熱熱地走過去，攬住他的肩膀，並為葉威廉作介紹。黃廠長表示今天被高層從工廠叫回總公司，報告鍋爐爆炸的事情，並商討何時復工事宜。葉威廉等到兩人的對話告一段落，再重複一次問題，不過他是針對黃廠長。

「邵小姐的離開公司，以及以後的被殺，會不會和工廠的爆炸有關呢？」

「我不知道，不過邵姍柔昨天有去淡水工廠一趟。據說是去憑弔因公殉職的工程師霍以峰。」

「他們交情很好嗎？」

「邵素馨在淡水工廠，霍以峰負責接送，交情自然比一般同事親近。」黃廠長說了一些不關痛癢的話，被曲經理打斷，然後回歸到有關「是否被強迫性交」的話題。

「我聽那個警察指出，如果邵姍柔和那個兇手要有性行為的話，很可能會脫掉外衣，並疊好放在椅上。但是絕不可能也將胸罩和三角褲如法炮製，這不太合乎常情。因為屋中沒有床，所以他們在那兒，絕不是為了情慾，而是……。」黃廠長似乎不同意警方的看法，加入許多個人的看法。

關於「裸屍」，見多識廣的葉威廉覺得以上說法並無任何學理根據，但還是有些道理。於是，隨機選出一種想法說出來：「你的意思是說，死者和某個認識的人一同進入祖厝，然後忽然自動地脫光了衣服。證據之一是沒有被強迫的跡象。至於生前沒有性行為，所以是假設兇手是看著死者表演自慰嗎？」

黃廠長看看身邊的曲經理，問道：「那……你的想法如何？」

曲經理曖昧地說：「現在奇形怪狀的戀愛那麼多，如果雙方面都是女的話，就看不出有性的行為了。」

「兇手可能是女的？我倒沒聽警方提起。」

葉威廉正疑惑這位黃廠長怎會對案情如此清楚，彷彿看透對方心思的黃廠長有些不好意思地說：他和負責辦案的幾個警察，不是中、小學同學、就是鄰居，其中一名還是他的堂弟。

當曲經理把邵姍柔的雙重生活再重複一遍。廠長顯然沒聽過，所以略顯驚訝，說：「還有一點，警方感到很迷惑，就是邵姍柔的身上灑了濃濃的茉莉花香水，混合著血腥味，變成一股非常可怕的氣息。女人用香水是天經地義的事，可是據我所知，邵姍柔似乎很少用香水，尤其是茉莉香。對了！曲經理，你是否還記得有一次？工廠的江秘書很喜歡使用茉莉香的香水，有次來台北開會。結果邵小姐發瘋似地瞪著她，還當面揑著鼻子，彷彿人家是剛從糞坑裡爬出來，弄得江秘書好不尷尬。你們想想看，如果她討厭那種味道的香水，為什麼又要用，而且灑那麼多呢？」

葉威廉想了一想，認真地說：「或許不是她自己灑的呀！」

「不是她自己灑的話，那就是兇手灑的囉！如果是這樣的話，兇手的居心何在呢？」曲經理皺眉發問，葉威廉和黃廠長一時語塞，空氣彷彿也加入思索而停止流動。

也許是因為三人突然靜下來，所以引起總機小姐的注意。她看到他們的咖啡沒了，於是又端來三杯，淺笑低聲地說：「你們是不是在談邵姍柔？」

不愧是總機小姐，聲音甜美地猶如剛榨的甘蔗汁。葉威廉望著她那宛如幾何體組合成的身材——首先把一個橢圓球體放在葫蘆形的圓柱體上。那個橢圓球體的表面除了覆蓋著大約三分之一的頭髮外，其餘的部分則分別是圓圓彎彎的眉毛、圓圓滾滾的眼睛、圓圓翹翹的鼻頭，以及唯一呈菱形的嘴部。可是，當她開口說話時，又多了個鮮紅的圓圈了。

「把總機撥到這邊的分機，妳就可以安心地坐下來和我們談談這個話題。」黃廠長的眼光掃向曲經理，嘟嘟嘴說：「反正有事，他會擔待。」

「是嗎？」她掠一掠髮絲，對葉威廉說：「葉先生，方才您曾兩次提到，姍柔無故離開公司，以及之後的被殺，會不會和工廠的爆炸有關？對不起，我不是故意偷聽，實在是你們的說話聲太大了……」

葉威廉心中感到好笑，難怪她頻送秋波，原來她是「有話要說」。瞧她那份「娘娘駕到」的架勢，一上場就把曲經理和黃廠長的氣焰壓下去了。

「我個人認為邵姍柔和工廠的爆炸事件，是有很大的關聯。」她神祕地透露出這個玄機時，由於葉威廉心中早有算計，所以不像其他兩個男人，發出低沉而驚愕萬分的嘆息。

「這不是空穴來風，因為我有證據。辦公室的小妹告訴她，有關工廠以及霍工程師不幸的事後，她就失魂落魄地跑進會議室，然後打了兩通電話。後來就離開公司。」

曲經理問：「妳有沒有聽到談話的內容？」

總機小姐指著不遠處的會議室，說：「你以為我會讀唇語，沒常識就要多看電視。」

黃廠長做了個「偷聽電話」的手勢，笑著說：「曲經理的意思是這樣，沒常識就要多逛夜市。」

她振振有辭地說：「這是不可能的事情。不過，我們的電話系統有保留她打的電話號碼和通話時間，這是公司為了防止有人偷偷打長途電話。葉先生，如果有需要的話，我可以去將它印出來。」

葉威廉連忙說：「不急，不急，先說完妳的看法。」

總機小姐掠了掠頭髮，露出潔白潤瑩的左耳，上面掛著不靈、不靈的珠環。她說：「也許別人不知道，但我知道霍以峰工程師就是姍柔的男朋友，說不定兩人已經到達了山盟海誓的程度。」

「他們兩人真是守口如瓶。」黃廠長說完，想到什麼似地朝總機小姐問道：「妳不是說妳……」

她嘴角往下一撇，得意地說：「我是幹什麼吃的，難道不會以聲音辨人嗎？何況他們都是同事。既然人家不願曝光，我又幹嘛炒這種新聞。」

葉威廉說：「不知道那兩通電話是打給誰？」

總機小姐走回櫃檯，把那兩組電話號碼找出來。第一通電話通話時間只用了三秒鐘，第二通電話則用了三分十八秒。葉威廉覺得兩組電話號碼非常相似，只差了兩個數字。經過調查第一組電話是邵姍柔自己住家的電話。第二組電話是一個陌生人家庭的電話，葉威廉去電詢問。該戶人家表示：曾經有個女人突然打來一通電話，說了一大堆莫名其妙的話。因為害怕，沒等對方說完，趕緊掛斷，還好沒有再打來。

於是一個奇妙的念頭閃入葉威廉的腦海：「邵小姐會不會是自殺？如果，我說如果，她是因為男朋友慘遭橫禍，那這個假設的可能性就要提高不少。只是，邵姍柔為什麼要脫光衣服，又灑上生平最討厭的茉莉花香水呢？」

葉威廉聽完三人各自發表意見時，徵求大家的意見，說：「介意我把這個電話號碼，告訴我一個當警察的朋友嗎？」

「當然不介意。」他們異口同聲地附議。

關於「廢屋裸屍」的案子，陳警官似乎有著相當的瞭解，所以接到葉威廉的電話，第一個問題是：葉先生，你還記得孫美寬嗎？

「你說『犯罪版玻璃鞋』的那個妮卡嗎？」

「她是死者邵姍柔的表妹，依照她的說法。死者患有妄想症，當時她就是學習她表姊的行為模式騙過了當醫師的鍾啟富。死者被初戀男友背叛，妄想症益發嚴重，甚至出現人格分裂。後來經過治療，好轉許多。誰知道這次未婚夫慘遭橫禍，一時無法適應，就走上自殺一途。我知道你很聰明，但是為什麼會在沒甚麼線索之下，你比我們早先判定邵姍柔是自殺，而不是她殺呢？」

「陳皓，除了那個穿『玻璃鞋』的孫美寬，你還記得那個『天堂門外的女人』溫素馨嗎？」

「當然記得，幸好有你幫他解圍，否則又是一宗冤案。」

「我還認為邵姍柔就是殺死那個卜經理、嫁禍溫素馨的兇手。」

「哪壺不開提哪壺！」

「關於『廢屋裸屍』的案子，不在其位、不司其職的你似乎蠻有興趣的喔！」

「所以呢？」

「所以我推想，這兩宗案子必有關聯，而且你已經瞧出端倪。」

「說來聽聽吧！」

「我們替孫美寬解除危機之後，她不是拜託我們替她的朋友溫素馨申冤嗎？你還記得訪談時，她身上飄散著一股茉莉花香嗎？」

「我真的服了你，然後呢？」

「這次命案死者的同事說：死者非常討厭茉莉花的香水味，這代表甚麼意義呢？然後死者在死前又噴上濃郁的茉莉花氣味的香水。所以我大膽假設死者的另一個人格就是來自她模仿和想像中的溫素馨。」

「依照孫美寬的說法，的確有此可能。最好的朋友竟然就是心靈深處最怨恨的的人，真是錯綜複雜的人性。我們很遺憾，沒有早一點讓邵姍柔落網。」

「我還認為溫素馨被警方偵訊時，供詞含糊不清，很可能就是要包庇好友邵姍柔。嗯，或許不能說是包庇，而是下意識否認對方是兇手。」

「嗯！或許吧！」陳警官停頓一下，問：「你要我調查那兩通電話，用意何在？」

「關於那兩通電話，表面上是死者打給自己，其實是另外一個自己，也就是想像中的溫素馨。兩組電話號碼看起來不一樣，其實是一樣，只是死者在撥打第二通電話時，弄錯了幾個數字。至於她說：霍以峰死了，我知道兇手是誰。我推想死者不是把霍以峰和卜經理弄混，就是把霍以峰之死歸罪於溫素馨。然後她又說：我無法再忍受下去了，我知道下一步應該怎麼做，請不要為我擔心。這一段話很顯然她又恢復了真正的自己，她要去殺死想像中的溫素馨，另外一個自己，其實就是她自己。」

「那她為何要脫光衣服呢？」陳警官自問自答：「我們警方也有提出自殺的假設嗎？只是因為『裸屍』的先入為主的觀念，才積極往他殺的方面思考和調查。畢竟很少人會全身赤裸自殺，尤其是年輕女性。」

葉威廉乾笑一聲，說：「這就要從佛洛伊德理論說起……。」

走出電話亭，葉威廉看見路邊一棵尤加利樹，順手摘了一片葉子，揉碎在掌心，有股草原的氣息。想起溫素馨身上的茉莉花香，腦海中浮現三個圍繞在鍾啟富身邊的女人邵姍柔、溫素馨和孫美寬，對了！還有一個死去的古如鈺。彷彿依稀，路過的那四條模糊的人影，從容自若地與葉威廉並肩同行。到了雙叉路，她們沒入蒼茫的歲月裏，葉威廉獨自邁向春和景明的百花深處。

本作原載於《夢幻二重奏》（一九九〇，林白出版社）

【解說】人心的奇險怪誕

文／既晴

（本文內容涉及第一部五篇作品的謎底，請謹慎閱讀。）

《天堂門外的女人》一作，是葉桑回顧自身九〇年代初期創作的短篇自選集，作品擷自《夢幻二重奏》（一九九〇）、《愛情實驗室》（一九九一）、《台北怨男》（一九九一）等短篇集，篇章的安排共分四部，各篇都附上故事發生年代，這是原作所沒有的，此外，角色、故事情節也做了變更，是這部自選集的原創設計，人物、事件互相牽連，層層堆砌，描繪出一幅浮華都會的男女眾生相。

關於葉桑的作品演化，《浮雲千山》的導讀中我曾略述一二，本文不再重複，全書收錄的十四篇作品均屬於創作分期上的第一期「犯罪動機型」，亦即，在故事情節中特別重視犯罪者的情感、心理刻畫，最終形成實際犯罪行為的過程。這樣的傾向在第一部的五篇作品裡尤其明顯，因此，探究這五篇作品的構成，應有助於我們對葉桑創作內涵的理解。

葉桑的筆觸抒情，洋溢詩意，用字遣詞善用瑰麗華美的譬喻，這是其作品予人的第一印象，再加上主題大多集中於男女情愛的恩怨糾葛，與同期作家思婷、余心樂、陳查禮、胡柏源等人的寫實路線截然不同，而他對犯罪程序的重視更甚於解謎程序，具備特出而鮮明的創作風格。相對的，如此特出而鮮明的風格，也往往容易使人對其作品停留在「浪漫唯美」的表象，遮蔽了當中「冷酷現實」的真相。

第一部首篇〈流星的歸宿〉描述服裝設計師邵姍柔在淡水有一家製作禮服的店面，一日，她的表妹孫美寬趕來通知她，姍柔的初戀男友鍾啟富即將回鄉經營醫院，地點在關渡。未久，另一位友人溫素馨來訪，說她收到啟富的喜帖，新娘是資產家古鑑文的女兒古如鈺。

對於這一連串的衝擊，姍柔卻僅僅處之淡然，告訴自己緣分無法強求，同時也想起兩人年輕時的交往，並感覺到內心還深愛著啟富。此時，啟富來訪，竟是專程送喜帖來，姍柔也大方地給予祝福，並答應致贈一套新娘禮服做為賀禮。啟富本想推辭，在姍柔的堅持下，最後仍然帶了她去古家。姍柔見到如鈺，才發現她原來失去了雙腿。

本作的篇幅短小，故事結尾的意外性極強，但並不屬於犯罪小說的類型範疇。儘管如此，它依然精準地表現了這部短篇自選集的基調——在「浪漫唯美」的表象下，藏匿了「冷酷現實」的真相。

姍柔曾經為了啟富的前途，放手愛情，讓他與門當戶對的素馨在一起。詎料，啟富為了更高的權位，卻又拋棄素馨，選擇了身障的如鈺。誠然，愛情之前人人平等，身障絕對不是愛情的阻礙，將啟富的行為解釋為高潔的情操，亦無不可，但是，在第三篇〈玻璃鞋〉中，讀者即能親眼目睹這場婚姻的醜陋、惡毒、城府與算計。而，姍柔所讓出的愛情，最後只落得爭取利益、地位的幾塊籌碼。

第二篇〈羅莎達之石〉，是邵姍柔替古如鈺製作嫁衣的後續。如鈺因為神經麻痺，幾乎無法動彈，兩人獨處，姍柔的惡意在如鈺毫無妨備的時刻遽然萌生。葉桑作品裡的兇手，有許多人是機會主義者，惡意流轉極為迅速，遇見一瞬即逝的合適時機，隨即出手殺人，閃電般猶如毒蛇。這樣的兇手形象，與傳統解謎小說中精心擘劃、以「完全犯罪」為目標的兇手大為迴異，我認為是葉桑獨樹一格的人性觀察，也更貼合台灣社會的小民樣態。

〈玻璃鞋〉談的是啟富的婚姻生活。啟富娶了如鈺，如願在綜合醫院主事，但無趣的醫院工作、冰冷的婚姻生活，讓他下班後不想回家，他在一家西餐廳偶然邂逅一名從香港來、自稱富商遺孀的年輕女子妮卡。妮卡帶他回到她獨自住的華廈，兩人發生了一夜情，啟富也得知了妮卡罹患憂鬱症、臆想症，經常失憶。於是，啟富決定加以利用，身著女裝欺騙他人，返家殺死如鈺，並以醫學專業進行心理誤導，使妮卡以為自己是兇手。

啟富的異常性欲，在本篇中有非常奇拔的描寫，為台灣犯罪小說裡所罕見。擁有高社經地位的他，與妻子感情不睦，只能以大型犬隻來發洩性欲，四處尋找一夜情，甚至有女裝癖傾向。在葉桑的筆下，愛情的真相經常是荒蕪的，唯有欲望才是真的。我們再次讀到在「浪漫唯美」表象下，藏匿了「冷酷現實」的真相。

〈天堂門外的女人〉是書名作，以完整度而言，亦是第一部的扛鼎之作。劇情述及素馨與姍柔童年時的友情，以及成年後偶然在同一家公司任職的重逢。當時，素馨受到另一個部門卜經理的騷擾，向姍柔傾訴。姍柔透露，卜經理是「情報販子」，專門監督同事行為，招惹不得。姍柔答應幫素馨解圍，但後來素馨仍被卜經理迷姦。經過一番波折，素馨才察覺是姍柔設的局，卜經理已死，最大的嫌犯是自己——不僅愛情，友情也一樣只是私利的幌子。

來到第五篇〈夢幻二重奏〉，應是全書最詭譎、玄異的一作了。姍柔收了淡水的店面，進了一家服裝設計公司，她在成衣廠認識了工程師霍以峰，兩人相戀，許下婚約。然而，工廠卻發生爆炸，霍以峰殉職，未久，姍柔回到淡水老厝，被人發現全裸刺殺，衣服全都整齊地放在椅子上，也沒有強迫性交的痕跡。偵探葉威廉的推論，導向令人驚愕的結局。

葉桑的作品群，是男歡女愛的迷宮，他善於以愛情入題，描寫愛情的詭祕與畸形。在台灣犯罪小說發展的九〇年代初期，他的拓荒、探索在今日看來更是彌足珍貴，值得反覆咀嚼。葉桑以這部自選短篇集告訴我們：當詭計已不再是犯罪小說的必要條件時，人心的奇險怪誕，才是最至關重大的謎團。

作者簡介／既晴

犯罪、恐怖小說作家。曾以《請把門鎖好》獲第四屆「皇冠大眾小說獎」首獎，有《別進地下道》、《病態》、《感應》等作。二〇二〇年發表《城境之雨》，擔任《沉默之槍》影視改編製作人，現為「台灣犯罪作家聯會」執行主席。

#第二部

第一章　吃人的變形蟲（1990年）

十年前的某一個夜晚，墨茗入寢之前，如鈺的未婚夫啟富帶著一名女子來訪。她避開對方隱約在樹影下的臉蛋，凝視那雙暴露在燈光下，修長的手指，不但傷痕纍纍、還長滿了繭。體態姣好優美，可是看起來像是揹著一副不勝負荷的重擔。墨茗猜想她應該是個在人生路途上跌倒過多次的女人。墨茗並不知道這位名字叫做邵姍柔的女子，就是啟富的初戀女友。

第二天午後，姍柔獨自一人來訪，一改沉重陰鬱，打扮成明亮清爽的小姑娘，說是要替如鈺量身訂做一件小禮服。墨茗心中歧視她，但是表面不說，去裏頭繞了一圈，想要假傳聖旨說：不需要。沒想到不到十分鐘回到客廳，她竟坐在沙發椅上呼呼大睡。張開的嘴巴像個黑洞，讓墨茗興起惡作劇的念頭，想要把桌上的便條紙，揉成一團，「刷」地丟進去。

姍柔似乎沉浸在夢中的情節，表情變化多端，甚至發出詭異的喉音和驚恐的表情。墨茗並不知道對方在夢中毒死了情敵如鈺，還和奪回的啟富步入禮堂，最後在甜美滿足的笑容中悠悠然醒來。墨茗婉轉地表達如鈺不願接受的原因，然後不容對方的陳情，軟硬兼施地將她送出門外。幾年之後，她從友人口中獲知姍柔不但人格分裂，還是個殺人兇手，最後落了個自殺身亡的下場。

墨茗在美國讀書時，因為學校發生了「種族歧視」的衝突事件，認識了一個精緻秀美，同樣來自台灣的女孩。她的名字叫做如鈺，喜歡藝術，夢想成為世界頂尖的玩偶設計師。衝突事件落幕之後，她們就失去了交集，甚至不小心在路上遇見或坐在一起用餐，也是含笑點頭之後的擦身而過或默默無語。

然而，當學校再次發生了更嚴重、更大規模的「種族歧視」的衝突事件，兩人再次相聚，自然而然地團結在一起。外柔內剛的墨茗發現自己和外剛內柔的如鈺越走越近，逐漸成了非常親密的閨中好友。

在一個秋高氣爽的日子，兩人相約出外郊遊。如鈺卻無故失約，並且杳如黃鶴，從此消失在校園。她的失蹤引起議論紛紛，聽說被變態殺手性侵後、削去雙腳。墨茗驚嚇到夜夜不敢上床睡覺，原來小說上的情節是會發生在現實的人生。後來證實如鈺為了急於趕去赴約，因而發生車禍，失去雙腿，治療告一段落，就被接回台灣。

這宛如電影「金玉盟」的情節讓墨茗痛心疾首、無法控制自己的情緒。時間撫平了創痛，卻無法澈底治療悲愁哀傷。她時常會在夢中和如鈺相見，一起海角天涯。

匆匆又過了數年，墨茗開始收到如鈺所寄來的聖誕賀卡。到了如鈺某一年的生日的那一天，墨茗決定飛去台灣陪她度過。

墨茗重見如鈺，如鈺似乎忘了發生在自己身上慘痛的經歷，已經完全適應沒有雙腳的人生。墨茗雖然心疼，也很識相地沒有舊事重提。

餐後，兩人到屋後陽台看月亮。喝著不久前才得到世界首獎的咖啡，吃著台灣最貴、最有名的生日蛋糕。如鈺把她父親送給她的生日禮物，一枚名字叫做「羅莎達之石」的鑽石項鍊擱在一旁，在宛如銀鉤的月亮和昏暗的燈光下，墨茗感受到如鈺的強顏歡笑和心中的冷清落寞。

月亮越升越高，光輝越來越明亮。如鈺的身影宛如一顆小小的方糖，慢慢融化在無邊的月色裡。多年後的再聚，墨茗發現如鈺的外表堅強快樂，內心卻是脆弱痛苦。她決定留下來陪伴如鈺，當她一生一世的守護。

如鈺聽從父親的安排，嫁給一個看來忠厚老實的醫生後，墨茗認為已經完成了使命，接受了如鈺父親替她安排的職位。婚禮辦妥之後，墨茗自然離開了朝夕相處的如鈺。沒想到如鈺婚後三年，慘遭不幸，兇手竟然就是她的丈夫鐘啟富。墨茗回想兩人從天真純潔的愛戀，昇華成堅貞的友誼，再灰飛煙滅成天人兩隔，簡直是傷心欲絕。

如鈺的喪事低調進行，墨茗從遺囑得到如鈺婚前住的地方，位於台北精華地段的白雪大廈，十二樓超級豪華公寓。她辭去了朝九晚五的工作，決定開始另外一種人生。

午後出現了大太陽，墨茗約了朋友，商談將來的生涯規劃。她穿好外套，再披上一條保暖的圍巾，然後踏上那一條金色大道。恰好一輛公車過來，她毫不考慮上車。然後刻意坐在有陽光照射的位置，不久感到溫熱，於是把圍巾拿下來。

由於離約定的時間還很早，便隨意找了個站下車，抬頭一看竟然是某某知名咖啡廳。墨茗想到上個月去過這家品牌咖啡的分店喝咖啡，拿了一張免費咖啡券。於是在皮包中的小錢包一找，竟然還在，而且還在有效期間。除了免費咖啡，她用口袋的零錢買了焦糖布丁。

結果店員拒收，因為那不是錢幣。墨茗仔細一看，才想到幾天前整理衣櫃，發現一枚錢幣，誤以為是五十塊錢銅板，沒想到是以前在美國讀書時，和如鈺一起到遊樂場時所用的代幣。她一面品味著咖啡留在舌尖上甘甘的苦、苦苦的甘，一面不經心地瀏覽著窗外的街景，窗戶上的倒影彷彿不是自己，而是如鈺憂傷的臉。

離開咖啡廳的墨茗，再去逛了百貨公司、用了晚餐，才準時踏入約會的地點。這位朋友姓花，是如鈺的近鄰、也是遠親，曾經在如鈺命案之中扮演極重要的證人腳色。這位花小姐是餐飲界知名的女強人，除了在淡水開了一家頗具盛名的啤酒屋，這間位置在台北鬧區的西餐廳也是她親自經營，聽說還有投資很多食品工廠。所以當墨茗有意開咖啡廳，如鈺的父親建議墨茗不妨聽聽她的意見。墨茗當如鈺的私人助理，時間不長，而且位居幕後，所以和如鈺的私交朋友沒有太多交集，尤其是那些自居上流社會的貴婦，自然而然和這位花小姐不熟，甚至連照面都沒打過。

雖然過了晚餐時刻，還是有兩、三成客人。咖啡平淡無奇，但是甜點還可以，價格也算公道。兩人約定的時間過了半個鐘頭，花小姐遲遲未來，百般無聊的墨茗不由得抬頭，看了看在眼前走來走去的年輕侍者。一身黑色的勁裝，繫了條鑲金絲的桃紅色腰帶。白嫩的圓臉蛋，像剛出爐的小麵包，看起來有點眼熟。喔！彷彿是十七歲時候的如鈺。墨茗刻意去注意他胸口的名牌，上面寫著：小羅。

小羅被墨茗看得有些不好意思，問道：「小姐，妳還要點什麼呢？」

墨茗猛然一驚，什麼時候自己變得如此輕佻？雖說是個芳心寂寞的老小姐，也還不至於淪落到死盯著男人不放吧。於是調整了一下情緒，心平氣和地說：「再給我一杯咖啡吧！」

「好！請妳等一下。」望著他挺直的背影，墨茗任思緒馳騁。沒有面對面的壓力，她的眼光可以無所忌憚地停駐。在等待的當中，有些後悔不該再點那杯咖啡。一個不再青春的單身女人，孤零零地坐在演奏著浪漫情歌的餐廳裡，別人會做何感想？會不會有某個街頭浪子正伺機而動呢？墨茗決定等小羅把咖啡端來時，立刻喝完，然後儘快離開。

這幾年來，墨茗對於異性的追求，條件越來越嚴苛。不管是約會或相親，總是無法來電，眼看著青春就像杯裡的冰塊，慢慢的融化了。忽然，墨茗的眼睛感到一陣刺痛。

唉！老毛病又發作了，趕緊從皮包拿出眼藥水，往雙眼各滴了一滴。可是這種神經性抽痛卻沒有改善，於是取下隱形眼鏡。閉起雙眼休息。

「小姐，咖啡來了。」

墨茗睜開雙眼，只見燈朦朧、影朦朧。連那個小羅也變得一片模糊，因為她的近視高達一千多度，而且還有些亂視。

「小姐，對不起，掉在地上的是什麼呀？」小羅發問。但墨茗不知道他指的是什麼？幸好眼睛不再刺痛了。於是伸手去摸索桌上的隱形眼鏡。

「小姐，妳是不是在找這個？」

一隻模糊的手伸過來，上面隱隱約約有一個白影，墨茗湊過去仔細瞧。不錯！那正是她的眼鏡盒，可是卻摸不到盒內的隱形眼鏡。

「我的隱形眼鏡呢？」

「對不起，小姐。我剛才不小心把這個盒子撥到地上，隱形眼鏡也許掉在桌子底下，我幫妳找找看。」

墨茗感到茫茫然，不知如何是好，又恨自己糊塗，竟然沒帶備用眼鏡。如果隱形眼鏡找不到的話，自己一個人怎麼回家？環視四周，整個人如墜五里霧中，只看到幾條黑影，在周遭上移動。

「你們在幹什麼呀？生意還要不要做？」是個女人的聲音，清脆悅耳，卻透著威脅和責備的語氣，墨茗順著聲音看過去，也只是看到一抹高挑綠色人影，大概是穿著會發亮的綠色衣服吧！

「小羅把客人的隱形眼鏡弄丟了，大家正在幫忙找。」另一名侍者解釋著。

「找不到就算了。」停了幾分鐘後，女人才說：「你們都回去做自己的事。」

墨茗猜想說話的人可能是花小姐，努力地想看清楚對方，可是心有餘而力不足。

「王小姐嗎？我們約好要談您開餐廳的事，我有事耽擱，所以遲到，真是抱歉。」花小姐說了很多遲到的理由，每一條聽起來都是藉口。

「妳是花小姐？」

「是啊！我是阿滿，對於剛才『把您的隱形眼鏡弄丟』的事，真的很抱歉。」花小姐雖然口口聲聲抱歉，可是一點誠意也沒有，甚至還說：「難道妳連我的面孔都看不清楚嗎？」

墨茗感覺到對方的臉靠過來，但是除了撲鼻的粉香，以及像是蒙了一層薄紗的五官之外，仍然湊不成完整的影像。

「那只好另想辦法了，妳先坐一下！」

綠色的人影彷彿被輕風吹動的雲朵，飄然而去，留下墨茗一個人陷在茫茫的霧海中。

「小姐，對不起，我將叉子擺錯了。」

花小姐要小羅送來甜點，招待？賠罪？可是那個小羅彷彿不相信墨茗的話，故意把刀叉亂放，想要證實她的近視是否像她說的那麼嚴重。墨茗一怒之下，決定不去碰那塊看不出樣子的蛋糕。

綠色的人影又飄過來了。

墨茗實在很不願意暴露自己的弱點，可是情勢所逼，也顧不了那麼多了，搶先開口，說：「我什麼都看不清楚，腦袋無法集中，可能甚麼都談不下去。改天吧！」

「也好！要不要打電話請妳的家人來接妳？或是替妳叫輛車，好嗎？」

墨茗沒好氣地說：「這麼晚了，我不敢一個人坐計程車，花小姐，能請妳送我回家嗎？」

墨茗本來想叫朋友來接，但是想想既然是餐廳的錯，就由他們負責到底吧！

「當然可以。王小姐，妳住在哪裡呢？」

墨茗說出地址，花小姐似乎對墨茗住的地方很感興趣，尤其當她說出住在白雪大廈時，她像被引發了靈感似的，滔滔不絕地問了許多奇怪的問題。花小姐和如鈺交情很好，可是她不知道如鈺和墨茗的交情。她以為墨茗只是如鈺父親手下一名職員，並不將她看在眼裡，所以也不知道那棟豪華公寓是如鈺所贈送，誤以為墨茗是個深藏不露的富婆。墨茗對於「被誤解」習以為常，懶得理會，因此常常被解讀成「默認」。

「花小姐，我很累了，拜託妳立刻送我回去。」墨茗很不耐煩地說。可是那朵綠色的雲卻變成一片荷葉，飄浮在湖面上動也不動。

墨茗忍不住大聲說：「拜託，我想立刻就走。」

「好，沒問題。我立刻去安排。」花小姐趕緊謙卑地答應。

墨茗不禁恨起自己愛美、愛時髦，從小因為近視太深，無法配戴隱形眼鏡。半年前，相親認識一個眼科醫師。他推薦墨茗使用這種最新發明的隱形眼鏡。雖然他和如鈺沒有修成正果，卻因為自己眼睛的問題，兩人還是常有聯絡。墨茗曾經抱怨這款隱形眼鏡，戴上之後經常會掉下來。不過卻沒有像這次出的紕漏這麼大，而且又是在一個完全陌生的環境。

時間像沙漏裡的沙，一粒一粒緩慢地往墨茗的心坎裡堆積。雖然說天未荒，地未老，也已經海枯石爛了。她猛然地站起來，只聽見咖啡被潑倒、刀叉落地等驚心動魄的雜音。如同黏在蜘蛛網的小蟲，墨茗動彈不得，想掙扎往前，又惟恐前方有更險惡的陷阱。

「我要回家，我要回家……」墨茗失去理智地呼喊，再也顧不了是否會被人看笑話。她不知道店裡一個顧客也沒有，只知道很晚了。

「王小姐，不要那麼緊張嘛！我立刻叫人開車送妳回去。」不知何時，那條綠色人影又無聲無息的飄過來。

「我怎能不緊張！我現在就像瞎子，甚麼都看不見。」

「好！好！妳冷靜一點。車子已經在門口等妳了。」花小姐扶著墨茗走出了餐廳，將她塞進了一輛車子。

車子開動時，墨茗發現自己忘了拿圍巾，花小姐趕緊轉身去拿。

「王小姐，妳太緊張了。還好是圍巾，如果是皮包忘了拿，可就嚴重了。雖然我們會完璧歸趙，可是沒有鑰匙，還是挺麻煩的。」

墨茗向她道謝，接過圍巾，連同皮包緊緊地抱在胸前。

司機是一個不愛說話的人，音響也沒開。駕駛途中，凝重的空氣使墨茗覺得快要窒息，於是試著搖下車窗，卻開錯車門。

「幹什麼？妳想跳車呀！」悶雷般的聲音炸過來，驚慌失措的墨茗雙耳嗡嗡作響。

此刻墨茗終於體會到殘障人士在社會上所遭受的待遇，沒有今夜的遭遇，怎能了解他們的感受，以及被歧視的無奈和痛苦？但自己有明天的希望，不！半小時之後便會重見光明，然而他們呢？卻是永遠的黑暗。除了愛與關懷，還有其他的妙方嗎？

車子停下來，車門自動打開，墨茗慢慢地鑽出來。站定之後，車子就迅速地開走了。就在墨茗摸索往前走時，天使出現了。

「小姐，需要我幫忙嗎？」

墨茗舒了一口氣，面向著眼前這個高大的人影。他的聲音恍如風兒吹襲下的海濤聲。到底是折回的司機，還是出來散步的鄰居？但願不是恐怖的夜晚陌生人。

「哦！我的隱形眼鏡掉了，你能不能送我到白雪大廈？」

「白雪大廈就在那裡呀！」

墨茗望著眼前迷濛的白色大樓，心中期盼對方千萬不要想入非非，硬著頭皮說：「我真的看不清楚，麻煩你送我到大樓門口，我就會請管理員……」

「好，我們走吧！」高大的人影靠過來，牽起墨茗的手。墨茗可以看見他穿一套暗色的獵裝，確定就是剛才那位司機。他的手掌又大又軟，還有一股令人心平氣和的溫暖，對於這種接觸，墨茗感到心情平和寧靜。

一走進大樓，管理員立刻出聲打招呼，墨茗僅報以微笑。這個高大的人影送她到電梯口，說：「王小姐，電梯門已經開了，妳可以直接上去。晚安！」

還沒有來得及道謝，電梯門已經關上。墨茗正發愁看不到按鈕上的阿拉伯數字，幸好自己住在最頂樓，所以往最上方的按鈕一按即可。

電梯停了，上端亮著兩個模模糊糊的阿拉伯數字——12，猶如一對在幽暗中擁抱的情侶，女方還彎起右腳，時遠時近地落入墨茗的眼中。走出電梯，往左方走去，第三扇門就是自己的安樂窩了！只要走進裡面，一切的緊張恐懼將立即消失。

可是，墨茗的希望又落空了，因為……放在皮包裡的小錢包不見了，真是屋漏偏逢連夜雨。她愣在原地，鑰匙一直都放在皮包的小錢包裡。拿眼藥水的時候，它還在裡頭，然後就沒有再動過。剛才皮包掛在椅背上，難道有人動過嗎？

左鄰右舍的門，緊緊地關著，好像一隻隻拒人於千里之外的巨掌。不過縱然它們張臂迎接，墨茗也沒有勇氣去求救，誰知道每扇門後藏著什麼樣的怪物？記得小時候，老師曾經出過一個作文題目「我的鄰居」，當時她一開頭就引用了一句成語——遠親不如近鄰。可是從這幾年的都市生活體驗，早已經沒有那種感受了。

胡思亂想歸胡思亂想，自己總不能整個晚上，都在這清冷的走廊徘徊。於是，墨茗決定下樓去找管理員商量。正欲走向電梯時，聽到一陣巨響，好像有人打開了太平梯的門。還沒弄清處到底是怎麼一回事時，她感覺有一塊飄散著怪味的布蒙上了她的鼻子和嘴巴，然後被一雙強而有力的手臂拖走。

等到腦筋略為清醒，墨茗發現自己被強壓在又硬又冷的水泥地上。清冷的晚風吹在臉上，茫然看見深沉的夜空，迷離的星光。她試圖站立起來，卻又被推倒。耳邊濃濁的呼吸聲，在時而傳來的機車聲中，顯得格外刺耳。

墨茗死命地想推開對方時，發現自己身在樓頂的轉角處，只隔了一道欄杆，外面就是萬丈深淵。就在這千鈞一髮，一陣慘叫聲在耳邊響起，然後壓迫在身上的男人不見了。

他到哪裡去了？幾乎全盲的墨茗絕望地癱瘓在欄杆的底下。幾乎是同時，另外一道人影，飄然出現。

「王小姐，妳……妳把那個男人推下樓去了。」

「什麼？妳說什麼？」墨茗自行撕下封住嘴巴的膠帶，結結巴巴地問。

「王小姐，妳認不出我嗎？我是阿滿。」

「阿滿？花小姐，妳怎麼來了？可是，妳剛才說……。」

「妳的小錢包掉在餐廳，裡面有一串鑰匙。我特地帶來還妳。」模模糊糊的面孔讓聲音聽起來也模模糊糊：「我經過管理員的同意，上了十二樓。可是找不到妳，忽然聽到樓梯口有怪聲響，於是跑上屋頂來一看，妳和一個男人在拉扯，然後妳把他推下去。王小姐，我對這件事情感到很難過。」

「妳是說，我把那個欺負我的人推到樓下？」墨茗感覺自己的雙腳像被固定在黏稠的柏油路上，而巨魔似的壓土機緩緩輾壓過來……應該接受這殘酷的現實嗎？墨茗仰首問蒼天。

花小姐安慰著墨茗，說：「我會出來作證，妳是不得已的，因為我親眼看見他向妳施暴。」

墨茗用雙手摀住了有、等於沒有的雙眼，淚水嘩啦嘩啦地滾下來。不過，當花小姐護送她回到自己的房間，戴上眼鏡，一切恢復秩序，心情很快就恢復了鎮定。送走花小姐，她開始撥打電話。

方律師是如鈺父親古鑑文公司的法律顧問之一，不曾辦過刑事案件，如今也顧不了那麼多。墨茗和他見過多次面，他有張長長的瘦臉，置放著細長的眼睛和嘴唇。講起話來，薄唇一張一合，眼珠子不停的閃爍，誇張得令人坐立難安，唯有那紋風不動的鼻子，在翻雲覆雨的表情中，如石敢當般的妥定穩健，令人懷疑它是否有呼吸功能。

他現在正坐在墨茗的面前，試圖安撫對方的情緒，說：「王小姐，我們來分析一下當時的情況。妳說妳靠著欄杆，然後將死者用力一推，他就掉下去，是嗎？」

「是的。」墨茗心中並無把握，只是按照花小姐的說詞。說完後，低下頭，避開方律師灼灼的眼神。

「可是，如果按照妳所言，死者應該是滾向樓梯的方向，而不是翻過欄杆。而且我懷疑妳是否有這麼大的力氣，或許是他自己失足跌落，我必須確定之後才能陪妳去投案自首。」

「我不知道，當時我一片慌亂。」

「王小姐，請妳再仔細想，這一點非常重要。是他自己掉下去或是妳推他下去，程度上有很大的不同。」

墨茗嘆了一口氣，搖了搖頭。

「王小姐，我是妳的律師，基本上必須幫助妳。如果說了稍微過分的言語，希望妳不要介意。」他嚥了嚥口水，說：「妳是不是潛意識裡認為自己殺死那個男人？」

墨茗不解地望著他，等待下文。

「我自信能夠了解妳的心態，因為我的姐姐和妳一樣，是個自視很高的職業女性。妳身份證年齡是35歲，可是看起來像是快四十歲了。雲英未嫁，嘴上說著寧缺勿濫，內心裡還是很渴望愛情。如果有人對妳表示好感，縱然不很喜歡，還是會刻意讓周遭的人知道，表示妳並非沒人要，也證明妳依然擁有魅力，只是妳有自己的原則和生活方式。」

「我不了解你對我說這些話是什麼意思？」

「我想提醒妳，那不是證明魅力的好方法。」

「你……」墨茗真想打他一記耳光。

「一個暗中仰慕妳的人，守候著妳回來，然後幫助妳，卻攝於妳神聖高貴、不可侵犯的氣質，只好黯然離去。但又受不了愛情的慾望，於是不顧一切後果、狂野地抱住妳。貞潔的妳奮力抵抗，失手將他推下樓去——呃，也許是他自己掉下去。但是隱藏在妳的心靈深處的自責和同情，迫使妳承認殺死了那位男士，即使在以後的鐵窗生涯，妳將不會孤獨寂寞，因為有件綺麗的往事陪伴著妳。」

「方律師，請注意！你的職業是律師，不是心理醫師。我花錢請你是希望能減輕我的牢獄之災，而不是替我分析內心的世界。」

方律師接受墨茗的委託之前，早就先打聽好死者的身分，所以不理會墨茗的抗議，依然直言直語地說：「如果那個男人是個體面的紳士倒還好！偏偏是個其貌不揚的賭徒，終日騙吃騙喝，還曾經為了還不清賭債，被人剁下兩根手指頭。所以，王小姐，妳不用為證明自己的魅力而承擔良心的折磨，說不定那個人只不過想搶妳的金錢而已。」

不！墨茗的心谷迴響著思潮的吶喊：一個老小姐很久、很久才被異性握住手，那麼溫柔，像指尖拂在花瓣，像春風拂過手背，像手掌托住一朵白雲。然後在那看不見的月光下，一次又一次手的接觸，當時的驚慌恐懼，如今的回味竟然是狂野而激情……她想到了那隻又大又溫暖的手掌，悸動地問方律師，說：「我可不可以去看死者的屍體？」

方律師迷惑地看了墨茗一眼，說：「當然可以，但是能不能告訴我，妳為什麼會有這個念頭？」

「我要去看看，他是不是有雙又大又溫暖的手……」墨茗用只有自己才聽得見的聲音回答。

方律師無法會意，提醒墨茗如果能更明確的指出攻擊她的那個男人的身高服裝以及特徵，再和死者做比較時，或許案情會更明朗化。

墨茗一夜無眠，直到將近午餐時刻，終於等到方律師的來電說明：死者是因賭債所逼，跳樓自盡，而且也不是從十二樓跳下去的，所以墨茗心中的大石頭終於被移開。事件過後，方律師很關心墨茗是否罹患創傷症候群，非常同情這位孤單悽苦的薄命女子。

三天之後，天氣好得讓人想唱歌跳舞。墨茗在白雪大廈附近的公園散步，無所事事地望著木偶般來去匆匆的行人。心尖一指彈，猛然想起一件事，於是揮手招來一輛計程車。

墨茗再度走入那家西餐廳時，小羅正倚著櫃台和小姐聊天，依舊是黑色勁裝，繫了鑲金絲的桃紅色腰帶。白天客人很少，所以氣氛顯得懶洋洋，他職業性地說了聲：「歡迎光臨。」

小羅沒認出墨茗，不知道是認人的功夫不夠，還是她戴了一副厚厚的眼鏡。

墨茗憑著記憶，自己走向幾天前曾經坐過的座位，一面看菜單，一面問道：「你們老闆花小姐在嗎？」

「大約半小時後才會來上班，妳是她的朋友嗎？」

「她是我朋友的朋友，我今天特地來向她請教一些事情。」墨茗取下眼鏡，向影像模糊的小羅，開玩笑地說：「我的隱形眼鏡找到了嗎？」

「啊！妳是王小姐。找到了，不過放在花小姐那裡，那天實在是很抱歉。」

小羅口中的「實在是很抱歉」，語氣和表情誇張到令墨茗感到啼笑皆非。重新戴上眼鏡，世界立刻恢復了原來的樣子。不過世界的原樣果真是如此嗎？難道不是經過人工的修飾而造成的嗎？醜陋的事物能夠美化，那麼，美好的事物也會被醜化，這就是人類追求文明時，伴隨而來的無奈和悲哀。

墨茗望著他那圓圓白白的臉蛋，說：「你就是小羅，能不能坐下來，我想和你談幾分鐘？」

表現得像隻荷蘭豬的小羅，溫馴地坐下來。但是只把屁股沾在椅沿，像是隨時準備逃走。墨茗說自己想要開咖啡廳，當初和花小姐約好來這裡談。沒想到因為掉了隱形眼鏡，平白無辜惹上一身麻煩。如今事過境遷，她想再找花小姐商談。既然花小姐還沒來，墨茗想和小羅請教一些開餐廳的大小事。

墨茗的話才剛講完，沒想到這個害羞的大男孩竟然變得口若懸河，滔滔不絕地道出許多點子，以及他個人的理想。墨茗猜想他可能誤會了，以為她是個用金錢勾引年輕男孩的貴婦。雖然兩人談得興高彩烈，可是墨茗仍然專心注意門口，因為她想找的人正是有專業背景的花小姐。

墨茗從四點整進入餐廳到現在，恰好是過了半個鐘頭，一對男女推門而入。小羅眼尖，起身走人，說：「花小姐來了，我不能再陪妳，我給妳我的電話，我們可以另外找個時間談談。」

墨茗接過小羅遞來的紙條，隨口問道：「花小姐身旁那個男士是誰？」

小羅往那頭一瞥，輕蔑地擺了個手勢，說：「他叫汪南殊。王小姐，妳要小心他喔！他是個吃軟飯的傢伙，我失陪了。」

墨茗點點頭，看著小羅站起來，然後走向花小姐，跟她說了幾句話。

花小姐的眼光馬上拋過來，表情有明顯的訝異，但很快地被微笑取代了。如同一艘粉紅色的快艇，乘風破浪而來。

「王小姐，恭喜妳呀！幸好那些辦案的警察明察秋毫，不然這個冤枉可鬧大了。」

墨茗心想：這位花小姐真會見風轉舵，當時信誓旦旦認為自己是兇手，還說親眼看見自己推人。後來方律師追問，她又說樓梯口沒有燈光，可能看錯了，並且口口聲聲強調是為了幫墨茗減輕罪刑。真相既然大白，墨茗也不想再追究。

這個時候，與她同行的男士在櫃台邊，東張西望，好像是找花小姐。剛剛小羅和花小姐講話時，他可能上洗手間去了。

墨茗當初想開咖啡廳的計畫，自己已有了底案。聽聽花小姐的意見是如鈺父親的建議。可是一開始花小姐覺得她資金不夠，意態闌珊，刻意遲到。可是當發現墨茗住在那麼高檔的豪宅，態度一百八十度改變。然而又發生了一連串倒楣的烏龍事件，篤信風水命運加上跟著感覺走的墨茗，認為花小姐不如想像中的老實正派，於是墨茗便不想找她。可是為了顧及如鈺父親的面子，還是勉為其難地再上門一次，應該說是最後一次了吧！

花小姐再度提起當時發生的事情：「王小姐，妳和那個男人拉拉扯扯，怎麼那麼巧有個人同時跳樓自殺。警方有沒有向妳提起這件事？」

「有呀！不過我的律師要我儘量保持沉默，免得節外生枝，反正我沒有殺人，其他的事與我無關。」墨茗本來想問問小錢包的事，想想還是選擇閉口不提，恰好內急，於是說：「我去一下洗手間。」

墨茗雖然戴了眼鏡，可是鋪著淺色地毯的台階看起來還是不很清楚。經過櫃台時，險些絆倒，幸好花小姐的男性友人及時扶住了她。墨茗向他道謝，但是重心仍然不穩，情急之下握住他的手。天啊！為什麼天下的男人都有一雙又大又溫暖的手，那種感覺……不是像前次的迷亂，而是全新的好奇。這種電光一閃的感覺，使墨茗立刻著手做了個實驗——面對著他，緩緩地取下眼鏡。

「王小姐，妳……」當他低低喊出這一聲之後，墨茗完全明白了。但是，不想拆穿他的西洋鏡，只是裝著沒聽見，向他道謝後，走進洗手間。坐在馬桶上，墨茗不斷地告訴自己，一定是這樣子的——那天晚上，在餐廳所發生的一切，都盡入他的眼底，於是他跟蹤自己，想要……。

當墨茗再度回座時，花小姐和那個男人業已雙雙失去蹤影，莫非是做賊心虛，他怎能了解自己已經原諒他了。而且沒有這次的遭遇，自己的心靈怎能脫胎換骨呢？風雨過後的日麗天清。

墨茗回到白雲大廈時，紫色的晚雲，漣漪般地從東方向西方蕩漾過去。夕陽已落但是餘暉仍然像打鐵匠的火爐，染紅了天邊的一隅，和晚霞相持不讓。墨茗撫摸著自己那張還算柔嫩的面龐，眼光從遙遠的天邊收回，投入大廈管理員身後的大鏡子。

「王小姐，妳回來了。妳還好嗎？」墨茗實在受不了這個對她過度關心的管理員，所以話不多說地走向電梯。可是他緊迫盯人地說：「死者的家屬認為不是自殺，因為死者生前曾經受討債人的恐嚇。」

墨茗的腦子一轉，雙腳再也無法往前跨步了，心中一聲口令般地來了個向後轉，再往正前方踏步走向管理員。他笑咪咪的臉佈滿皺紋，像拉鏈鬆脫的大嘴，除了幾顆黃牙外，只見一片烏漆墨黑。墨茗不能再往前了，因為他有很重的口臭。

「他不是自殺，難道是謀殺不成？」

「我也不知道，反正來了好幾個警察，一直問個不停。」

「他們問了些什麼？」

「他們問我在妳出事的那晚，有沒有看見什麼可疑的人物，我說沒有。他們又問那個摔死的人，是怎麼上去的，有沒有登記，我說沒看見，也許是從側門的樓梯上去。妳知道嗎？王小姐，我一個人工作這麼忙，薪水又少，大大小小的事情都往我頭上推，大廈管理員好像千手觀音似……」

反正沒有扯到自己就好，多一事不如少一事，墨茗轉身就走，可是他又說話了。

「王小姐，等一下……。」管理員的呼叫聲讓墨茗腳步放慢，但是沒有回頭。

「王小姐，等一下！」隨著另一男人的呼叫聲，有條身影迅速地擋住電梯門，墨茗仰頭一看，原來就是花小姐的男性友人？還是男朋友，汪南殊？應該是吧！

「有事嗎？汪先生。」墨茗回想剛才自己在西餐廳馬桶上悟出的道理，還有剛才一閃而過的念頭：多一事不如少一事。

汪南殊低下頭，細聲地說：「我要感謝妳。」

「我不懂你的意思。」墨茗明知故問，感到一種捉弄人的樂趣。

「妳在阿滿面前，保留了我的面子。」

「哦！」

孤男寡女在電梯口說話，不但妨礙交通，還引人側目。墨茗帶著汪南殊走到訪客區，然後選了最隱密的小客廳。這門是自動上鎖，而且隔音設備十分良好。

汪南殊對於室內的裝置藝術，讚不絕口，一連說了好幾次：不愧是名震遐邇的豪宅。當他發現那些紙雕及中國結全是出自墨茗的一雙巧手時，均能中肯地說出討人喜歡的話。

墨茗從茶水間端出咖啡時，竟然有股甩掉眼鏡的衝動，等待他突如其來的擁抱，再次握住那雙又大又溫暖的手。

汪南殊輕描淡寫地說明了自己和花小姐是生意上的夥伴，然後再對那天的事情道歉，他的說詞和墨茗的想像不謀而合。因為無法抵擋墨茗的魅力，因此做出衝動而不可被原諒的野蠻行為。此時此刻，墨茗多麼希望方律師也能在這裡聆聽，證明他的思想是多麼錯誤，所說過的話又是多麼殘忍……墨茗陶醉般地望著他陽剛粗獷的眉毛、眼睛、鼻子、嘴唇……。

「當妳將我推開時，我聽到一聲慘叫，還弄不清楚到底是怎麼一回事，卻看見阿滿忽然衝過來，於是我悄悄地離開，然後躲起來。沒想到竟然害妳被誤認為兇手，如果我早一點知道這件事，一定會出面替妳澄清的。」

「喝咖啡吧！否則冷了就沒有滋味了。」墨茗感覺渾身骨肉分離，只能酥酥軟軟地靠在沙發背上，旁敲側擊地問：「你是不是很愛花小姐？」

「是的，可是愛分很多種，阿滿像一個慈母似的，給予我需要的某種愛。何況她年紀比我大，不談她了！王小姐，我能不能直接叫妳的芳名？墨茗，多麼詩意的名字，唸起來好像是含一口陳年老茶鐵觀音，又甘醇又清香。」

墨茗感到對方的情愫逐漸烏雲密布，彷彿山雨欲來風滿樓，自己必須趕快關上心扉。但是強勁的風勢，令她無法招架。黃豆大的雨點，不知是真情還是假意地滴落在她的心海，逐漸掀起浪濤。

煞風景的BB Call的聲響，把墨茗拉回到現實。她看了看來電顯示，對汪南殊說了聲抱歉，然後歪著身子去撥小桌子上的電話，並且順手梳理頭髮。

電話接通，墨茗報上姓名，話筒立刻傳來小羅的聲音。首先說明自己費了很大的功夫，才得知她的電話號碼。說也奇怪，墨茗先前對他的好印象此刻竟然只留下輕煙裊裊的灰燼，偷眼望了一下汪南殊，他正啜飲著咖啡。墨茗猜想小羅打電話來的用意不外乎是想進一步談開咖啡廳的事，於是先找些拖延的外交詞令，因為想把機會留給汪南殊。

「王小姐，花小姐的男朋友汪先生有沒有在妳那裡？」

墨茗怎能說有呢？萬一讓花小姐知道了，不是立刻會有場好戲，緊鑼密鼓地敲敲打打上場嗎？女人的直覺，他們的關係非比尋常，於是大聲地說了聲沒有。

「王小姐，既然妳誠心誠意想提拔我，我不妨告訴妳一個祕密。曾經誤以為被妳推下樓的人是個賭鬼，欠了花小姐許多錢。花小姐命令手下將那個人綁架到妳住的白雲大廈的頂樓上，準備把他丟下去。然後讓花小姐的男朋友汪先生故意去調戲妳，利用妳視力不佳，造成拉拉扯扯的情況。當汪先生滾到一邊時，花小姐用手電筒作信號，她的手下就把那個欠債的賭鬼丟下去，然後讓妳以為是妳幹的好事。沒想到妳的律師很厲害，竟然瞧出了破綻，極力聲稱調戲妳的人和掉下樓的人並不是同一個人。」

墨茗啞口無言，一時不知如何是好。

「幾個鐘頭之前，我偷聽到花小姐和汪先生正在討論妳，妳忽然出現在餐廳。我看著他們目瞪口呆、手足無措，妳竟然無比機智地表演了一場『戲』。花小姐認為妳可能會揭發她們的罪行，所以派汪先生跟蹤妳，並且見機行事，總之，妳要記住我說的話，離他們遠一點，尤其千萬不可報警，否則……。」

小羅的電話掛斷了很久，墨茗還傻傻地抓著話筒。當她的眼光呆呆地接觸到汪南殊那雙閃爍不定的眼睛時，強作鎮定的說：「明天再談吧！美寬。」

汪南殊以試探的口氣問道：「誰是美寬？」

「她是我一個朋友，打電話來哭訴她的先生在外頭有了其他的女人。」墨茗可以聽出自己的聲音，如敲過的音叉般激烈的顫動。

「這樣啊！」

汪南殊那隻手又伸過來了，墨茗本能地閃開，並且儘量保持安全距離，腦子像石磨般不停的轉動，可是一點對策也沒有。

「妳真是個與眾不同的女人，方才還熱情如火，現在卻冷若冰霜。」汪南殊很識趣地坐回原位，端起咖啡來喝。

「我再去煮些咖啡。」情急的墨茗說完就往廚房走去。

「墨茗！」

難道他發現了什麼？墨茗感到背部直冒冷汗。

「妳沒拿咖啡壺，怎麼煮咖啡呢？」

原來過於緊張，忘了拿放在小几上的咖啡壺。墨茗尷尬地向他道謝，匆匆拿起咖啡壺，風也似的衝入茶水間。關上門之後，暫時舒了一口氣，可是總不能一直待在這裡，要如何才能不留痕跡地撵走他呢？

沒多久，墨茗聽到汪南殊用小客廳的電話在說話。於是豎起耳朵偷聽，可是對方把聲音壓得很低，只能聽到不完整的句子：「……這女人很難纏……說不定知道我們的計畫……不如這樣好了……」

身為住戶的墨茗知道這個茶水間其實是和其他訪客區的小客廳共用，所以她可以從另外幾扇門逃走。但是「王小姐，王小姐……妳躲到哪裡去？」的呼喚聲已經近在咫尺，唯一的辦法是先找個地方躲起來。

另一個念頭閃過墨茗的腦間：他不再叫我的名字了，如果不是計畫變更，他怎麼會改口呢？神經緊繃到快要崩潰的墨茗，發現櫥櫃中有一排水果刀。毫不考慮地挑了一把，冰冷的刀鋒透出絲絲的殺機。

墨茗逃入其中一間小客廳，然後躲到門後，好像回到孩童時代捉迷藏。可是小時候的自己只會藏在各種門後，而且總是第一個被找到……。汪南殊走進茶水間，他很聰明，立刻識別出墨茗藏匿的小客廳。於是大步流星地進入，然後整個背部對著躲在門後的墨茗。

「王小姐，王小姐……妳真頑皮，不要再和我玩躲貓貓了！」

墨茗知道只要他一轉身，自己就完了，也許他會用那又大又溫暖的手，掐住自己的喉嚨，然後……。墨茗再也無法再忍受那些臆想的壓力，舉起雙手，奮力的往那個壯碩的背部插下去……。

汪南殊轉過身來，五官痛苦地擠在一起。在他蹲下去之前，還斷斷續續地說了一串長長的話。

「王小姐…妳好狠…就為了這麼一點…小事…妳就想…置我於死地…妳…妳這…狠心…的女人……。」

墨茗真怕他會做困獸之鬥般地撲過來，於是趕緊跑出去找管理員。

那一天，花小姐乘著墨茗在餐廳掉了隱形眼鏡，偷偷打開她的皮包，拿走放有鑰匙的小錢包。接著要她的男朋友汪南殊送她回家，再找機會強暴她，然後由她在旁拍照，藉此勒索金錢。沒想到頂樓剛好有個人跳樓自殺，汪南殊做賊心虛，自己先溜掉了，而花小姐卻誤以為墨茗將汪南殊推下樓去。

後來方律師替墨茗洗清罪嫌之後，墨茗禮貌性地再度拜訪花小姐。等待之時，先和小羅聊起來。另一方面，花小姐發現墨茗老實可欺，認為原先的計畫依然可行，於是再次佈下「美男計」。

這個圈套看在小羅眼裡，令他頗為著急。因為如果墨茗中計，那麼她鐵定不會讓他在新開的咖啡廳擔當大任。眼睜睜大好機會就快從眼前溜走，閱人甚豐的他，知道如果單刀直入地一語道破。墨茗必然不會採信，甚至可能老羞成怒，和他斷絕往來。於是，他信口編了個曲折離奇的故事來騙墨茗，希望她遠離他們，殊不知卻演變成這種結局。

墨茗呆呆地坐在血跡斑斑的小客廳，雖然戴著眼鏡，可是眼前的一切都是迷迷濛濛。先是穿白衣的醫護人員衝進來，將汪南殊扶上擔架。然後警察來臨，最後是氣急敗壞的小羅。

「我還是來晚了一步！」小羅懊惱地對滿身血跡的墨茗，說：「我從妳在電話中的語氣，感覺大事不妙，急忙趕來，結果還是來晚了一步！但願汪先生的傷勢不會太重，不過妳放心，他們有罪在先……。」

闖了大禍的墨茗在被警察押走之前，打電話給方律師。撥通之後，傳來中年婦女的聲音：「方律師去參加他姐姐的婚禮，恐怕要很晚才會回來。」

掛上電話，墨茗抬頭望向窗外，原先大大的圓月，現在卻彷彿被人用遠鏡頭拉到夜空的一角，縮影成小小的一粒，像是滾落在深藍色地毯上的珍珠。一陣風吹來，幾片葉子從對面陽台的扇形樹上紛紛飄落下去，消失在夜色中。其中一片，臨帖般的在半空中寫了個「之」字，然後以滑行的姿勢，輕盈地飄過窗前。

本作原載於《愛情實驗室》（一九九一，皇冠出版社）

第二章　鳳凰夫人信箱（1991年）

錦芙頂著一頭蓬鬆的雄獅頭，扭著腰肢，在櫃台人員不懷好意的注視下，往賓館深處走去。牆上掛著標榜異國情調的房間照片，她有意無意地瞄了其中的一張。繼續再走，每一扇緊閉的門似乎透著男女的調笑聲，還有夾雜一些喘息聲。站在倒數算來第二間的奇數房門前，她敲了三下。

當門迅速被打開，一隻強壯的手臂立刻伸出來，然後錦芙就像被怪物拖進墓穴般地大叫起來，充滿了快樂的恐怖感。

「喔！要死了。」

兩人的四肢交纏成一隻在海水中泅泳的八爪章魚，隨著情慾的潮流而扭成不同的姿勢。終於喀嚓一剪，八爪章魚一分兩半，兩人的四肢終於各就各位，然後男人沉沉睡去。

錦芙起床，披上浴袍，往大鏡前一站，形式上地用手梳理一下頭髮。反正那頭亂髮的特色就是「亂」，真的整理之後就失去了韻味。她透過鏡中，看著那具躺在床上的男體。

男人的頭顱緊壓在弓成三角形的右臂上，左手貼在緊繃的腰部。兩臂之間的胸肌便虬勁地凸露出來，不仔細看，還以為是剛發育少女的乳房。激情之後的陰莖依然偉岸可觀，上面茸茸的黑毛，囂張地向四周噴飛出去。運動員般的雙腿，一條直伸，一條彎曲，彷彿正跳躍過高欄，一拍定格。

這樣一個把自己的呼吸和心跳弄得毫無規律的男人，他正在做夢嗎？夢些甚麼？夢見自己，還是其她的女人？他呼吸均勻而和緩，然而似乎被錦芙的視線騷擾似地，翻了身再繼續睡。因此，他肩背部的一道傷痕立刻出現在錦芙眼前，雖然看了幾十次，還是觸目驚心，並且引起她不同的聯想，有時是蠕動爬行的蜈蚣、有時是赤色的雨傘節，現在看起來像是一隻伺機而動的毒蠍。

錦芙的視線在男人的頭髮、臉部、胸腹、大小腿、腳趾頭……來來回回地看著，直到男人的打鼾聲中止，然後傳來短暫的咳嗽聲。

「南殊。」錦芙對著鏡子低聲呼喚。

「嗯哼。」

「南殊。」

「什麼事？」男人答腔，同時把身體翻過來，正中央的肚臍是苦茶色的蓓蕾。

「我們結婚好嗎？」

「妳說什麼？」男人的眼光也跳入鏡子裡，就這樣在虛幻和真實之中的四個人交換著心事，關係也由二的二次方累積成四的四次方。

錦芙的臉色由嬌豔的自信落寞成淡淡的無奈，帶點自我嘲弄地說：「沒什麼，就算說了什麼也等於白說。當初我們的認識本來就是抱著過一天算一天的念頭。愛情是奢侈品，不是我們這種人買得起，更何況是結婚。」

南殊起身穿上短褲，過來抱住錦芙，說：「妳以為結婚之後，從此就過著幸福美滿的日子嗎？」

「我沒有那麼天真。不過，這樣子總是令我缺乏安全感。我怕哪一天，你會離開我，或者是我離開你。」

「彼此厭倦而分手不是很好嗎？」

「凡事都這麼單純的話，世界就不會有那麼偉大的愛情故事。譬如說，我另外有個男人，他願意和我結婚，所以只好分手，你會怎樣？」

「我會衷心祝福妳。」

「你為什麼不留住我，說你沒有我，你活不下去。」

「我們不要討論這種無聊的事。」

南殊拉著錦芙在床沿坐下，從桌上的皮包拿出一封對折的信。錦芙接過來，展開閱讀。

鳳凰夫人，您好：我在三年前，因為要還清父債，不得已下嫁一名富商。殊不知他是個多疑而心胸狹窄的人，時常對我拳打腳踢。我一直想要離開他，卻害怕慘遭他的毒手。他常常恐嚇我，如果我有離婚的念頭，就要讓我死得很難看。我該怎麼辦呢？

忠實讀者　阿滿

南殊等到錦芙讀完之後，就說：「昨天有個女乘客在我的車上遺落一個紙袋，除了筆記簿、貼紙等文具外，就是這封信。」

錦芙看看寄件人的名字和地址，是「花春滿　台北市南京東路C段一五四號A棟七樓」。

「鳳凰夫人信箱是『J雜誌』家庭版的專欄，非常受人歡迎，主要的內容是替讀者解答感情的問題。當我讀了這封信之後，起初以為是一般的投書。但是回想那位女乘客，打扮非常高雅，舉止更是流露出貴婦人的氣質。」

南殊講到這裡，故意頓住，等待錦芙的反應。

「繼續講呀！」錦芙雖然年輕，可是已經歷練出她自己的人生哲學，很多事情不到最後一刻，絕不輕易下論斷。

「我花了點時間去調查，結果信上所寫的完全符合事實。於是，我有一個想法……」

「什麼想法？」錦芙忽然緊張起來，彷彿南殊所言的那個想法就是將要主宰她下半輩子的轉捩點。

「希望妳將那個紙袋，交還給那位女主人。」

「然後呢？」

「設法成為她的知心好友，分擔她的心事，幫助她度過難關，然後跟她說：妳想開店，要她投資，然後……」

「啊！」錦芙忽然被南殊推倒，浴袍被拉開。

「到時候，妳不再是滾滾紅塵中的馬殺雞女郎。等妳賺大錢，我一邊繼續開計程車，一邊去妳的店裡和妳一起工作，每天都可以看見對方，就像現在這麼快樂。」

「你這個甜言蜜語的王八蛋。你以為人家那麼傻嗎？」

「不試怎會知道。」

「你不會又想玩甚麼『美男計』吧？」

「為了錢，有何不可？來吧！」南殊再度拉下短褲，一語雙關地說：「妳不是最愛吃烏魚子嗎？」

錦芙記得她的母親曾經說過：台灣人以前是不吃烏魚子。烏魚子會成為餐桌珍饈是日本人發現，並研發一套吃法。錦芙的母親在日本人家中幫傭時，因為主人要求很高，經過長久訓練，成了料理烏魚子的高手，甚至應邀在宴客時，表演怎樣炭烤和配料。所以即使當時，錦芙一家很貧窮，三不五時還是可以吃得到免費或極為便宜的烏魚子。

錦芙年紀小，根本不知道甚麼是烏魚子。直到年紀大一些，才嘗出箇中美味。她的母親知道她喜歡吃烏魚子，所以每逢佳節、特別的日子，甚至只要她說想吃，餐桌上一定會出現烏魚子。身為馬殺雞女郎只給生活費，不管時價，所以不知道烏魚子已經非常昂貴。

有一次，錦芙被日本商人拉去參加高級幹部聚餐。她誤以為烏魚子是廉價食物，所以多夾了幾片。結果被媽媽桑把那盤烏魚子移走，端到地位最高的日籍社長面前。後來，每當聚餐時，如果餐桌上出現烏魚子，錦芙就會把往事回想一遍，然後很客氣只挑一、兩片，其餘的都讓給同桌的朋友。

如果南殊的計畫成功，那麼別說是烏魚子，天上的鳳髓、海中的龍肝，想吃甚麼就吃甚麼……錦芙吐出口中的「烏魚子」，吞了一口口水，仰頭對南殊說：「縱然我鄙夷你的所作所為，可是我的靈魂和肉體都已經無法擺脫你的陰影。」

「嘻嘻……妳太厲害了！換我來讓妳爽。」

「用心幹活吧！不要再玩那些噁心的手技、口技。」

花春滿給錦芙的第一印象，和原先的想像有很大的出入。

經過南殊的安排，從跨步進入大廈，接受警衛的詢問開始。雖然她力求鎮定，但一顆心彷彿是荷葉上的露珠，不停滾動。她將來意告訴警衛，警衛再和住戶花春滿聯絡，首肯之後，才允許錦芙使用電梯。

到了七樓，錦芙才剛走出電梯，正面的鐵門之後的木門即時大開。透出亮光，把客廳的角落照出一幅題名「歡迎光臨」的抽象畫。

錦芙剛走近，出現的一條人影蓋住了亮光。

「冉小姐嗎？」從鐵門的不鏽鋼網中，有一張模糊的臉，就像是戴著面紗的神祕女郎。

「是的！」錦芙揚了揚手中的紙袋。

「請進。」

打開門之後，出現揭開面紗的花春滿。那張清晰的臉讓二十出頭的錦芙估量對方可能比自己多了個十來歲。她那經過手術刀精雕細琢出來的五官，還有一般女性少有的威儀，前者讓錦芙信心倍增，後者卻使她不由得打了冷戰。

兩人以賓主身分，分別坐下之後，錦芙一面飲用花春滿為她準備的蜂蜜檸檬水，一面再度端詳對方素淨的臉龐。那是以「自然就是美」為宗旨的化妝術所刻意修飾過的清新脫俗。整套的居家服，是錦芙所熟悉的名牌。頭髮是剛做的，散發出來的氣味使得空氣中洋溢著一種甜甜的芬芳。

花春滿把錦芙交給她的紙袋再拿起來，說：「妳那位開計程車的朋友汪先生真是古道熱腸，現在這種人已經非常少見了。」

「他本來想交到警察廣播電台，可是因為裡面有一封信……」錦芙很技巧地將談話內容拉向主題，她說：「我們因為好奇，所以冒昧地看了。實在是不應該，可是……我們決定親手還給妳，免得引起不必要的事情發生。」

「你們真是有心人。」

錦芙分不出她是在感謝，還是在諷刺。原以為該是個滿臉幽怨的小女人，沒想到卻是個令人摸不清、雲霧般的女人。如果唐突地問東問西，恐怕會引起對方的猜疑，算了，忘記南殊那不著邊際的計畫吧！錦芙拿起手提包，準備起身告辭。

「別急嘛！冉小姐。難得認識一位像妳這樣的朋友，我們多聊聊嘛。我再去弄點水果，還有我要準備一份薄禮，請妳轉交給汪先生。」

「留下來多聊聊，交個朋友是ＯＫ。至於酬勞就免了吧！」

「既然如此，哪一天我請你們吃飯，聊表謝意。」

錦芙見對方一副「有話要說又不便說」的神情，就試探地問：「花小姐，有關那封信……我的意思是，像妳這樣的生活，應該是無憂無慮。」

「家家有難念的經，說了也沒用。今天的局面，是我自己的選擇。只能說：當時認為正確的選擇，誰知道落了個今天的下場。錦芙，妳結婚了嗎？」

「還沒。」

「應該有的男朋友吧？」花春滿看著遲疑一下才點頭的錦芙，說：「如果我沒猜錯，應該就是那位開計程車的汪先生吧！」

「算是吧！」

「你們怎麼認識的？」

「搭他計程車時……認識的！」錦芙隱瞞南殊是在三個月前來自己服務的按摩店做「撕被秀」，然後陸陸續續地又來了幾次，一個月前才開始密集交往。

「打算結婚嗎？」

「還沒有。」

「也是，妳還年輕。」花春滿好像是有感而發地說：「婚姻之中的愛是永遠的負擔，一定要付出。為自由付出、為幸福付出、為安定的生活付出，不停、不斷地付出，結果反而失去了自由和自我。我不認為幸福的定義就是安定平凡的生活。妳啊！站在婚姻、不！更早一點的愛情的起始點，眼前面對的是兩、三條路，選擇一條，千萬不要康莊大道，而是要更省時省力的終南捷徑。雖然有風險，但是值得一試。」

「看來花小姐不是個詩人，就是對禪意深刻理解的智者。」
「我就愛說一些講來講去都對、講來講去都不對的話。」
「我不會講，但是喜歡聽讀一些智慧小語。」
「年輕時，有空就去聽名人演講。聽著、聽著，隨著年齡漸長，發現我和那些名人差很多。他們之中，有的人運氣特別好，有的人腦筋特別好，有的人身體特別好、意志力和耐力特別好，有的人特別努力和堅持。我好像沒有一項做得到。」
「愛說笑，妳還年輕得很。」錦芙極力奉承：「說真的，妳看起來就比我年輕呢！」
「妳真會說話，不管真假，聽起來就很開心。早一天認識妳就好了，聊聊人生、談談命運，我就不去投書鳳凰夫人信箱。」
錦芙笑著說：「如果妳沒有投書的話，我們就不會認識了。」
「說的也是……」花春滿浮起迷離的微笑，拉著錦芙的手，低沉地說：「我有很多煩心的問題，希望妳能提供寶貴的意見。」
錦芙感覺背後似乎存在一雙偷窺的眼睛，回頭瞧瞧，原來在古董櫃上，放著一尊木雕的觀音，共有十八隻手。做賊心虛的她，剎那之間分不清誰是觀世音菩薩，誰是花春滿，只感到從冷氣機吹出來的冷氣，帶著詭異的寒意，手臂都起了雞皮疙瘩。
離開了花春滿之後，錦芙迫不及待地回到自己的家，一面用濕毛巾擦拭著乳溝之間的汗漬，一面打汪南殊的BB CALL。
等待的時候，錦芙進入浴室，扭開蓮蓬頭，讓溫暖的水柱往肌膚沖下來。她那蓬鬆的頭髮完全馴服了，恰似海藻貼在岩石般地披散在晶白的背部。在迷濛的水霧和散亂的髮絲之間，她似乎看見了記憶中的那位神祕女郎。

小時候，錦芙和喪偶的母親住在迪化街的大宅院裡。母親忙著幫傭討生活，沒時間管她，放任她一個小女孩到處遊蕩。親友們最常帶錦芙去看電影，反正不必替她買票，又可以當免費的跑腿工或是幫忙占位子、看東西、甚至照顧小孩。所以當時的電影幾乎都看遍，甚至有時候還看上兩、三遍。有一次，兩個阿姨在猜女主角有沒有死，錦芙很大聲地說：沒有死……然後把劇情交代得清清楚楚。當然，還沒說完就被制止。

如果是客滿，錦芙沒有位子坐，便站在戲院兩側。但是矮小看不清楚銀幕，站久腳也會瘦，所以乾脆蹲下來。然後，不知不覺就睡著了。電影結束，才揉揉眼睛，一個人慢慢走回家。回家途中，回想劇情，有時學武俠片的女俠揮舞著寶劍，有時想像自己是美麗的仙女、在天空飛來飛去，有時學古裝美人、尖著嗓子唱黃梅調，有時想像被一群惡鬼在後面追。當然，也會想到過世的父親，一面走、一面哭泣……。

錦芙實在是太喜歡看電影了，如果沒有人帶，也會趁著查票員沒注意的時候，偷偷溜進去看白戲。夜路走多了，就被發現了。不過還好，只是被罵幾句。

有一次，錦芙被轟出來時，被一個很美麗的女子發現。女子幫錦芙買票，還跟查票的阿伯說，錦芙是她的妹妹。她還買彈珠汽水、還有牛奶糖給錦芙。可是在黑暗的電影院裡，錦芙一直很害怕。散場後，女子要帶錦芙去吃麵，錦芙不敢答應。女子忽然蹲下來說：阿妹仔，妳叫吾一聲阿姐，好莫？錦芙一直搖頭，女子就走了。

錦芙想起她的香味，想起她眼睛裡滾來滾去的淚水，也想起了她消失在暮色蒼茫中的背影。彷彿依稀，那名女子再度從暮色蒼茫中走出來，她就是花春滿。

乾爽的浴巾吮乾了全身的水分，踏著酒紅色的磁磚，走出浴室。從百葉窗透進來的陽光，在牆壁上畫出了許多條線，錦芙算了算，36……正好和花春滿的年紀同數。

喝了一杯加了冰塊的威士忌，牆上的線條已經完全變形，錦芙的頭髮開始彎曲，電話響起來。

錦芙的坐姿不變，右手依然捧著酒杯，左手拂弄微濕的頭髮。當響聲似乎不耐煩時，她才伸長右腿，用隱隱浮現櫻花紅的腳趾，去夾那支話筒。

「我以為妳不在，為什麼那麼久才來接？」

「我正想要問你，為什麼那麼久才回我的電話。」

「小姐，我在工作耶！妳知道我在什麼地方打電話給妳嗎？」

「誰知道，不過你也不用告訴我。嗯！那個女人要請我們吃飯。」

「很好啊！我果然沒有猜錯。我不能出面，這件事由妳全權處理。」

「為什麼？」

「我這麼英俊，萬一那個老女人看上我，怎麼辦？」

「臭美。」

錦芙嘴上如是說，心中卻吃下一顆定心丸。雖然自己年輕貌美，卻比不上人家財大氣粗。財色之間，南殊寧可去色取財，何況花春滿也是有幾分姿色。想著、想著，不知不覺又多喝了幾口，不小心從杯沿流出的酒，滴入胸口，一種彷彿被指甲刮過的刺激感。

花春滿和錦芙在短短的一個月，建立起密不可分的友情。她不但將錦芙視若自己的胞妹、每天噓寒問暖、吐露心聲，甚至答應拿出資金讓錦芙開店。

當秋風吹起，錦芙在花春滿的陪同下，在中山北路二段的小巷弄看中了一間很適合的店面，然後兩人就到附近的咖啡店喝咖啡。

「錦芙，我有件事情想和妳商量。」

「嗯，妳說。」

「我想離婚。」

錦芙望著花春滿略帶哀怨的神情，靜待她接下去的言詞。

「妳一定要幫我這個忙！這種日子，我再也過不下去了。」

「我要怎麼幫忙？」

「我要妳去引誘我的先生，捉姦在床，再逼他離婚。」

「啊！」錦芙回想當她跟南殊說出花春滿願意全心幫助她開店時，曾經警告她說：天下沒有白吃的午餐。然後接下來，兩人開始假設花春滿會提出甚麼樣的想法。其中一條：誠如花春滿的提議，引誘她的先生、然後捉姦和離婚是他們當時認為最有可能的條件。

錦芙按照有先見之明的南殊的指示，有備而來地回答：「我要和我的男朋友商量。」

「嗯，好吧！妳可以跟妳的男朋友說，他可以和我一起去捉姦，然後狠狠敲詐我先生一大筆錢。」

錦芙和花春滿分開之後，獨自跑去看一場電影。當她看著災難片中的女主角，忽然想起小時候在戲院遇見的神祕女郎，然而怎麼越看越像花春滿，尤其最後她抱著死去的妹妹，冷漠地望著遠方的那一幕。

當晚，錦芙和南殊在電影院外的義大利餐廳共餐。餐點還沒上來，錦芙迫不及待地把花春滿的計畫說給南殊聽。南殊想也不想地要錦芙答應，而且越快越好。

「不在乎我送你一頂綠帽子嗎？」

「適可而止。」

「什麼適可而止，聽你的口氣，根本就是不在乎。」

錦芙舉杯喝水，想起花春滿把她丈夫的照片遞給她的時候，當時的感覺就像冰涼的水滑過乾燥的喉嚨。她將這種感覺，轉化成背叛南殊的慾念。

「妳在想什麼？為什麼不說話。」

「我在想那個女人的丈夫，他的手捏住我的乳頭，我將會是什麼樣的反應。」

「不要感情用事，我可不願賠了夫人又折兵。」

「我們之間可沒有任何的海誓山盟。」

「把心思放在那一百萬上面吧！對了，我要他付出一百萬，當作玩妳所付出的代價。」

「不過也要等到我和那個女人的丈夫，在床上……」餐點上桌，兩人的對話暫時告一段落。

依照花春滿的說詞，她的先生譚永善今年六十六歲，是某某大公司的前任董事長。因為捲入權力鬥爭，被迫在六十五歲時交棒。可能因為這緣故，心裡開始不平衡，對於年輕的妻子開始疑神疑鬼，有時還會拳打腳踢。不過在錢財方面，倒是非常慷慨大方。

錦芙第一次看見譚永善是平面的，穿著紅白格子的休閒襯衫。那張被鏡頭吸進去，再從照片顯影出來的臉，充滿和氣生財與息事寧人。第二次看見譚永善是立體的。

不過照邏輯學推理，也不能算第二次，因為在第一次和第二次，那個所謂花春滿的丈夫就曾在錦芙的腦子中，出現過好幾次。有一次還在夢中做愛，錦芙覺得他的技巧棒極了，很快就達到高潮。醒來的時候，發現自己正含著指頭。指頭上的指環泛著介於懷疑和信任之間的光澤，這只指環是南殊送給她的生日禮物。因為不是定情信物，所以錦芙不會因為這象徵性的春夢而內疚。

偷偷見過譚永善後的第四天，錦芙依照花春滿的安排，在譚永善常去的咖啡店守株待兔。

譚永善穿著深色西裝，打著銀絲紋的墨藍色領帶，態度有點拘謹。因為年輕貌美女子的翩然出現，他的眼光有些驚喜，有些迷惑，也有些警戒。

「剛才看見譚先生，一下子就認出來了。我是譚太太的朋友，去過您的家，也見過您。」

「對不起，我的記性很差，沒有馬上反應過來。」

「當時您正要出門，沒有注意到我。您做的是大事業，不需要為這些小事情對我道歉啦！」

錦芙假裝沒有發現譚永善的眼睛游移在自己刻意裸露的乳溝，還有他的膝蓋正左右地抖動，揮手要求服務員把自己原來的餐點移過來。

「譚太太最近好嗎？」

「很好。」他似乎和其他對婚姻產生彈性疲乏的男人一樣，懶得去提一個叫做「家庭」的空間。

「我也很久沒有遇到譚太太了。」錦芙用小匙子攪了攪咖啡後，俏皮地將小匙子含在口中，並且確定譚永善正在凝視她蠕動的舌端。

譚永善的眼光漸漸熾熱起來……

「譚太太曾經對我提起你，你是個對女人很有『愛心』的男人，而我卻是個非常需要『愛心』的女人。當我剛才與你不期而遇時，譚太太的話又在我的耳邊迴響。」

當譚永善弄清楚「愛心」的意思，眼神中的三種成分慢慢起了微妙的變化——迷惑減弱、驚喜加強，警戒則保持恆數。

他笑著問：「妳需要我什麼程度的幫助？」

「哪！這是我服務的觀光理容院。只因為最近競爭激烈，加上黑白兩道的壓力，生意差得不像話，而我手邊又有些債務，所以……」

譚永善接過錦芙的過來的名片，用奇怪的眼光注視錦芙，說：「妳們怎麼會認識？」

錦芙依照花春滿的指示說明，不偷工減料，也不加油添醋。

「我太太為什麼會告訴妳這些？」

「因為聊得來，所以就無話不談。尤其是喝咖啡、聊是非的時候。」錦芙摸摸譚永善的手，說：「婚姻中的女人都會胡思亂想，您幹嘛這樣一本正經。我們在人海中相逢，那不是很好嗎？我們很有緣份。」

當錦芙說到：老實說，我也不是什麼正派女人。我只想買一個我很喜歡的包包……，警戒則保持恆數的譚永善開始鬆懈。恰好賣花女走過來，錦芙順手取走一束紅玫瑰，譚永善立刻付錢。

「譚先生，要不要換個地方？」

「好啊，妳說到哪裡去呢？」

「哪有男人問女人這個問題。不過我想找離我家比較近的地方……。」錦芙撒嬌地踢了他一腳。

平視而去的夜空，宛如一個淋著濃濃焦糖的大布丁，底層的牛奶蛋黃則由逐漸加亮的燈光烘出來。因捷運系統而被切割得支離破碎的道路，如今又被車潮淹沒了。假如有人在飛機上鳥瞰，必然讚嘆那亮麗的銀河。可是身在其中的一粒星塵，卻只能動彈不得，閃爍著無可奈何的微光。

錦芙潛意識地去摸摸放在腿上的皮包——裡面有一包藥粉。那是南殊交給她的，藥效足以使譚永善恢復到二十歲的體力。錦芙本來非常反對這種事，可是辯不過他的種種歪理，什麼萬一他草草了事，等到譚太太殺過來時，兩人衣冠整齊地坐在賓館聊天，不就白費心機了嗎？

「妳就聽我的吧！我是男人，當然比妳更懂男人的心理。男人對妳甜言蜜語，就是想要從妳身上得到樂趣。一旦滿足之後，就想要睡覺。我們就無法演出捉姦記，所以這包藥粉是控制時間的關鍵。當你們到達賓館時，趕快打個電話給我，我會告訴妳什麼時間到達，以便控制好什麼時間將藥粉溶入飲料之中，讓譚先生喝下去。記得包藥粉的紙要丟入馬桶，沖得一乾二淨喔！」

錦芙沒想到整齣戲演變成由南殊編導，原來掌握主導權的花春滿如今只安安靜靜地坐在台下觀看。

車子像是要搖醒錦芙似地震了一震，然後停下來。

錦芙看了看譚永善，然後看著那三個向路人招手的字——夢中人。

「是不是後悔了？」

「你為什麼有這種想法？好奇怪呀！」

「我看妳閉著嘴，臉色很陰沉。」

「沒有的事！不過說出來你不會相信，我有點緊張。」錦芙的眼光穿過車窗，說：「朋友介紹的，很隱密的電腦賓館。」

「看得出來，不過凡事小心一點比較好。」

錦芙是風塵中人，別有含意的話不會聽不出來。她笑著說：「譚先生曾經被人設計過。」

譚永善呵呵的乾笑幾聲，說：「如果年輕一點的話，就不怕被人偷拍成錄影帶。」

錦芙歪頭看見譚永善的臉正向著賓館，「夢中人」三個字所透發出來的藍光，把他的臉映現得益發蒼白。車上CD恰好結束，但是街景卻正沸沸揚揚地演奏一首有關愛恨情仇的交響曲。

幾乎全裸的錦芙驚慌失措地看著那個慢慢倒在地毯上的譚永善。

三小時前，錦芙故意在他常去的咖啡店等待，然後假裝偶然碰見老朋友似地過去聊天。兩小時前，他開始抱怨他那年輕美麗的妻子。他直率表明他們分房而睡，各自過各自的生活。

一小時前，他們進入賓館的房間。錦芙脫去外衣，裏頭是黑色的緊身衣和短裙，空氣忽然芬芳起來。她接觸到譚永善熱烈的眼神，閉上雙眼，放任對方伸過來顫抖的手，撫摸著自己的肌膚，心中謀劃如何在此時此刻，開始今夜第一場戲。

幾分鐘前，錦芙竟然希望南殊和花春滿不要來。在她心靈深處，希望譚永善能夠如同循環小數般地，一遍又一遍地在自己往後的人生出現，永遠取代這場荒謬的戲。如果是這樣，錦芙開始思索如何擺脫汪南殊，如何讓自己取代花春滿而成為譚太太。

「會不會是睡著了，還是……」

錦芙想起有一次她和南殊在賓館愛愛。南殊突然撫住胸口，滿臉痛苦地倒下去。她嚇死了，趕快跑過去扶他，沒想到他突然怪叫一聲，翻身用力把她壓下去。

於是，錦芙小心翼翼地走過去。一張極為恐怖的臉，暗紅色的血從口角滴出來，濃濃的腥味混合著灑在地上的酒味，使她幾乎昏了過去。

「我沒有害死他，可是，誰會相信我呢？天哪！為什麼會發生這種事？我該怎麼辦？這……到底是怎麼一回事呢？」腦中有無數個疑點像逃離火災現場的人，爭先恐後地從錦芙的頭殼中跑出來。

「難道是那杯混有春藥的酒，出了問題嗎？」

錦芙企圖在混亂的思緒中，理出一絲線索——進入房間之後，譚永善表示要先沐浴。她便利用這段時間打電話給南殊，表示一切就緒，之後就立刻從小冰箱拿出一罐啤酒。

「嘿！我能親一下嗎？」錦芙剛把藥粉撒入啤酒罐時，譚永善忽然從後面抱住她的腰。

「怎麼那樣快？」錦芙有些心虛。

「我沖一下涼而已，等不及要和妳HAPPY。」

「那你還等什麼。」

彼此一陣銷魂蝕骨的唇槍舌劍之後，譚永善便準備剝去錦芙的衣物。

「我自己來，你一面喝啤酒，一面欣賞台灣製的瘋馬秀。」

錦芙依照南殊交代的計畫，開始跳起妖媚的舞步，正欲去撕「夏娃的三片葉子」時，慘劇就如閃電般發生了。

「我必需要離開這裡。」她迅速地穿好衣服，正欲奪門而出時，一條巨大的影子籠罩過來，嚇得她整個人都彈起來。

「噓！是我。」南殊把錦芙再推入房內，然後把門關上。

「怎會這樣子嘛，怎麼會這樣子嘛！」

「我也不知道。」畢竟是男人，態度從容多了。他說：「不過事情既然發生了，總要想辦法解決。」

「怎麼解決嘛！嗚……」

「妳不要哭，難道不相信我的能力嗎？乖，妳一哭我不但心慌、也心痛，凡事有我在，妳什麼都不用擔心。」

「那我們要如何做才好呢？」錦芙勉強停止哭泣。

「這裡是我特別挑選的電腦賓館，隱密性自不在話下。妳和譚先生進來時，有沒有碰到誰？」

錦芙一面哭，一面用力搖頭。

「好極了！我們把他布置成自殺。」

「自殺？譚太太會不會……」

「她高興都來不及，終於脫離苦海。」

錦芙暫時忘記恐懼，愣愣地看著南殊仔細地擦拭她曾碰觸過的地方，還把屍體擺得好看一點，然後示意錦芙過來幫忙。

錦芙忽然想到一件事，說：「我曾經打電話給你，電信局會找到你的！」

「這裡是台北郊外的A區，電信局的交換機是舊式，也就是所謂步進制，所以不會留下記錄，這就是我要找這地區賓館的用意。或許警方會認為譚先生在自殺之前，打電話給他的好朋友。」

南殊確認錦芙是使用床櫃上那台電話，便過去仔細地拭去留在上面的指紋。然後用帶著手套的手捧著電話，要錦芙拿起譚永善的右手拿按電話鍵。

「動作快一點，否則指尖不但僵直，指紋也會變化！」

儘管南殊催促，錦芙死也不肯。無奈之下，只好兩人交換工作。錦芙雙手抖個不停，差點讓電話掉到地上。南殊按下2561338，那是譚永善家中的電話。按完之後，不等對方回應，立刻掛斷。一切都弄妥當之後，南殊摟著錦芙小心謹慎地走出賓館。

嚇人的月光像透明的烈焰迤邐地燒下來，把那些各自為政的建築物，在無邊的天際線，堆成了銀色的廢墟。那些斷垣殘壁，飄著一個幽靈般的影子——不是死去的譚永善，而是活著的冉錦芙。

錦芙的淚水又滴出來，哀求地說：「叫輛車吧！我再也走不動了。」

「堅強一點吧！我們必須離開現場遠一點，才不會引起懷疑。萬一我們遇到一個好管閒事的計程車司機，看到報紙報導後，想到我們，然後跑去警察局亂說。另外，我不開自己的車子來就是怕引起不必要的麻煩。」

「我好後悔呀！」

「後悔也來不及了，只好往前走。」南殊攔了一輛空車，說：「我們去桃園國際機場。」

「你說什麼？」被南殊擠到車門邊的錦芙有點懷疑自己的聽力，再追問一句，說：「我們去桃園國際機場做什麼？」

南殊親了一下她的耳根，低沉甘甜地說：「我偷偷拿走妳的護照和相片，替妳辦了到日本觀光，為的是給我們一個婚前的蜜月旅行。沒想到發生了這種事，只好提前去了。」

「就是現在？你已經買好了機票？」錦芙有種一腳踩空的虛無感。

南殊點點頭，眼睛和眉毛盪漾著詭異的笑意。然後示意錦芙的說話和態度已經引起計程車司機的注意，錦芙趕緊降低音量，同時儘量保持冷靜。

「你和我嗎？」她希望在虛無中抓到一些牢不可破的東西，可是南殊卻搖頭，雖然眼睛和眉毛還是盪漾著柔柔的笑意。

「為什麼？」錦芙忍不住高聲發問後，趕緊偷眼觀察計程車司機。

「因為……」南殊悄悄地對她說：「妳是嫌犯，必須離開這裡，愈快愈好，愈遠愈好。而我要在這裡，觀察一陣子。等到風聲過去之後，再去接妳回來。」

「不要！」錦芙顧不得計程車司機是否在偷聽，掙開了冷酷的擁抱。

「妳大聲吼，讓第三者聽得一清二楚，以便叫警察把妳抓起來？」

「我不要離開台灣，我不要去日本，我最討厭日本人了。」

「妳非去不可，因為沒有選擇的餘地。」南殊的表情、話語冷冽如冰，他繼續說：「錦芙，妳比誰都清楚，我最討厭拖泥帶水、不上道的女人。如果妳要我愛妳，就照我的話去做吧！」

「可是，我到了日本之後，要怎麼生活？」

「這個妳放心，我為妳準備了二十萬圓日幣，還有五十萬的旅行支票。當妳下飛機之後，就會有個叫阿東的台灣人去接妳。妳將來的一切，他都會為妳安排得很好。」

錦芙崩潰了，喃喃自語道：「我一定是在作夢，沒關係！天亮的時候，就會醒過來，然後我要去洗頭，買那件看了三次都捨不得買的洋裝……」

然而這場夢是永遠醒不過來，錦芙這個可憐的女子從此在惡夢的漩渦中，萬劫不復了。

前幾天，J雜誌主編劉宜雯邀約五名新生代作家，在台北一家名叫「四季樂」的餐店，商討雜誌的新企劃。邀請五位作家完成約萬字左右的接力小說，以外星人降陸地球，化成各種人形來引誘人類為主題的故事。其中一名作家不但爽約，還表示不想寫。劉宜雯只好請葉威廉代打，並准於負責最後一棒。但是葉威廉覺得長痛不如短痛，自告奮勇地和抽到第一棒的作家交換。既然答應了，就隨便找了個藉口，離席而去。

葉威廉回到生意清淡的翻譯社，趕緊攤開稿紙——腦子裡立刻呈現出星光燦爛的夏之夜空，有個男人孤獨地凝視那顆最大、最高、最美麗的……忽然那顆星迅速地滑過來，還夾帶著鈴……鈴的聲響。

「該死的電話，打斷了我的靈感。」葉威廉心不甘、情不願地按下通話鍵，吼道：「誰呀！」

「你小聲一點好嗎？威廉兄。」

「哦！原來是陳大警官。有新的案子？還是老案子有了突破。」

「後者。你聽說『夢中人命案』嗎？」

「夢中人被殺，還是殺人？」沉溺在科幻想像的葉威廉覺得這是個不錯的點子。

「夢中人是賓館的名字，死者是一個名叫譚永善的商人。」陳警官不知在捏什麼東西，葉威廉聽到沙、沙的聲音。

「我們本來想約談一個名叫冉錦芙的馬殺雞女郎。依照譚永善生前喝咖啡的咖啡店服務員所描述的妖豔女子，有幾分雷同。不過譚永善死後，冉錦芙跟著失蹤。」

葉威廉靜靜地聽完陳警官陳述有關「夢中人賓館命案」之後，說：「那你們的結論，譚永善是自殺？還是他殺。」

「一開始種種跡象顯示他是服毒自殺沒錯，尤其是他的事業和婚姻出了狀況。」

「既然有了自殺動機，又找不出他殺的證據，那不就可以結案了嗎？」

「問題出在譚太太。她是個前科累累的詐欺犯，道上的人暱稱她是『吃人的變形蟲』。她曾經涉嫌謀殺開啤酒屋的親夫，奪取財產和鉅額的保險金。後來證據不足，沒有被起訴。如今又發生她現任丈夫死於非命，現任這個丈夫非常有錢。不過因為涉及非法內線交易，牟取暴利，導致被迫下台。至於最可疑之處，她也替死者在生前投保，金額蠻嚇人。至於嫌犯馬殺雞女郎冉錦芙，則是她的密友。」

「還有呢？」

「還有一通電話。」陳警官的聲調明顯變化，他強調地說：「根據賓館經理表示，他們不敢確定譚永善是一個人投宿，還是兩個人。但唯一可確定的是他所住的房間在昨晚十點三十五分，發生命案的房間對外打了一通電話。」

「譚永善沒有留下遺書，那通電話很可能是有什麼重要的事要交代。」

「問題就出在這裡，如果是譚永善打的話，會打給誰呢？」

「難道不是打給譚太太的嗎？畢竟是夫妻，難免有些情分存在。」

「我們問過譚太太，她否認接到電話。她的態度很奇怪，可能是喪夫之痛吧！」

「或許死者生前隨便想找個人聊聊。」葉先生講了句連自己都不以為然的話，接著又說：「一分懸疑，兩分曲折，三分迷離……那為什麼不大膽假設，小心求證呢？我們去現場看看，說不會有突破性的發現。」

「夢中人」的藍色燈光在依然明亮的傍晚，顯得有氣無力。可能是昨晚的自殺事件，使接待陳警官和葉先生的經理感到不耐煩。不過職業訓練使然，依然滿面春風，只是風勢似有若無。

「不是已經結案了嗎？」

「是的，不過我們這次的偵查純粹是私人性，請多包涵。」

「哪裡，哪裡。平時都靠警方的維持紀律，我們這個小店才能經營下去。需要服務的地方，儘管說，我們一定全力配合。」

「服務」可能給陳警官某種程度的聯想，所以臉色有些發窘。他說：「我們想再去死者住過的房間看一看。」

賓館經理腰一彎、手一擺，非常有禮地說：「請這邊走。」

葉威廉最後進入房間，比對陳警官交給他的現場照片。原來置放在桌上的那台電話，已經被鑑識人員以「重要證物」帶回。紀錄上特別註明只有死者的指紋。

陳警官說：「這個區域的電信局恰好使用舊式的交換機，所以無法調出通話記錄。更遺憾的是，他們的電話系統只有記錄長途電話，市內電話就沒有。」

葉威廉指著照片中那台電話，說：「我有辦法。」

「什麼辦法？」

「這台電話是最新型的電腦多功能的無線電話機，我曾替這家電話公司翻譯過說明書，所以對產品的功能多多少少有些認識。其中有一項就是『重撥』的功能。詳細地說，當你撥了一組號碼之後，想要再和對方通話，不需要再撥一次，只要按下『重撥』的功能鍵就可以。所以，假如沒有另外一組號碼輸入，佔據原來那組號碼，可以從數字庫調出來。對了！這是很簡單的推論，或許鑑識人員也知道，說不定已經查出對方是誰，只是還沒告訴你而已。」

「你不但博學多聞，而且虛懷若谷。葉先生。」

「或許，我們有機會證明死者不是自殺。」葉威廉對著照片中的電話，饒富深意地說：「你看這鍵盤的設計多麼有趣。」

陳警官看著那位名叫「汪南殊」的男人，華麗的服飾和戴在身上的項鍊、金錶和戒指，一點都不像是個靠開計程車討生活的人。幾個小時之前，兩人約好在汪南殊住家附近的小公園碰面。

「汪先生，能不能請教幾個問題？」

「波麗士大人，你們已經通知我到場說明，幹嘛這樣迫不及待，總有個法律程序吧！怕我跑掉喔！」

「哈！這可說不定。我們認為你除了和嫌犯冉錦芙有不尋常的關係之外，曾經和死者的太花春滿長期交往。你們兩位犯案累累，可真是罄竹難書。」

「好吧！有話快說，有屁……。時間對於我來說，簡直就和金錢一樣寶貴。」

「既然如此，那就直話直說了。」陳警官拿出一張男人的照片，問道：「你認不認識譚永善先生？也就是照片中的這個男人？」

汪南殊一開始裝傻，但狼狽的神情逃不過陳警官訓練有素的觀察。

「他為什麼在臨死之前，會打電話給你？」

「我不懂你的意思。」

「不懂沒關係，讓我慢慢告訴你。我們從『夢中人賓館』電話系統，發現有人打電話到你家。我想問你。到底是誰打給你的？」

「這是個人隱私，我拒絕回答。」

陳警官想起一句俚語「擱假下去，就莫行（不像）了」，於是直話直說：「沒關係！依照譚太太的過往紀錄，我們本來懷疑是她下的毒手，可是她有明確的不在場證明。如果你能告訴我們，有關譚先生和你的通話內容，合情合理的話，或許也可以證明你的清白。」

汪南殊做了個「敗給你了」的表情，說：「不錯！他打電話給我，告訴我說，他知道我和他太太之間的事……然後開始胡說八道。」

「然後呢？」陳警官緊迫盯人，不讓對方有多餘的時間去編造故事。

「然後……就沒有了。」

陳警官想到葉威廉的推理分析，認定汪南殊曾經到過命案現場，於是佈下陷阱，說：「沒有了？可是有人看見你在賓館的附近出現。」

汪南殊懊惱地「幹」了一聲，說：「我實話實說了！接到譚先生的電話，知道他要自殺，所以就趕過去，沒想到還是晚了一步。」

「為什麼不報警？」

「我怕惹上麻煩。」汪南殊似乎透視到陳警官的心意，輕描淡寫地說：「我看見譚先生自殺身亡，第一反應就是拿起話筒報警，可是轉念之間又放棄。你知道吧！警察往往為了急於破功立案，常常將無辜的人屈打成招。我為了怕被捲入是非圈，趕緊拔腿逃離現場。剛才你一見到我，馬上就說：你們的犯案累累，可真是罄竹難書。我怕死了警察，好不好？」

「有沒有動房間的任何物品嗎？」

「只摸了一下屍體……就趕緊離開。」

「你確定只有你一個人在場嗎？」陳警官看了看猛點頭的汪南殊，又問：「你確定你的現任女朋友不在現場？」

汪南殊堅決否認，但是作賊心虛的語氣和眼神依然逃不過陳警官的眼睛。至於陳警官請他提供關於冉錦芙失蹤的線索，他一開口，一直說到陳警官懶得再聽下去。

「譚先生的自殺事件可能還無法結案，所以汪先生，你還是重要的參考人，畢竟你是最後一個和死者在一起的人，所以請隨時和我們保持聯絡。」

「所以ＯＫ了？」

「已經浪費你很多金錢了。」

汪南殊露出勝利的笑容，似乎不在意對方那些馬後炮式的冷嘲熱諷。

陳警官離開汪南殊之後，從小公園走到葉威廉等他的咖啡館，一開口便抱怨：「那傢伙太狡猾了。」

葉威廉瞭解朋友挫敗的心情，一邊安慰鼓勵，一邊言不及義地閒聊：「沒想到在這個龍蛇雜陳的地方，竟然會有這樣有格調的咖啡館。」

「我知道他在說謊，可是又拿他沒輒。」

「台灣的咖啡太貴。別說巴黎咖啡或維也納咖啡，連原產地的巴西或哥倫比亞都瞠乎其後。」

葉威廉陸陸續續地再發表了幾篇咖啡經後，說：「你不覺得從一個自殺事件，發展成類似自殺事件已經是個很不錯的突破了嗎？何況我們又擁有相當多的間接證據，我有自信在不久的將來，就可弄出個究竟。」

「被你這麼鼓舞，我的鬥志又開始奔騰了。」

「先喝口咖啡。」葉威廉舉杯向他致意，接著說：「譚太太有不在場證明，汪南殊是在自己家裡接的電話。如果那通電話是譚永善打的，汪南殊很可能因此而追來賓館，然後……可是這就令人想不通。對了，那一名叫失蹤的馬殺雞女郎呢？有消息嗎？」

「還沒有！」

「如果譚太太和汪南殊都不是執行毒殺譚永善的人，那名女子可能就是被他們倆共同遙控一部殺人機器。」

陳警官似乎想到什麼，說：「有此可能，汪南殊很會利用女人。哇！好甜的咖啡……」原來當陳警官在思考的時候，不知覺地加多了糖粉，又沒攪拌，等喝到杯底時，才發現沉澱著一層厚厚的糖漿。

這時候，服務員走過來跟葉威廉說：櫃台有他的電話。

葉威廉說完電話回座，發現陳警官面色沉重，原來汪南殊的現任女友冉錦芙死在日本東京。

「到底是怎麼一回事呢？」

「根據調查報告，冉錦芙在譚永善死亡當晚，搭機到日本之後，就被迫從事賣春。她想要向日本警方求救，可是又被盯得死緊，絕望之餘以死來求得解脫。為了能夠讓日本新聞界重視，她跳樓自殺之前，全身赤裸，手中緊握遺書——那是一封控告汪南殊的遺書。聽說她還把當晚她在『夢中人賓館』所發生的事情完完整整地寫下來。」

「如果汪南殊找到厲害的律師，可能還沒有足夠的理由將他定罪。」

「說得也是。那個冉錦芙雖然創造出這麼轟動的自殺方式，可是還是要依法律途徑。汪南殊可以反駁女方由愛生恨、惡意中傷。同仁告訴我，冉錦芙在遺書之中，夾著一份投稿給鳳凰夫人的信。」

「J雜誌的鳳凰夫人信箱？」

陳警官點頭，說：「不過不是她寫的，而是署名阿滿的女子，可能就是花春滿，也就是譚太太。有了這份譚太太親筆寫的信，冉錦芙的遺書內容更加有說服力了。剛才誰打電話給你？」

「鑑識課的朋友打來告訴我鑑定的結果。」葉威廉解釋，說：「我預先告訴他們我在這裡等好消息。」

陳警官眉毛一挑，滿臉期待地問：「結果如何？」

「他們確認從『夢中人賓館』撥出去的唯一一通電話是打給汪南殊。但是從電話鍵盤上，數字的排列組合意外出現了三個數字１３８，汪南殊的電話２４２７９２１沒有這三個數字。我想如果譚永善是自殺的話，或許是打給譚太太，所以我要求鑑識課的朋友從電話鍵盤上，譚永善的留下的指紋比對自家的電話號碼的數字，判定是否可能一致。譚家的電話是

2561338，指紋也是留在那些阿拉伯數字上面。」

「所以……」

「假如死者生前打了一通電話2561338給他的太太，可是他的太太否認接到電話。另外，賓館的那架微電腦多功能無線電話機已經用了有些時日，如果要按鍵，一定要用些力量。可是留在上面的指紋卻模模糊糊、歪歪斜斜。指紋模模糊糊，最大的可能性是因為人死了，指腹逐漸失去了油脂和水分。至於歪歪斜斜，是不是有人握著死者的手指頭去按鍵。所以我建議鑑識課的朋友去479三個數字鍵找找有沒有可疑的線索。他們果然找到在4和7兩個數字鍵之間有一枚指紋，雖然模糊破碎，但是確認並非譚永善的，結果和冉錦芙的指紋有百分之七十的符合！」

「我認為最大的遺憾是沒有將那隻『吃人的變形蟲』逮捕歸案。不知道下一個倒楣鬼是誰？」陳警官表示無法再聊下去，必須趕緊回去。

葉威廉再點一杯咖啡，從公事包拿出幾張稿紙。當他把劉宜雯交代他的科幻連環小說第一篇寫完之後，猜想其他那些作家不知會把「它」接龍成什麼怪樣。

唉！人生不就是一篇篇由不同作家串寫的小說嗎？有的人仁慈，有的人殘酷，有的人有情似無情，有的人無情似有情，令人無法掌握。所以，他決定當J雜誌把整篇接力小說刊出之後，不管別人如何，自己要重新再寫一遍，寫出一個令自己滿意的結局。

陳警官從咖啡館走回小公園的停車場，路過一間頗具規模的廟寺。只見不少人站在門口，觀看乩童全身顫抖、手舞足踏。

乩童可能神明已經附體了，大聲而濃濁地唸唸有詞，揮動著九節鞭，還在自己的身上敲打出縱橫交錯的紅痕。他的太子冠上的金珠，圍兜的錦龍繡鳳，渾身上下神威凜凜。仔細一瞧，他的面孔塗滿了白粉，兩頰因插了幾根鋼針而變形。從他那大腹便便的體態，不難看出已經略有歲數了。

原來是他！陳警官想起在六、七歲的時候，住在碧潭附近的小孩，都會先在比較淺的地方學游泳。年紀稍長，大約是上了國中，就會到比較深的地方大展身手。等到年紀更大一點，或是泳技更厲害的，就到天河洞的石崖去跳水。

當時天河洞有很多鱸鰻，陳警官曾經看到一個鄰居抓到一條大鱸鰻，他把牠圍繞在肩膀上，得意洋洋地遊街。遠遠一看，還以為套著一個大輪胎。他是當時碧潭一帶泳技最厲害的年輕人，大家都叫他「狗啊」。

他們家開香燭佛具行，一家人非常迷信。據說「狗啊」的命格十分與眾不同，非常非常貴氣。這樣的小孩生下來，容易招孤魂野鬼算計的，所以不取一個十分低賤的名字不可。念國中時，偶而會在碧潭天河洞見到他浪裡白條的泳姿。沒想到多年之後，竟然會在這裡遇見故人。

不過陳警官不想與他異地重逢，腳步加快地走開。然而，他萬萬沒想到會在兩年後的某宗詐騙案又遇見他。

本作原載於《遙遠的浮雕》（一九九二，皇冠出版社）

第三章　只有銀斑蓮知道（1992年）

二十多年前的鄉間小路長滿了野花野草，每當小男生上學的時候，最讓人精神為之一振的就是看見那整片燦爛在晨光下的「鼓吹花」。一朵一朵紫色的花，沾滿了露水，像極了一支一支紫色的喇叭，悠揚地吹出輕快的進行曲。

由於早期學校禁止學生在校園說方言，所以「鼓吹花」就變成「喇叭花」。後來因為一首「送君一朵牽牛花」，「喇叭花」又被「牽牛花」取代。小男生在想是不是因為牧童都是在早晨牽牛去吃草，所以因此命名。上了中學以後，學了英文，知道「牽牛花」的英文是「Morning Glory」，覺得有點誇大其詞。出了社會，因為工作需要，學習日文，知道「牽牛花」的日文是「朝顏」，覺得恰如其分。

原本憨厚的他本來以為會和一個像「牽牛花」，那樣單純的女孩，安分守己地度過一生。誰知道在他二十八歲那年，命運之神安排他遇見了一個宛如「銀斑蓮」的女人，雖然也是開著同樣紫色的花朵，但是……總之，他的人生因此徹底地被改變了！

「你是不是對我產生厭倦？」

「什麼？」男人茫然地凝視說話的女人，斑駁的口紅和被汗水及化妝品侵蝕的顏面，使他不由得別過頭去。

「你是不是想甩掉我？」

「無聊的問題。」男人把身體轉過去，雙臂環胸，然後兩隻腿縮起來，一副縮在母親子宮裡的姿態。

「不然，為什麼對我那麼冷淡。還記得沒多久前，你一見到我就迫不及待地想要……」

「沒這回事，我只是累了。」

「你不要以為我不知道，你是不是偷偷和王墨茗那個老女人交往？」女人的臉緊貼男人的背，雙手抱住他的腰。

男人呢喃否認，女人的聲音轉為低音：「我好想要有個小孩，一個屬於我們的小孩。所以，我準備把孩子生下來。」

男人感覺到女人的掌心離開好不容易凝聚熱情的堅挺山峰，緩緩地往北方移動，最後落在他心跳的地帶，用指甲輕輕地摳著。

「不行！」男人撥開女人的手，起身離床。

「為什麼？」女人被男人激烈的動作嚇了一跳。

「妳不是說過：不要婚姻，只要愛情。」

「可是我沒說不要孩子。」

「妳食言而肥。」

「看不出你還會用成語，我食言不肥，身材依然苗條曼妙。好，我現在更正：不要丈夫要孩子。這樣總可以了吧！」女人斜眼睨著站在床邊的男人，微微地吐出舌頭。

「如果妳把孩子生下來，我就離開妳，永遠永遠地離開妳。」男人有張俊俏好看的臉，因急怒而迸出的表情宛如被狂風吹散的薔薇花瓣。敞開的襯衫之間是線條溫和的胸肌，女人的抓痕留在那裡。

「自私的男人，只顧自己的想法。要不要聽聽別人的想法呢？」

男人不理睬，起身離床。

「如果你離開我，我就……」隨著話聲，女人像豹子般地撲了過去，她的額頭和他的下巴因撞擊而發出巨響。男人歪倒之後，掙扎著想要恢復站姿。可是女人沒有讓他得逞，把嘴唇移到耳根，細聲地說：「我就割掉你的老二，然後煮來吃。」

女人的眼睛跳躍著黑色的火焰，在散亂的髮絲中，熊熊地閃爍……兩個人浸浮在詭異奇妙的燈火中，彷彿在罩子裡飛撲糾纏的白蛾。四隻腳中的其中一隻因為抬高，不小心踢倒了床尾的立燈，不被理睬的光立刻被抽走。

暮色紛紛地飄進來，將地板投影成泥火山地形，宛如是男人的故鄉——高雄燕巢鄉的烏山頂，那些噴出來的泥漿，如溪河般擴散在他的回憶，然後產生碎裂的龜紋。

男人的火山爆發了，岩漿滾滾地流入女人的體內。夕陽不見了，天空一片通紅。立燈被扶正，再次放出光芒，穿上衣服的男人冷漠地望著動也不動的女人，感覺她似乎死了，這是激情而詭魅的謀殺。

「至於下一回的謀殺呢？」男人走出房門，陰暗的客廳懸浮著甜甜的香氣。花架上的蔓類植物有著嬰兒臉般大的絨葉，隱隱現出銀白色的斑痕，紫色的花瓣放射狀地開放，傲然凸起的花蕊使男人聯想到一把劍，鋒利無比的劍。

「也許下回該用一把真正的劍，而不是男人的劍……」他隨手摘下一朵紫色的花，走到街上，就著燈光時，才發現手掌染滿了紫色的汁液。

「艾草——多年生，根莖橫走地下；上端多分枝；葉莖具小型偽托葉，長橢圓型，羽狀深裂……頭狀花多數聚集形成圓錐花序。生長在路旁、山邊向陽地。」

葉威廉翻譯到一個段落時，就把資料存到電腦的文書檔案，然後把「台灣常見植物圖鑑」一書擱在一旁。當他端起咖啡來喝時，從咖啡店的窗口，看見多年前的同事和他的太太。他們沒看見葉威廉，葉威廉想想也就算了。但是回憶卻如眼前的葉子，一片一片地落下來。

葉威廉當時是在某某醫學研究機構的微生物實驗室擔任助理，那位同事是生物化學實驗室主任。他四十五歲時娶了一個二十五歲的女子，也在生物化學室實驗室當助理。因為上級規定，夫妻不能在同一單位工作，於是女方被調派到微生物實驗室，然後換葉威廉去生物化學實驗室。因為這個緣故，同事對葉威廉很照顧，三個人成了好朋友。

同事婚後你儂我儂，爾煞情多。但是日子一久，兩個人很喜歡把家裡的事情拿出來說給葉威廉聽，誰的家事做的比較多，或是甚麼甚麼的。芝麻蒜皮大小事，公說公有理、婆說婆有理，他們夫妻之間宛如張石蕊試紙一下子藍色、一下子紅色，煩死了。最後明知清官難斷家務事，還是當著同事的面，婉婉轉轉、拐彎抹角地說：你愛她是鹼、她愛你是酸。葉威廉笑著解釋：我覺得女人比較愛吃醋，可能酸一點。所以，你為什麼不能平衡一下。身為化學分析師的先生無奈地說：實際上無法穩定而準確地到達pH＝7，不過標準可以寬一些，畢竟是人訂出來的。後來葉威廉離職，不知道他們後來的愛情pH值變化如何。

只見同事蒼老許多，太太的體態依舊輕盈苗條。多年不見，又沒有看清她的臉，葉威廉沒有把握是不是同一個人。就在思考時，不知何時身邊多了一個人。

「哈囉，威廉兄！」打招呼的人名字叫陳皓，是葉威廉的好友。他是個警察，是個讓初見面的人，會誤認為是影歌星或模特兒的帥哥警察。

葉威廉依然看著窗外的落葉，不緩不疾地說：「請把命案的發生經過說出來吧！愈詳細愈好，如果你有任何意見，也可以添枝加葉，但不可以太離譜而動搖根本。」

「有個女人被發現死在自己的別墅，氰化鉀中毒，桌上留有遺書，意思是情人另結新歡，不堪失戀的折磨就自求解脫。」陳警官一面說，一面遞給葉威廉幾張照片。

「嗯！原來是她。」

「沒錯，就是她。外號『吃人的變形蟲』的花春滿。」陳警官挑了另一張照片，說：「花架，花春滿就死在花架前方。我以前從來沒看過這種花，差不多有我的手掌大，五片花瓣是修長的橢圓形，還有一種類似桂花的香味。」

「看起來很像是『銀斑蓮』，葉子是不是毛絨絨的，上面有銀白色的斑紋。如果是這樣，那就是『銀斑蓮』了。『銀斑蓮』不能被廣泛地推展在園藝，乃是因為培植不易。不過，在植物生理學方面，倒是常被學生拿來玩變色遊戲。哦！對不起，你為什麼認為是被布置成自殺的他殺事件呢？」

「身為警察的第六感，我不認為她是個會自殺的女人。反倒是身為詐騙慣犯的她，仇家多如繁星，任何一位都可能是兇手。還有，依照法醫的說法，她已懷有三個月的身孕。」

「遺書的鑑定如何？」

「因為是電腦打字，還沒有找出確切偽造的證據。」

「氰化鉀的來源呢？」

「尚在調查。」陳警官發現葉威廉全神貫注在一張照片——死者的臉正仰，右手往上舉，彷彿在投棒球，投出生命的最後一球。

葉威廉頭也不抬地問：「死亡時間和發現者的資料呢？」

「昨天下午兩點半至四點之間。」陳警官翻翻檔案，說：「發現者是死者的男友小羅，本名羅諾，肚子裡的孩子就是他的骨肉。或許不是真情真愛，所以並沒有見他流露悲痛欲絕的神情。羅諾曾經是花春滿經營的西餐廳的員工，如今因為和女老闆的關係，升格為經理，並掌握管理大權。」

「他有何說詞？」

「昨天下午兩點鐘左右，羅諾和一名客戶在福安企業談生意，呼叫器忽然響起來，他就到櫃檯去回電。原來是花春滿，好像心情很不好，說了些瘋言瘋語，同時要他立刻去別墅找她。羅諾表示走不開，花春滿就說如果他不照辦的話，她就要自殺，而且要他後悔一輩子。羅諾對於她的伎倆已經習以為常，根本不放在心上，沒想到她真的仰藥輕生。」

「他們是談甚麼生意？還有那位客戶是否證實了羅諾的說詞？」

「客戶是福安企業的福委會會長，他和羅諾討論下個月的定期提供下午茶。他大致上證實了羅諾的說詞，不過多了些引申。他說羅諾去回電之後，神色顯得有些不寧，解說茶點明細時，顛三倒四，不但弄錯了重要食材和價錢，還忘了帶合約，只好改期再談。」

「下午茶的食材和價錢並不複雜，身為餐廳經理的羅諾會弄錯，顯得不自然。接了這麼大的一筆生意，竟然忘了帶合約，也說不過去。」葉威廉將放在桌上的照片再拿起來，看了又看。然後以一種漫不經心的口吻，說：「你認為如何？陳警官。」

「嗯！疑雲重重，可是他的不在場證明很明確。」

「為了確認我的推理，必須先做一個小小的鑑定。請你問問那位客戶幾個問題。原本是誰前來簽約？是負責人花春滿，還是餐廳經理羅諾。羅諾是否準時赴約？羅諾是開自己的車，還是搭計程車前來？他離開時是開自己的車，還是搭計程車？依照羅諾的說詞：昨天下午兩點鐘左右，他的呼叫器響起，然後他就到櫃台去回電。客戶是否感覺怪異？尤其是談話的時間。」

陳警官去打電話時，葉威廉則利用時間再去翻讀那本「台灣常見植物圖鑑」，然後逐字翻譯——紫花酢醬草，多年生，鱗莖發達，花莖具半平開毛，繖散著生數花。生長在庭園、近街市之耕地、路旁。原產北美，早已歸化本島之難除雜草。

葉威廉譯完一個段落，還來不及修飾，只見打完電話的陳警官，臉上有掩不住的興奮。

「嘿！威廉兄。你真是料事如神，我們可以好好約談羅諾了。」

「喔！」

「客戶確認原本說好前來簽約的是負責人花春滿，可是臨時有事，請餐廳經理代表。不過，這是羅諾自己說的。羅諾是準時赴約，不過神色匆匆、有些慌張。羅諾可能是搭計程車前來，因為客戶曾經問他是否幫他預留停車位，他說不必。離開時是櫃台小姐幫他叫了計程車。忘記帶合約，讓他非常不高興。至於昨天下午兩點鐘左右，他的呼叫器響起，然後他就到服務台去回電。客戶是否感覺怪異？客戶的確有怪異的感覺，他表示：他並沒有聽到呼叫器響起。不過，或許是使用靜音震動功能。依照他們的調查，那個電話是打到花春滿的別墅。」

「所以你已經去派人去調查花春滿別墅的電話紀錄了？」

「花春滿別墅的電話紀錄並沒有打給羅諾呼叫器的紀錄，至於羅諾的來電內容，呈現在答錄機上一堆無意義的自說自話。這些證據足夠把他列為頭號嫌疑犯。你認為呢？」

「我猜測是不是花春滿要去和客戶簽約時，羅諾藉此機會要求同行，以便創造一個不在場證明。當他毒死花春滿後，置入行李箱，然後找好適當的地點。羅諾搭計程車去福安企業赴約。談完生意之後，搭計程車回到藏屍汽車的地方，再開回花春滿的別墅，將屍體偽裝成自殺，然後報警。」

葉威廉的笑意更濃，尤其是當他聽見陳警官抱怨缺少直接證據，就挑出其中一張照片，指著屍體所穿的白衣，說：「那些藍色的污斑可以說明，屍體曾經被移動。不僅推翻了花春滿自殺的論調，也推翻了羅諾的不在場證明。」

低著頭走入電梯的男人，並沒有注意身旁有人，直到門自動關上，有人低聲問幾樓時，才抬眼望。

「陳警官！你怎麼會在這裡？」

「我特地來找你的！」陳警官望著眼前這位散發警戒神色的男人，儘量溫和地說：「你知道一種名叫『銀斑蓮』的植物嗎？」

「不知道。」

「就是花春滿小姐的別墅裡，種在花架上的那種花呀！聽說這種花很有靈性，當它們看到主人死亡時，就會散發出靈氣，設法讓第三者知道事實的真相。」

男人的表情是鮮明的嘲弄，雙手互相去按指骨，發出「叩、叩」的聲音。

「我想你是不會相信我的話。但是只要更深入地解釋，你就會明瞭。『銀斑蓮』是一種奇妙的植物，花色素會隨著酸鹼值而改變顏色，就像石蕊試紙遇酸變紅，遇鹼藍變。因為光合作用和呼吸作用，汁液在白天和夜晚會呈現不同的酸鹼值，因而花色也會呈現不同的色彩，雖然看起來幾乎都是紫色，但是晚上是偏向藍。白天則偏向紅。據法醫的檢驗，花春滿是在午後兩點半至四點之間死亡，因毒性發作，撞到花架而倒地。她的身體壓到『銀斑蓮』，以致白衣沾染到花汁。『銀斑蓮』的汁液染上棉布，就會被固定，而不再改變顏色。所以照理應該是紅色，而不是藍色的。可見屍體是在傍晚以後，才被運送過來的，是不是這樣？羅諾先生。」

陳警官說到這裡，電梯頓住了，因為已經到達按鈕的那層樓。電梯的門緩緩打開，男人的腳尖，踏出電梯。然而陳警官的聲音緊緊跟隨：「我們不知道是你大意，還是刻意布置花春滿死前掙扎，以至於弄翻花架。總之那句老話：法網恢恢、疏而不漏。當然啦！我們也不單純靠『銀斑蓮』的一面之詞而將你定罪，將會根據遺留在你車廂裡面的微物、屍斑分布等科學證據，證明你曾經移動屍體，粉碎你的不在場證明。」

男人默默無語，一步一步往前走，直到自家門口。他抬頭望著門框上雕飾著紫色花朵的圖案，彷彿像數支喇叭再次為他吹出童年回憶中的進行曲。然而已經不是清晨的榮耀、清晨的容顏，牽牛的牧童，而是暗夜的絕望、暗夜的悲顏，步入監獄的殺人犯。

本作原載於《水晶森林》（一九九三，林白出版社）

第四章　雷峰塔的呼喚（1993年）

墨茗下班之後，獨自走在夜色漸濃的歸途。這一帶是台北最繁華的東區，百貨公司、速食餐廳、高級服飾店到處林立，宛如各種形式的手，伺機伸入人們的荷包。當她考慮晚餐要吃些甚麼時，發現在小巷弄裡有一家號稱有五十年歷史的小店，招牌上面用紅字大大寫著：古早味碗粿。

好吧！就試試看吧！墨茗感覺好吃是好吃，但是味道、外觀和記憶中的碗粿相差甚遠。小時候吃的碗粿，本體都是手作之外，通常是裝在有缺角的舊碗裡，上面會有看得見的紅蔥頭和一小塊鹹鴨蛋。好像沒有肉和調味料，頂多是底部放些菜脯乾、再加一點點醬油。

老闆看墨茗一邊品嘗、一邊若有所思的樣子，便虛心請教口感如何？時代不同、體驗不同，這滋味自然也就不同了。墨茗抬頭看著年輕的老闆，不知如何以三言兩語道盡，只是微笑點頭，說聲：味道不錯，結帳離去。

利用等公車的時候，墨茗便在地攤上隨意挑選髮飾。當她拿起一枚蝴蝶髮夾，多把玩幾分鐘，老闆就開口說：「小姐，妳的眼光不凡，品味超群。能夠從萬紫千紅、五顏六色中，選出這枚既精緻、又可愛的髮夾，實在令人佩服得五體投地。」

「老闆，你好會講話啊！」墨茗望著矮矮胖胖的中年老闆，由衷地「讚美」。

「不是我會講話，是因為看到美麗高尚的小姐，舌頭自然比平常靈活。

何況妳能一眼看中這個髮夾，更表示妳的與眾不同。怎麼樣，算妳五百元。」

「好貴！」墨茗不知道是不是真的有五百元的價值，只因為是地攤貨，所以假裝內行地嫌貴。

「才不貴呢！」老闆的圓臉誇張地做了個表情，說：「這是日本貨，妳有沒有看『中森明菜』的ＭＴＶ，她就是別這種髮夾，風靡了全日本的少女。」

「可是太貴了，而且……」面對伶牙俐齒的老闆，墨茗幾乎招架不住。一方面愛不釋手，一方面又怕當冤大頭。幸好來了幾個女客，把火力稍微分散，使她能夠喘一口氣。

「小姐！」

一個尖銳的聲音驟然響起。首先，墨茗還以為是九官鳥在學人話，仰頭尋找了一番，才發現是個有著大肚皮的相士。他的攤子就在幾步之外，端端正正地笑著，臉上有種藐視紅塵的凜然。

當他看到墨茗拋過來的眼光時，便展出和氣、卻又帶些神祕氣氛的微笑，說：「小姐，妳一定要買那支髮夾。」

「為什麼？」墨茗瞪著那張在燈光下彷彿是油鍋裡撈出來的圓臉，訝異地問。

「因為妳有劫數，那髮夾會助妳一臂之力。」相士上下左右地觀察墨茗一陣之後，加強語氣地說：「不然，我買下來送妳，也算是一段千里緣。」

「不要，不要。我自己買……」她趕緊掏出一張鈔票遞給老闆。好像要躲開撒下的羅網，連忙靠向站牌，然而公車卻遲遲不來。

「小姐！」

不知為什麼，墨茗好怕那個相士的呼喚，卻又不能不再面向他。鋪在桌上的白布微微揚起，使兩張點滿黑痣的男女臉譜，竟像活著似的嚇人。

「小姐，請妳過來一下好嗎？難道不想知道劫數來自何處，如何破解嗎？」

墨茗雖然受過西方高等教育，但是自從經歷好友慘死和受騙、受害，還有「殺人未遂」等事件之後，慢慢開始認命，並且開始篤信民間宗教。她宛如被催了眠似地走過去，順從地在相士的前方坐下來。

來往的紅男綠女剎那間模糊起來，沸揚的喧嘩恰似漸歇的飛瀑，緩緩地涸了。只聽到那懾人心魂的聲音——「妳的前生是一枝雨露濕潤的春杏，在輕煙瀰漫的江南，招引了太多的狂蜂浪蝶。不瞑目的痴魂已經追到今世來了，就在妳的手心……」

「啊！」墨茗驚叫一聲，蝴蝶髮夾掉落在腳邊。

相士替她拾起，柔聲地說：「讓我看看妳的掌紋。啊！好白好嫩的小手，正顯示飄浮的亂世情劫。小姐，如果我沒說錯，妳正在談戀愛，對不對？」

墨茗斂目不語，只覺得雙頰漸漸地熱起來。想到方才電影院裡的耳廝鬢磨，甜蜜的滋味再度從敏感的地方湧現出來。也許過分陶醉，墨茗竟然任相士的手指滑向虎口。

相士右手緊握墨茗的手，左手則去敲打電腦的鍵盤。墨茗注意到電腦上面插著一面牌子，上面寫著：最有夠力的神。相士看到墨茗好奇的眼神，得意洋洋開始長篇大論。

「二十世紀以前的印地安民族是極端的泛神論，在他們心目中，一舟一車、一草一木，甚至一沙一石皆是能夠被神化，甚至製造成圖騰來膜拜。因此，二十一世紀的人類，模仿印地安民族的理論，以『敬鬼拜神』的態度來處理無法控制的災難，譬如火山之神、海洋之神，就是因為人類無法預知和控制火山或海洋所造成的災難。於是，在某個恰好是星期五的十三號，電腦因病毒侵擾而造成世界大恐慌，電腦也被神化了。由於預言在二十一世紀，一天沒有電腦，人類就活不下去，電腦之神自然凌駕一切，變成了至高無上的眾神之神。據說許多電腦之神的信徒利用電腦去預估『人腦是否勝於電腦』時，每個電腦都『當機』，嚇得眾人不敢有異心。所以，在二十一世紀，電腦之神將就是最有夠力的神。」

相士說得認真，墨茗卻感到好笑，畢竟還是個高等知識份子。她表示等一下還有事待辦，必須立刻走人。

「小姐，妳相信嬰靈嗎？」相士忽然冒出一句。

「什麼，您說什麼？」如夢初醒的墨茗盯著相士，當聽清楚問題時，心中升起不祥的預感。

「小姐，我除了天機妙算之外，說話都有科學根據。所以妳務必耐心聽著，同時自我分析，看有沒有道理。」

墨茗一方面不知道如何脫身，一方面又覺得對方說得有幾分道理，便把提起幾公分的屁股又放回原處。

相士滴溜溜的眼睛，捕捉著墨茗臉部每一吋的變化，以權威的口吻，說：「每個女孩子都會有過去，不管是自願，或是被迫，這都是無可厚非。可是墮胎總是殘害一個小生命。生命不論大小，都有靈魂。靈魂也和世人無異，有男有女，有善有惡。而妳曾經……」

墨茗聽到這裡，已經嚇出一身冷汗。眼前這名相士是誰？是九天下凡的神仙，還是何方的妖孽，為什麼能夠洞悉她曾經失足的過去呢？由於心跳的猛增，她才發現相士的拇指和食指緊扣住自己的虎口，如果不是對方有著一雙燐火般的法眼，墨茗還以為是個把脈的醫師。

「那我該怎麼辦呢？」墨茗想稱呼「先生」，然而覺得不妥，考慮之後，才說：「請仙師指點迷律。」

「唉！」相士嘆了一口氣，說：「我只能預測妳將被嬰靈纏身，彼個嬰靈既惡且刁。唉！孽障、孽障。但願是我失算，否則妳將一生陰風黯雨、愁雲慘霧啊！」

墨茗被他說得魂飛魄散，哀求道：「仙師法力無邊，怎麼會失算呢？」

相士無可奈何地說：「好吧！嬰靈無所不在、無所不能。他會破壞妳的婚姻，陰損妳的健康，使妳萬事不順，直到妳死後，依然不會甘休。嬰靈為何能夠如此凌厲霸道，是因為他不具任何形體。唯一能夠和他溝通談判，就是逼他顯象現身。」

墨茗腳底彷彿踏在冰塊上，不斷顫抖。四周行人，個個似乎幸災樂禍。不遠處的矮胖老闆好像也在睥睨獰笑。更令墨茗受不了的是當空的月影，隱在灰雲中邪惡地窺伺，是不是……

「我先給妳一道符，保證暫且不會有事。另外，我給妳我的電話號碼，找個時間，我去看看妳的居所，然後再做打算。」

墨茗千謝萬謝地奉上兩千元的謝禮。

過了兩天，相士就站在墨茗的「單身貴族小套房」裡。

原本居住在豪宅的墨茗因為官司纏身，又加上流年不利、投資失敗，落得床頭金盡、一貧如洗，所幸她有拿得出來的學經歷，並且經過好友如鈺的父親、台灣工商界名人古鑑文的幫忙，所以找了個高級秘書的工作，生活逐漸起色。

相士脫掉道帽，露出流氓氣十足的山本頭。取代道袍則是一套半新不舊的閃色西裝，寬寬大大的外套遮住了他圓滾滾的肚子，剪裁貼身的褲子把他的屁股繃出兩個大西瓜。金鍊、金錶，以及刻著金錢豹的戒指，把那個晚上一點點的仙靈之氣洗刷得乾乾淨淨。

「這房子滿新的，剛買不久吧？」日本觀光客搖身一變，成了房屋仲介公司的業務員。得到墨茗的答案之後，一面在屋子裡東走走、西看看，一面又像經過淡入淡出處理似地變成執行戶口調查的普查員。

「所以，妳是個小富婆嘍！」這是他的結論。

墨茗沒有認真地否認，直接問道：「我怎麼和嬰靈溝通談判呢？你不是說要讓他顯像現身嗎？」

「啊！」相士，做了個「悟然」的表情，說：「這個居所……尤其是臥室的部分，早晨的陽光極易射進來……如果是客廳嘛？妳又無法整夜等待……真是棘手呀！」

看著相士滿臉愁容，一副束手無策的模樣。墨茗不禁想起幾年前的那段莫名其妙的愛情。珠胎暗結之後，男友竟然是個有婦之夫。她沒有淪為自嘆自艾、日夜等待的怨婦，或橫刀奪愛的潑婦，立刻慧劍斬情絲，斷然跑去婦產科做「月經規則術」。後來在企業管理進修班認識了個高大英俊、體貼溫柔的鰥夫，也就是現在的男友。

墨茗的思維被相士的話打斷，只聽到他說：「唯一的方法，就是把臥室的窗遮蓋起來。我建議妳在窗口搭個凸出的鐵架，外頭再釘個淺色的板子。如果事情過去之後，板子抽掉，就不會妨礙屋子的觀瞻了。」

「為什麼要這樣做呢？」好奇心在墨茗焦慮的情緒中，探了探頭。

「嬰靈不具形體，但是我會『見影捉鬼』，逼使它在板子上顯象現身。不過，我會在上面貼了道符，它就不會破窗進來傷妳。總之，妳照我的話去做就是了，凡事不宜多問，否則天機洩漏，對於我們兩人都不好。」

「謝謝仙師。」墨茗本來想多問一些，例如恭請的大神是不是號稱最有夠力的電腦之神？想了一想，還是少說一句為妙。

「我還有些事情要喬，先失禮了。弄好之後，再和我聯絡。還有，這事應該守口如瓶，不然就功虧一簣。」

墨茗仔細考慮之後，決定按照相士的指示，把臥室的窗戶重新設計過，並請他過目鑑定。相士看過之後，非常滿意地說：「如今萬事俱備，只欠東風，妳要做的只是等待。嬰靈通常在午夜出現，所以請妳準備個鬧鐘，在十二點整時叫醒妳。醒來之後，妳要凝視窗口，嬰靈就會出現。記住，被妳謀殺的嬰靈已經成了厲鬼，所以要幻化現形，不是件容易的事。妳務必要耐心地等下去……。」

墨茗開始等待嬰靈的出現，並且準備了懺悔的說詞和贖罪的心，希望那個被她殘殺的胎兒，能夠永遠安息在樂土。可能的話，她願意盡所有的一切，協助他投胎至富貴人家，轉世享受凡塵的榮華。

於是，當晚午夜十二點整時的鬧鐘響起，墨茗立刻從被窩挺起來。在按上鬧鐘之前，先望向窗口。一片黑暗，等啊等！等到抽緊的神經彷彿被刀慢慢割斷，等到肉體鬆鬆地癱成一團。她低聲地哭起來，安靜的鬧鐘好像還在無休止地響下去，也任由無窮盡的恐懼蔓延下去。

就這樣經過一個星期，墨茗感覺自己已經被折磨得不成人形了。為了工作品質，責任感十足的她只好申請休假。當她感覺到好不容易交到的男朋友開始疏遠時，嚴重的失眠悄然上身，可是嬰靈始終沒有出現。墨茗好幾次向相士詢問、甚至哀求，可是對方一味要她耐心等待。

夜是如此陰森漫長，墨茗感覺如果再挨一分鐘，勢必被這隱形的炸彈，炸得粉身碎骨。

「不行，我受不了。」她在心中吶喊，狠狠地拿起叫個不停的鬧鐘，往牆角丟去。然後不顧已經是三更半夜，撥了一通電話給相士。鈴聲在彼端淒言慘語似地響著，和這邊的情緒前呼後應。

「唔……是誰呀？王小姐，發生什麼事？哦！原來如此，我不是告訴妳嗎？要耐心地等，那不是普通的嬰靈……既然如此，只好祈請金華聖女下山。不過，祈請金華聖女出來，要打一面金牌……」

墨茗正要開口，對方迅速地接下去說：「如果妳擔心來不及，妳就用現金，我有認識的銀樓！他們有現打的。夜已深，妳就好好休息，保證不會有事。明天我就祭法，嬰靈一定會出現。」

「甚麼『技法』？」墨茗想問清楚，對方卻閃爍其詞。

「對了。為了妳的安全，明天我準備幾粒仙丹，在臨睡前服下。記住，還是要在十二點正醒來，然後虔誠地等待。嬰靈出現時，不要輕舉妄動，躺在床上不要動，閉上雙眼和他做心靈的交談。」

「是，我知道了。」

「記住！室內愈暗愈好，所以千萬不要開燈，否則前功盡棄。不可以讓人進門或有電話打來，否則惹怒了嬰靈，我們就吃不完兜著走。」

掛上電話，墨茗好像吃了粒定心丸，多日來的恐懼點點滴滴地流走，取而代之的是香醇的睡意。可憐的她終於能夠快樂地走在通往夢鄉的路上……

「叮鈴鈴，叮鈴鈴……」鬧鐘的聲響恰如一支接一支的飛箭，射入墨茗的太陽穴。她想要爬起來，卻感到四肢無力、視線模糊，甚至意志力無法集中。她唯一能記得，是服下相士贈與的仙丹之後，就昏昏沉沉地睡了過去。勉強按停鬧鐘，正想再合眼睡去，突然有個念頭閃過。視線投射處，原本漆黑的窗口，此時呈現微紅的光，還有一條搖晃的淡影。

「嬰靈果然現身了！」墨茗很想靠近，以便看個清楚，卻感到四肢柔軟無力，而沉重的眼皮，也令她無法看清。

「難道他就是被我謀殺的親身骨肉，終於顯像現身的嬰靈嗎？」

墨茗迷濛地望著窗口微弱的紅光和緩緩搖晃的影子，在漫長的寂靜中，她覺得自己縮在被窩中的軀體，彷彿是被壓在雷峰塔下的白蛇精，法海的力量鎮壓了她的心魂。如果窗外是骨肉連心的許士林，為什麼要這樣折磨自己的親娘。越來越清晰的頭顱，飛散的頭髮，鐘擺似搖動的小小身體，似乎正咬牙切齒的辱罵，永遠無法洗清的怨恨。

墨茗雙眸一閉，嗯哼一聲地昏了過去。

再次醒來是隔天的中午，墨茗正想去洗手間時，相士打電話過來。他說：「這次為了逼他現身，我幾乎元氣耗盡……什麼？要永遠除掉他，啊！這已經超過金華聖女的能力……只要辦成，不惜任何代價。那只好請金華聖女的師父伏魔神君下山。不過，妳要打三面金牌……」

隔天深夜十二點，嬰靈第二次出現。墨茗因為已有心理準備，並沒有如同前次般昏了過去。她心情篤定，認為嬰靈已經遠離。殊不知相士又打電話來，說：「伏魔神君通靈給我，說如果要將嬰靈永遠驅逐，必須祈請他的師父太極至尊出馬，三代聯合做法……王小姐，妳真能舉一反三，舉三反九，這次是要打九面金牌。甚麼？妳想請『最夠力的電腦之神』？不行啦！人家是西方的神，不管這種事啦！不過，妳放心，太極至尊也很夠厲害。這次絕對有效，一舉把嬰靈撲滅，換來一生的幸福，還是很值得。」

「感謝，仙師。」

「對了，嬰靈最後一次出現時，妳要脫光衣服躺在床上，因為很可能他會老羞成怒，轉而加害於妳，所以我只好犧牲自己，將修行得來的真元，灌注到妳的身上……現在是什麼時代了，妳還遲疑什麼，何況妳又不是沒經驗。」

墨茗堅決反對相士的建議，尤其當她想到他的大肚皮，忍不住胃酸衝上喉嚨。

「既然這樣不上道，那我就不管妳。不！為了懲罰妳，我要告訴嬰靈，叫他夜夜現身，弄到妳求生不得、求死不能……妳現在求什麼，都已經沒有用……」

墨茗只能苦苦哀求，終於妥協。

「記住就在今夜，嬰靈顯像現身，然後化成一股陰氣，灌入妳的體內時，我會及時……。」

受不了淫詞浪語的墨茗只能選擇充耳不聞。

相士說完後，墨茗兀自傻傻地拿著話筒，不知如何是好。只見到那塊掛在窗口的淺色木板，被陽光照得白花花的，宛如是一幅浮印的地獄圖。一想到今晚即將發生的事，不寒而慄。她忿忿不平地想，如今的人都高呼兩性平等，可是發生了嬰靈，為什麼總是找女人，不去找原本就是錯，或是也該負擔一半責任的男人呢？難道在那又深又黑的陰靈世界，也存在著「性別歧視」嗎？

墨茗前思後想，覺得自己好像什麼地方做錯，可是又不能提綱挈領地悟出來。發呆了半天，公司的同事打電話來請教，墨茗打起精神來應付，沒想到忘了時間，也忘了自身的痛苦。她為自己做了一頓豐盛的晚餐，為了打發時間，就放了卷錄影帶來看。沒想到精采的內容，使她忘了遵照相士的指示——在大約七、八點時，服下仙丹。

看完錄影帶，墨茗又東摸西摸地過了約一個多小時，看看掛鐘已經十點多了，照例把臥室的燈全部熄滅。她決定乾脆不睡，半躺在床上來等待，何況有了相士的保證，金華聖女、伏魔神君和太極至尊三代聯合出馬，必然萬無一失。掛上隨身聽，嘴裏吃著牛肉乾。美妙的耳畔音樂，香辣的舌尖滋味，更讓她減輕了不少「等待嬰靈」的焦慮和不安。

十一點半，墨茗把身上的衣物一件件脫去，剩下最貼身的部分。經過一番掙扎，到了十一點五十分，終於一絲不掛。

鬧鐘還沒有「叮鈴鈴，叮鈴鈴……」，窗口就出現了微光，有點像是探照燈照在板子上面。沒幾分鐘，有個影子出現了，笨拙地搖擺，彷彿是場差勁的皮影戲。墨茗訝異地看著，心中沒有太多懼怕，猜想自己為什麼前些日子被嚇得半死。

如果他是個嬰靈，或許患有蒙古白痴症吧！可憐的孩子——墨茗輕輕地放下隨身聽，好像聽到雷峰塔外的風聲、雨聲，還有天涯孤子的哭喊聲……。她忘了相士的交代——不可輕舉妄動，茫然往窗口走去，她好想去撫慰那孤零零的影子。

當墨茗的靈魂散放母性的光輝時，窗戶上的微光剎那消失，臥室立刻陷入龐大的黑暗中。她尖叫一聲，往日的恐怖如陰風般再度襲來。她跌跌撞撞地鑽入被窩，宛如被法海攝入鉢中的白娘娘。緊跟而來是有些莫名其妙的雜音——難道真的是仙靈鬥法嗎？墨茗駭怕極了——極端地盼望相士立刻出現在她身旁，他要怎麼樣都沒關係，只要還給她一個平靜的生活。

愈來愈大的雜音……還有突如其來的大放光明……墨茗從棉被縫裡往外瞧，那位神通廣大的相士，被一名英俊的男子押住，狀極狼狽。另外，還有一男一女，難道真的是太極至尊、伏魔神君和金華聖女以人形出現，可是為什麼他們穿得那麼時髦，尤其是那個金華聖女，穿著農夫褲，小背心下拖著長長的襯衫，還戴了個很俏皮的新潮眼鏡。

可愛的「金華聖女」走過來，對縮成一團的墨茗，問道：「小姐，妳認識那個小偷嗎？」

「小偷？」墨茗看看相士，迷惑地說：「他不是小偷，他是我請來做法驅魔的仙師。」

押住相士的「伏魔神君」，大聲問著：「做什麼法？驅什麼魔？」

「不能說……哎喲，好痛。」相士想要阻止，卻被「伏魔神君」用力地扭住他的胳膊。

「金華聖女」發現墨茗全身赤裸，就要求他們離開臥室，然後溫柔地對她說：「我姓劉，名叫宜雯，住在妳家對面。另外兩位男士，押住小偷的姓陳，是個警官，而另一位是個博學多聞的翻譯家葉威廉先生，如果妳逛過書店，就知道他的名號有多響亮了。」

「那……你們為什麼會在三更半夜裡，闖進我的屋子裡來呢？」

「事情是這樣。葉先生、陳警官和我為了某個案子，這幾天都研究到晚上兩、三點。首先，葉先生發現了個怪現象，就是妳的窗戶大約到了十二點，突然亮起來。同時注意到妳們的樓頂有條人影在走動，行踪十分可疑。」

劉宜雯繼續說：「沒多久，妳的窗戶又暗了，然後那條人影就閃失不見。我們以為是住宅內的人發生了什麼事，所以事情過後就沒再提起。殊不知昨晚又再次發生，時間也在十二點正，我們就感到事態嚴重，便開始了『見影捉鬼』的行動。」

「見影捉鬼」，好熟悉喔！相士說過，對付嬰靈就是「見影捉鬼」，那眼前的二男一女怎麼也在「見影捉鬼」呢？

宜雯看了聽得入神的墨茗一眼，繼續說下去：「沒想到今晚又發生。由於我們沒有把握，只好倉促行事。我在原地監視，葉先生和陳警官潛入到妳們這棟公寓的樓頂，看看那名『惡夜怪客』，到底在搞什麼鬼。結果，他正啟開妳家的大門進入，陳警官亮出證件，想要問他的身份。他卻掉頭就跑，陳警官立刻制住他。然後，我們便進來，請教妳這到底是怎麼一回事。」

墨茗便把經過告訴宜雯，同時穿上衣服。

宜雯嘆口氣，說：「妳不是嬰靈纏身，而是魔鬼附身。而這個魔鬼就是專門騙財騙色的那個相士。走！我們找他算帳去。」

葉威廉剛才走出去，現在進入客廳時，手中提了個箱子。箱子裡面有盞附電池的燈，還有一個薄片娃娃，上頭有著毛散散的毛髮。這兩件物品都繫著長長的線，看在知道事情原委的宜雯眼中，立刻拆穿相士的詭計。

相士見事機敗露，乖乖地坐在一邊，一雙賊眼不時望著陳警官。

「原來你是利用燈光，將娃娃投影在板子上，讓王小姐以為是嬰靈現身。幸好我們及時趕到，否則……」宜雯看了正在怒視相士的墨茗一眼，轉口對陳警官，說：「既然鐵證如山，還不即刻送往衙門嚴辦。」

「小人遵辦。」既然是場鬧劇，陳警官放下了執法人員的嚴肅，輕鬆地擺了個身段，催促相士起身。

相士再看了看陳警官，忽然大叫：「大人，您不就是以前住在我家附近的『皓子』嗎？您忘了嗎？我是『狗啊』！」

葉威廉知道陳警官名字叫做『陳皓』，沒想到他的小名叫『耗子』。對於眼前的一幕，也只能感嘆世間多變莫測，命運幻化無常。

劉宜雯拍手叫絕，說：「人家說『狗拿耗子多管閒事』，現在反過來『耗子拿狗』，那可是正經事！」

陳警官押走相士，葉威廉也跟著離開。

當屋裡只剩兩個女孩子時，墨茗問道：「如果他沒有仙術的話，為什麼他能一語說出我曾墮過胎？」

宜雯老氣橫秋地說：「他們那種人大約懂些岐黃之術。我們雜誌社有個中醫專欄，主持人就告訴我，想要知道女子是否生過小孩，或打過胎，只要把把脈就知道了。他教過我——將食指、中指、無名指併攏放在女孩的脈搏上，中指必須略壓於小骨上，如果食指沒有感到脈動時，表示這個女孩子曾經像妳這樣，或是已有了下一代。」

「劉小姐，妳真了不起，簡直就是『金華聖女』下凡。」

「妳說什麼？」宜雯提出疑問。

墨茗臉色微紅，笑著說明之後，還加上一句，說：「那個姓的陳的『伏魔神君』長得真帥，不過那個姓葉的『太極至尊』氣質更佳。」

當劉宜雯看到墨茗仰慕葉威廉的模樣，不覺搖頭，難怪會被嬰靈纏身。躲過一劫，誰知往後的日子將有什麼樣的驚濤駭浪，想到這裡，宜雯恨不得自己就是「金華聖女」，能夠送她一樣逢凶化吉的寶貝。這畢竟是空想，望著窗口，說：「那玩意趕快拆下來，陽光才是光明和正義的象徵。」

墨茗幾乎要跪地拜謝，宜雯拍拍她的肩膀，意味深長地說：「請多保重。」

本作原載於《台北怨男》（一九九一，林白出版社）

第五章　聖誕夜殺人遊戲（1993年）

平安夜，聖善夜；萬暗中，光華射。
照著聖母也照著聖嬰，多少慈祥也多少天真。
靜享天賜安眠，靜享天賜安眠。

這首耳熟能詳的平安夜，被改編成強烈節奏感的Disco舞曲，使葉威廉感到有些啼笑皆非。其實，葉威廉並非一個保守的人，他能花整天的時間在故宮品味中國千年古物、在巴黎龐畢度廣場欣賞最前衛的藝術表演，也能在紐約的蘇活區和街頭藝人打成一片。

可是，聽到這種四不像的音樂，總是怪怪的！

這華麗盛大的聖誕晚會是國內某大企業主辦。J雜誌是被委任的協辦單位之一，任務自然不外乎負責文宣。晚會除了邀請藝人表演、摸彩之外，重頭戲之一當然是跳舞。

「怎麼樣？」發問的人是一進會場，就緊黏住葉威廉不放的王墨茗。

王墨茗因為遇上神棍，所幸被葉威廉等三人及時解救，才倖免於財色兩失。劉宜雯發現王墨茗外文程度極高，工商業界的人脈極為廣闊，於是開始邀她寫稿。因此當J雜誌宣布今年要協辦一場盛大的聖誕夜晚會時，王墨茗自然而然是應邀嘉賓之一。王墨茗本來想推辭，可是一聽到她心儀的對象葉威廉將會參加時，她立刻回函表明準時出席。

「什麼怎麼樣？」葉威廉被問得有些疑惑，好像命案現場出現了不該有的現象。

「瞧你一副強顏歡笑的模樣，我想我破壞了你的聖誕夜。」王墨茗幽怨地說，表情卻是十足的幸災樂禍。

「只是年紀大了，受不了分貝過高的音樂和閃來閃去的燈光。」

「不管啦！我們去跳舞！」

王墨茗看到那專門給國標舞者競技的舞池，想起當年在美國讀書學過的社交舞，早就躍躍欲試。當音樂一下，她立刻拉起葉威廉的手。由於動作過於激烈，葉威廉幾乎倒在她的懷裡。

「謝了，我不會跳舞。」

虛驚一場的葉威廉趕緊離她遠一點，心想：或許這狂歡的聖誕氣氛，使一向端莊的王墨茗變得有些「脫線」，就像月圓之夜的狼人。

葉威廉本來想說，他是被J雜誌主編劉宜雯強行拉來的呀！想想不妥，便說：「可以去找劉主編，她很會跳舞、也很愛跳，妳看舞池很多都是女孩子和女孩子跳，或是自己一個人跳呀！那個女孩子，不是獨自跳得渾然忘我嗎？」

王墨茗睨了他一眼，說：「你不想跳，原來想眼睛吃冰淇淋。」

「開心一點嘛！今天是聖誕夜吔。嘴唇翹得那麼高，給宜雯看了，還以為我欺侮妳。」

「不陪我跳舞，就是欺侮我。」

「妳看！」葉威廉的眼光忽然被那個獨自狂舞的女孩吸住了，說：「她到底怎麼啦！」

王墨茗不屑地說：「準是嗑藥的女孩，藥效發作了，自以為是騰雲駕霧。」

在舞台絢爛的燈光下，看不清女孩的面孔，只覺她的身材很好，很高。尤其那雙宛如仿照芭比娃娃雕刻出來的長腿，閃著耀眼的銀光，在飛躍的迷你裙下，迸發出一發不可收拾的青春。

王墨茗陪葉威廉觀賞了幾分鐘，衷心讚賞：「真是個美麗的少女，說不定是明日之星。」彷彿不願意被那少女搶盡風頭，十幾個男孩女孩湧上去，團團地圍住了她。葉威廉只好收回視線，拿起飲料敬王墨茗。

「葉威廉，你以前的聖誕夜是怎麼過的？」

「看電視的特別節目。」葉威廉似乎不想多說，又不知道要和王墨茗談些什麼，乾脆說：「我們去跳舞吧！」

「咦！你不怕老骨頭散掉嗎？」

「都已經編號了，散掉之後再拼拼湊湊，又是一副好骨頭。」

「既然想開了，那就來吧！」王墨茗正想站起來，卻發現屁股被什麼黏到了。她用手一摸，氣得花容失色，咬牙切齒地咒道：「那個死沒教養的猴死囝仔，把吃過的口香糖丟在這裡。」

葉威廉知道王墨茗穿的這身小禮服，可真是精工裁製。尤其那料子是上等的絲絨，是她幾年前當伴娘時穿的。他知道那位新娘後來被親夫所殺害，也參與辦案。如今這件具有紀念性的衣服毀了，難怪她會氣得幾乎要吐血。

「怎麼一回事？」劉宜雯正巧和在J雜誌負責美編的阿紅走過來。

王墨茗一面用手去撥弄，一面跟兩個女孩嘰嘰喳喳地抱怨。

這個時候，葉威廉忍不住告訴劉宜雯，她的背部有一條黑色的痕跡。原來是有人把墨汁噴灑在她那件高級絲質襯衫上。劉宜雯以為葉威廉和她開玩笑，於是向其他的人求證。

就在一團忙亂時，阿紅尖叫一聲，雖然在震耳欲聾的音樂聲中，其聲勢也是滿驚人的。除了遠處和舞池中陶醉的一群外，其餘的人都把眼光拋過來。只見阿紅氣呼呼地倒在椅上，憤怒地揮舞雙拳。葉威廉正在費疑猜時，J雜誌社的社長趕緊過來。

「好好的，怎麼氣成這個樣子？」J雜誌社社長是中年紳士，很慈祥地安慰滿面怒容的阿紅。

「你看……。」阿紅用手撩起頭髮，那是一頭瀑布般美麗的秀髮，還閃著虹彩般的光澤。

「烏溜溜加耐斯，很漂亮啊！」社長幽默地讚美。

王墨茗和劉宜雯被阿紅古怪的舉止，弄得暫時忘記自己的問題。

「哎呀！」阿紅又是跺腳，又是扭身。

細心的王墨茗發現癥結所在，大叫道：「是誰把阿紅的頭髮剪得像狗啃的，真是！」

劉宜雯更是火上加油地說：「那頭秀髮是阿紅的第二生命，那個缺德鬼幹這種缺德事？」

這時候，台上有人演唱羅大佑的「戀曲1990」，看到台下這一幕，刻意把歌詞改成「烏溜溜的黑頭髮，和妳的哭臉」。

然而，畢竟此時是平安夜，聖善夜。此處是尋歡作樂的地方，除了J雜誌這票人外，誰也不管他人的死活。除了偶而投來好奇的眼光之外，繼續他們的吃喝玩樂。

「沒關係啦！阿紅。」社長溫溫和和地說：「別人不說，我都沒有發現，我還以為妳剪了個新潮的髮型。我講個東京小町的故事給妳聽，妳就不想哭了。」

葉威廉曾經替J雜誌社翻譯過一系列的推理小說，所以和社長也很熟。這個東京小町的故事，至少聽過三遍以上，何況他的屬下。

小野小町是精於歌謠的日本古代宮廷美女，東京小町是泛指大正年間走在東京街頭，最時髦的現代美女。有個東京小町在短裙流行的時候，不小心摔跤，傷了膝蓋。如果綁了繃帶，看起來很難看，她又不願穿上落伍的長裙。在強烈的愛美心理下，她創造了用絲帶蓋住了繃帶，再結一個漂亮的蝴蝶結。沒想到她一出現，立刻造成轟動，百貨公司的絲帶立刻銷售一空。

葉威廉知道社長表面是在安慰阿紅，說不定明天的台北立刻會吹起一陣流行風，就是披肩的長髮中，被剪凹了一片。實際上是機會教育，要J雜誌社的同仁們，多動動腦，創造流行，其用意也是多賣幾本雜誌。

阿紅平靜下來，因為她不願意掃大家的興。反而其他兩名衣服受到汙損的劉宜雯和王墨茗開始煩惱起來……。就在此時，一陣又一陣的石破天驚的尖叫聲從舞池紛紛炸開來，比起阿紅剛才的分貝來說，有過之無不及。而且舞池上的人群就像被石頭丟入的湖面，以漣漪的方式向四周逃避。

葉威廉看見那位狂舞的少女正側臥在舞池的中央，在跳動的燈光之間，徐徐蠕動，彷彿一隻落在石板中間的蠶。

「好多血呀！好可怕。」
「她是不是死了呢？」
「……。」
在連聲驚呼、議論紛紛中，葉威廉撥開人群，蹲在少女的身畔。少女還有一口氣在，主辦單位迅速聯絡救護車。葉威廉發現少女的右腿上方，有一道淺淺的刀痕，流了大量的血液。經過剛才跳舞的人踐踏擴大，整個舞池幾乎濺滿了血跡。
幾分鐘之後，受傷的女孩就被更正為死亡的少女。
葉威廉心痛地望著那具幾十分鐘前，還是活潑、最亮麗的生命，現在卻是連呼吸和心跳都無法運作的屍體。
主辦單位當眾宣布整個活動立刻停止，並且要求在場的人儘量合作，暫時不要離開，等待警察來處理。
音樂停止之後，整個氣氛就變了。雖然附近仍然有平安夜的歌聲傳過來，可是徒增眾人的驚慌感。當警察、法醫、檢察官們走進來時，主辦單位人員立刻走過去迎接。
阿紅看到有人比自己更慘，似乎忘了所謂的「失髮」之痛，用假設語氣說：「是不是別家的舞廳，為了競爭，故意派些不良少年來搗亂，結果鬧出人命來？」
J雜誌的社長猜說：「會不會幫派之爭，或是情殺？」
「用刀片割女孩的大腿，太過份了。」劉宜雯嘆了一口氣，說：「這真是一個不平安的平安夜。不過能夠在聖誕夜，遇見這種事也算是千載難逢。是不是？葉先生。」

阿紅諷刺地說：「說不定下一個就是妳挨刀子，劉主編。」

劉宜雯不理阿紅，笑盈盈地對來人打招呼。葉威廉回頭一看，原來是一身便服的陳警官。

陳警官開玩笑地說：「為什麼一有命案發生時，你們兩個就在現場？」

王墨茗瞪大眼睛，問：「我們兩個？」

陳警官尷尬一笑，說：「王小姐誤會了，我是說葉先生和我的表妹劉宜雯。」

阿紅看見帥哥，把頭髮一撥，傾城一笑，嬌滴滴、滴滴嬌地說：「陳警官，是不是要把我們列為嫌疑犯？」

「真正的兇手還沒抓到之前，每個人都有嫌疑。如果要洗清嫌疑的話，就要提出自己不是兇手的證據。」

陳警官說完，一邊拉著葉威廉走向舞池，一邊說他是接到劉宜雯的電話，放棄休假，匆匆趕來。他想聽聽葉威廉的意見，然後提供給同仁做參考。舞廳經理表示死者叫麗可，常來這裡跳舞。有時候一個人，有時候跟一大堆人或帶一大堆人來這裡。她和那群朋友愛吼、愛鬼叫，很鬧、很吵，但不惹事生非。

葉威廉問：「死者真實身分和身家背景查出來了沒？如果不是主辦或協辦單位的員工或貴賓，怎能隨便參加？」

陳警官回答：「她是以演藝人員的身分參加，就是那種負責帶動現場氣氛的年輕女孩。」

舞池周邊都是負責偵訊的警察、驗屍的法醫、了解案情的檢察官，還有陸續而來的鑑識人員，其中有好幾名都是葉威廉的好朋友。

「據我推理，死者麗可能是在一大堆男孩女孩湧上去的時候被殺的。因為這地方以前就有惡作劇發生，我立刻聯想到那名少女是不是也是惡作劇之下的犧牲品。」陳警官表示劉宜雯已經把她和小紅、王墨茗被惡作劇的經過說了。

「我剛才有接觸過屍體，在燈光照射下，無法判定血液的正確色澤。可是因為傷口很淺，但是血流量異常。所以我用手指測試一下，感覺似乎稀一點，而且凝固的時間特別慢。所以，我想死者是個血友病患者。法醫也在場，等一下可以證明一下我的推論是否正確。」葉威廉接著又說：「血友病患者最明顯的症狀是易於出血，突發性或受輕微損傷之後，就流血不止，尤其在激烈運動時。如果她是被不良份子用刀片割傷而死亡，是極合理的說法。」

陳警官走向陳屍之處，蹲下去和法醫說話。法醫立刻抬起頭，向葉威廉招手。

葉威廉繞了一圈，因為警察正在盤問一些打扮奇異的少年男女而堵住了前路。

「我剛才仔細看了一下傷口，屬於切創，也就是說以刀刃劃過的力量將皮膚及皮下組織切斷。傷口的部位在右大腿的外側，只有一刀，照理來說不可能致死。但卻流失了大量的血，這是很不可思議的！從觀察血跡和觸摸血液，發現了一個現象。」法醫只有對葉威廉說：「我的疑慮是死者患有血友病，這也為什麼在這麼短的時間會流那麼多的血？但是，血友病患者的神經系統正常，難道死者當下沒有痛的感覺嗎？」

陳警官的表情迷惑，葉威廉解釋說：「依照判定傷口的深度和血流的份量，死者在被刺傷到因流血過多死亡是有一段時間。法醫懷疑她在一開始受傷的時候，為什麼不呼叫呢？所以我當初的想法，那名少女是當眾自殘導致自殺。最近不是很多年輕孩子故意割腕，然後秀給同學看，表示自己很酷。」

陳警官的上司宋組長插嘴，說道：「不可能是自殘。最主要是她的手中沒有刀片，附近也沒有，或許有幫手取走。我們派人四處找尋，也沒有看到血衣或凶器之類的可疑之物。」

葉威廉微微一笑，說：「後來我回想之前，王小姐的衣服被人粘了口香糖，阿紅的頭髮被剪，劉主編的襯衫給人灑了墨汁，所以我想那個少女是不是也在這種惡作劇下的犧牲品？」

悶不吭聲的監察官忿忿不平地大聲說：「怎麼會有這種惡作劇？太可惡了！」

「我認為死者被刺傷時沒有感覺，表示下手的人將刀片塗上麻藥，被害者起先沒有感覺，直到體力不支倒下去時，才引起大家的驚慌。剛才宋組長說並沒有發現丟棄的兇器。兇手很可能就是剛才那一群圍著死者跳舞的孩子。還在這人群之中，仔細地篩選，大概可以找出來。」

案情尚未水落石出，大家還是不准離開。不過很快有個警察帶來一個垂頭喪氣的少年，同時表示他從少年的口袋找出一片染有血跡刮鬍刀。

少年在大庭廣眾之下認罪，他和死者同屬一個演藝公司，平時就看不慣死者囂張、愛出風頭的姿態。前幾天，他的女朋友被死者欺負了。於是懷恨在心，在大家跳舞狂歡時，用上了麻藥的刮鬍刀偷偷割傷她的大腿。可是他不知道，她怎麼一下子就死掉了？

葉威廉在心中嘆了一口氣，他怎麼會知道她罹患嚴重的血友病。死者是未成年少女已經夠他痛心，沒想到兇手竟然也是個未成年少年。這算甚麼平安夜、聖善夜？

劉宜雯忽然發現王墨茗不見了，阿紅說她和一個胖胖的男士，在警察解除「封鎖命案現場」的禁令之後，有說有笑地相偕離開。

「王墨茗說他是她的大學同學，姓周、沒說名字。他們畢業後就沒再聯絡，沒想到會在今年的聖誕夜重相逢。」

「那男的長得怎樣？」

「醜死了，不過看起來很有錢。」

葉威廉避開二女的談話，一面拿起飲料來喝，一面隨著Disco的旋律擺動身體。他沒想到接下去的幾天，竟然被魔音穿腦了。除了專心翻譯寫作之外，買菜散步做家事，口中總是不停地哼哼唱唱：平安夜，聖善夜；萬暗中，光華射。而且不但改編歌詞，還會自創旋律……。

本作原載於《耶誕殺人遊戲》（一九九一，皇冠出版社）

【解說】瀰漫時空的「羈絆」

文／洪敍銘

在我撰寫我的碩士論文《從在地到台灣：「本格復興」前台灣推理小說的地方想像與建構》之際，我便體認到閱讀前行世代的作品的重要性與困難。我常說自己並非一個「忠實」的類型讀者，但或許也因為這樣，我在選擇我的研究材料及開展相對應的論述時，能夠更自由地表述一些心得與淺見。

我與葉桑的「認識」，絕對是從他的作品以及《推理》雜誌開始的，他是二〇〇〇年前台灣推理文壇最為多產的作家（甚至直至今日或許也無人能匹敵），豐沛的創作動能，也讓他的作品產生了許多相當有趣，也值得令研究者深入挖掘、探索的特徵，而這些特色正好與我當時探究的「在地性」主題，有了對話的空間。

在我的碩士論文出版後不久，正好迎來葉桑暫離文壇二十年後的復出之作《午後的克布藍士街》的出版，有幸受邀撰文導讀，也因此契機，與葉桑有了比較密切的互動。有趣的是，我與葉桑年齡應有近四十載的差距，但在小說情節的解讀甚至喜好上，卻有不少相似、雷同之處。

二〇一六年至今，葉桑維持著一年出版至少一部作品的速度，再次重構了以系列偵探「葉威廉」為主的世界觀（當然還有過去較少出現，近年來備受關注的黃敏家系列）；所謂的「重構」，指的是葉桑藉由對過去作品的改作或調動，展現了更為積極的「成長」動能。這種「成長」，不見得是指小說人物的「長大」，而是在作者的意念上，有了更清晰的辨識思路；當然，對犯罪推理小說而言，更重要的或許還是「與時俱進」，如何在不同的時代／世代背景下，完成復古／新潮的「謀殺」，不只是對新作者的挑戰，同樣也是對文壇前輩的刺激，或許這也成為葉桑至今仍高能產出的重要原因。

《天堂門外的女人》第二部所收錄〈吃人的變形蟲〉、〈鳳凰夫人的信箱〉、〈只有銀斑蓮知道〉、〈雷峰塔的呼喚〉、〈聖誕夜殺人遊戲〉五篇作品，可以說相當精采地展現出葉桑作品的強烈特色：「糾葛的情感」、對「現時」的社會書寫及基於作者經驗的價值判斷，這二者的相互結合，便生成了或許連葉桑自己也沒有明確察覺的，一種對於台灣本土的、在地的情感與記憶建構，進而直切且溫暖地展現出對土地的認同與依歸。

對於葉桑作品特色的描述，事實上很早就被許多評論家發現，例如景翔評《台北怨男》時即指出：

> 除了故事和詭局之外，也加進了對社會現象的描寫與觀察，對社會問題的檢討與批判，讓讀者在解謎的同時，還得到一些啟示與教育，另一方面，由於時空背景和事件及所牽涉的問題都能貼近生活，也讓讀者更容易認同而起共鳴。[1]

1 景翔：《台北怨男・代序》，頁6－7。

鄭春鴻評《耶誕夜殺人遊戲》：

> 二十世紀的小說已經不再是填空讀者無聊時光的龍門陣，大多數優秀的作品，總要在逼真的情節背後，透過隱含的符碼賦予作品整體的意義，來表達作者對家園、社會、國家乃至於人性的關心、期待或控訴。[2]

二篇評論，一致地表達出葉桑的犯罪推理小說中，總會產生小說世界與現實事件的某種連結，以此對應著讀者所身處的社會環境，貼近他們的日常生活；也因此，透過故事情節所延伸出的觀察、敘述與描繪，除了特別能夠引起共鳴，並促使「人」與「地方」、「空間」產生互動關係，也成為葉桑具有標誌性的「本土特殊性」表徵。

在本部所收錄的五篇作品中，我們大概可以嘗試描繪出一種共有的時空背景，也就是小說中的主要人物，往往陷於日常生活中的混亂與危險當中，這種紛雜的情緒，又常與城市空間的現代化所帶來的社會價值、人際網絡的轉變息息相關——或者更準確的說，就是與「愛情」與「婚姻」直截地聯繫在一起。

然而，這些混亂與危險的描述，又同時成為謀殺案件發生的主因，進一步來說，城市與社會型態的巨大轉變，對於城市居民與使用者帶來的衝擊，可能引發了小說人物的深層焦慮與不

[2] 鄭春鴻：《耶誕夜殺人遊戲．序》，頁4。

安，此一縫隙，遂成為葉桑筆下一件件謀殺案件萌生的最佳舞台。

從現代化的城市背景來看，葉桑的小說常由城市中熱鬧市街入手，展現城市居民與使用者的日常行為，並據以表現出城市的現代化特徵，如〈雷峰塔的呼喚〉中寫王墨茗的返家歸途：

> 這一帶是台北最繁華的東區，百貨公司、速食餐廳、高級服飾店到處林立，宛如各種形式的手，伺機深入人們的荷包。（頁164）

值得注意的是，葉桑調換了〈雷峰塔的呼喚〉的城市背景，從原作的「桃園」轉換為「台北」，似乎也有意更加強化現代化空間對於小說情節的重要影響，因為城市的繁華所對應的空間，都和資本主義下的城市發展密切相關，從人物的行走與觀察中，也不斷體現各種消費行為對映城市的景觀，逐漸成為一種習以為常的常態。

〈鳳凰夫人的信箱〉則是葉桑極為經典的一篇短篇小說，偵探葉威廉在這個故事中，透過一台飯店內的「無線電話機」，破解了偽裝成自殺的謀殺案件。葉威廉對陳警官說：

> 這台電話是最新型的電腦多功能的無線電話機，我曾替這家電話公司翻譯過說明書，所以對產品的功能多多少少有些認識。其中有一項就是『重撥』的功能。詳細地說，當你撥了一組號碼之後，想要再和對方通話，不需要再撥一次，只要按下『重撥』的功能鍵就可以。（頁142）

以現今的觀點來看，以「重撥」找出破案的線索，看似十分不可靠，但深入地解析，可以發現這個「重撥」動作最重要的意義，在於「這個區域的電信局恰好使用舊式的交換機，所以無法調出通話記錄」（頁142），同時也立即對應了兇手在湮滅犯案證據時所暗自慶幸的：「這裡是台北郊外的A區，電信局的交換機是舊式，也就是所謂步進制，所以不會留下記錄」（頁137）。也就是說，這架「電腦多功能無線電話機」成為找到真凶進而破案的關鍵，實際上是供給它通話功能的交換機，屬於台北郊外的舊式的機型。

葉桑在本作中所調度的經驗，具有重要的歷史層次的意義——畢竟對現代的讀者而言，我們甚至已經不再使用固定式的電話——，但是，這個關鍵指證仍隱含了兩層意涵，其一是不論電話機具有如何現代化的配備和功能，它的主要功能卻仍受到「郊外」的空間限制，使得作為關鍵指證的電話具有了「台北郊外」的空間特性；其二是電話機先進新潮的外型與功能，其內部的通訊運作卻仍然依賴無法記錄通聯記錄的老舊機型，而兇手意圖憑藉這個「新潮」設計詭計，偵探卻是以其「老舊」推演解謎，使得台北郊外這個相對「台北市內」的偏遠、落後的城市空間，具有對現代化與進步諷刺的意味。

這個的「台北郊外」與「台北市內」的對照，讓葉威廉不僅只是揭穿了作為城市中藍領階級的犯行，也同時揭露了台北作為一個城市中發生的種種社會問題，如複雜的男女關係、疏離的家庭關係、殘暴的人性衝突等等，而這些問題，又都是發生在那個被清楚標示出來的一九八〇年代，這個年代台灣——尤其是台北——逐漸轉型成現代化工商業都市之中。

因此，關鍵指證所被賦予的在地性象徵，除了對案情的推動具有關鍵作用之外，甚至「在地化」被連結或被賦予了正義且光明的想像，並且作為揭發現代化發展下人與城市的各種問題與黑暗面的重要途徑。

另一方面，葉桑擅長書寫人與人之間的情感流動，並透過葉威廉這個偵探角色，展現出「客觀以外」的同情，也因此許多「靈機一動」的時刻，便也顯得更加合理。如〈只有銀班蓮知道〉中警方辦案始終膠著，葉威廉卻只是以「一種漫不經心的口吻」（頁156），即以「安樂椅神探」之姿破解了整起案件；對照一九九三年的版本，葉桑所刪去的一些重要資訊，可見端倪。如葉威廉在聽完陳警官的案情敘述後的直覺判斷：

> 不論是虛構的推理小說，還是有關犯罪偵查的教科書，總會強調第一個發現屍體的人涉嫌最重。[3]

事實上，葉威廉在還沒有進行推理前，就斷言發現首先屍體者具有最大的嫌疑，接著他提出的調查要求也一一驗證了他的「料事如神」。值得注意的是，這篇小說中的推理過程，基本上是依照偵探的直覺推演犯罪手法、詭計設計等的來龍去脈。然而，一九九三年的版本中卻詳細地交代了兇手與被害人的關係：「或許不是真情的愛，所以並沒有見他流露悲痛欲絕的神情」、「對於她的伎倆已經習以為常，根本不放在心上」，而兇手來到被害者的別墅發現她的屍體，是

[3] 葉桑：〈只有銀斑蓮知道〉，《水晶森林》，頁97。

由於他在公司聽到同事們的「男女感情糾紛」[4]而感到些微的歉疚等等，都以寫實的手法強調小說的重點是在人性疏離以及情殺的動機，這或許在改作的過程中，成為男女之間對婚姻的厭倦、「不要婚姻，只要愛情」的認知差異以及破裂的情感基礎（頁150－152）的背景描述，卻也具體而微地、合理化了謀殺的動機與那種兇手「暗夜的絕望、暗夜的悲顏」（頁159）的身影與姿態。

整體而言，本部的五篇作品，通過葉桑有意識的改作，讓其成為具有「系列感」的連貫作品，但究其根本，仍然緊扣著「人性」、「情慾」與「城市空間」等重要的關鍵詞；換言之，在一本具有充分作者意識的「精選輯」中，本部五篇作品展現葉桑在一九九〇年代的台灣犯罪推小說文壇中，非常細緻且深刻的觀察，如前所述，這些作品能夠召喚許多具有時間感的歷史經驗與記憶，讓讀者閱讀小說的過程中，也能體驗不同時空環境下的氛圍與趣味，藉以反思資訊世代變遷下的另一種新型態的「謎」。

作者簡介／洪敍銘

台灣犯罪作家聯會成員，文創聚落策展人、文學研究者與編輯。主理「托海爾：地方與經驗研究室」，著有台灣推理研究專書《從「在地」到「台灣」：論「本格復興」前台灣推理小說的地方想像與建構》、〈理論與實務的連結：地方研究論述之外的「後場」〉等作，研究興趣以台灣推理文學發展史、小說的在地性詮釋為主。

[4] 葉桑：〈只有銀斑蓮知道〉，《水晶森林》，頁95、96。

第二部

第一章　台北怨男（1995年）

劉宜雯匆匆趕去市中心的天主堂赴約。

從教堂正面兩側往外伸出的建築，宛如是神為世人所張開的雙臂。站立在雙臂上方的門徒石像，皆微微往下看，看著背負原罪的紅男綠女。不知是角度的關係，還是心理作用！劉宜雯感到手執天國之鑰的聖彼得正往這邊觀看。當她開始爬石階時，耳邊傳來三響鐘聲，正好三點整。

眼前的一列圓柱，建築師的靈感顯然是來自梵蒂崗聖彼得大教堂。在午後的陽光下，映現出無比的莊嚴。劉宜雯走在長長的走廊，眼前因為光影，畫出黑白分明的斑馬線。其中之一的圓柱，站著一個拖著陰影的女子。

劉宜雯對那位女子揮手呼喊著：「墨茗，對不起，讓妳久等了。」

「哦！沒關係，我也是剛到沒多久。」

當王墨茗的面孔轉過來，劉宜雯發現將近兩年不見的她，眉目下垂，彷彿哭泣而彎曲的嘴角，加上以前從來沒發現過的兩道生冷硬苦的法令紋，立刻產生不妙的預感。

「墨茗，我們要在這裡談？還是另外找個地方。」

「這裡就好，我蠻喜歡這午後的陽光，曬在身上，好像身上的細菌都被消滅了。」

王墨茗說著說著，頭部微揚起來，浮現強顏的笑容。兩人在石階上坐下來，初冬的風徐徐吹過來。

「我真的很感激妳，不但幫了我解決好多事，還介紹我去J雜誌社接案工作，讓我恢復了自信去面對嶄新人生。」

劉宜雯知道王墨茗找她出來，一定另有理由，所以岔開那些陳年往事，用愉快的口氣說：「我聽說妳在前年的聖誕夜遇見了真命天子周先生。」

「他是我的大學同學，後來去了美國。前年回來，剛好在J雜誌舉辦的晚會重逢。嗯！他是贊助廠商。」

劉宜雯早就知道該贊助廠商的名號，而且也知道那位周先生是該廠商的總裁。

「聽說妳們倆……」劉宜雯有些遲疑，不過還是問了：「結婚了嗎？」

「是。」

「恭喜、恭喜……。」劉宜雯的第一聲恭喜是衷心祝福，第二聲顯得心虛。再下去就是沉默，因為王墨茗的表情，讓她聯想到欲融未融的蠟製面具，五官全部往下流，一臉都是淒苦。

「我隨著他到美國，三個月後攜手步上紅毯的那一端。或許是我一廂情願的想法，我認為對婚姻要誠實忠貞，所以我將我的過去一五一十全部告訴他，他也毫無異議的接受了我。或許是我們兩人在婚前並無發生性關係，他當時還是個在室男，所以……婚後，我們之間有些麻煩。」

劉宜雯以嚴肅的態度聆聽，縱使偶而吹來的風將頭髮弄亂，也不願意伸手去整理。只在王墨茗略為停頓時，才用眼角瞄了一下四周。長廊上的斑馬線似乎模糊些，原來是陽光被雲過濾了部分。不過，天色還是很好，有光澤的灰藍。

「我曾經被愛情深深傷害過，其中一件還發展成妳所知道的『嬰靈事件』，因此對於性愛視為是妻子的義務。可是他大學畢業之後，一直留在美國。他的觀念是愛情應該建築在歡愉的性關係。還有，他可能有所誤解，以為像我這樣有過性經驗的熟女，性慾應該比較強，所以在床笫之間，總是卯足了勁。他愈起勁、愈花心思，愈讓我反感。我必須強調，我並非性冷感，但是每到夜晚，我的神經就緊繃起來。」

「妳應該將心中的感受表達出來。」

王墨茗嘆了一口氣。那一口氣變成了淘氣小天使，在教堂前的廣場繞了一圈，才落入劉宜雯的耳中。原來，她是嘆了兩口氣。

第三聲嘆息悠悠地從王墨茗的口中吐出後，接著說：「我開始為我們婚姻關係而擔憂，所以勉強地接受他的求歡，並假裝達到高潮地呻吟。可是，他發現了我乾枯的身體，竟然開始使用這種香水。」

劉宜雯錯愕地望著墨茗從皮包中，取出一只包裝十分精美的噴霧器。瓶身是玄綠色的玻璃，上面有無數個角椎圖案。在陽光的移動下產生許多瑰麗的小光點。沒有製造日期，沒有廠商的名字和地址，更沒有標示內容物為何。只有在上頭寫著：春之氣息，底下是幾行調情的詩句。

「我埋怨我丈夫，他為什麼這樣幼稚。」

劉宜雯建議是否應該偕同另一半去看看醫生、聽聽專家的意見。

「我也是這樣想，不過還是有所猶疑。畢竟在台灣，心理諮商師不多，也不知道他們的專業程度如何。還有萬一腳色轉換過來，變成是我的問題，畢竟我是個歷盡滄桑的女人，然後他提出離婚的要求。我曾經看了妳們的『鳳凰夫人信箱』才想到妳或許有認識的專家，提供好的建議。」

「沒問題。」

「不論如何，找個人把話說出來，心裡舒服多了。」王墨茗將手中的噴霧器交給宜雯，說：「能不能拜託妳那位當警官的表哥化驗一下這東西，是不是真的是害人的藥物。」

王墨茗站起來跟宜雯握手告辭，然後邊走下石階，邊揮手道別。

劉宜雯的眼光落在那隻設計成百合花瓣的綠色玻璃瓶，感覺好像有淡淡的香氣飄出來。

王墨茗的倩影已渺，只有門徒的石像依然挺立，劉宜雯的視線和聖彼得再次接觸後，緩緩地離開了教堂廣場。此時，鐘響了……噹、噹、噹地響了五聲，陽光聽到口令似地自動又減弱了幾分。暮色從大理石圓柱的最頂端流下來，一寸寸地。最後，連白色的石階也被徹底抹黑。

今年的第一道冷鋒，噗噗地迴旋在台北盆地的上空。

介德打開家門，正想把厚重的大衣脫掉時，才發覺屋內和屋外一樣寒冷，難道綉羿還沒有回家？當這麼一陣不滿微微從心頭漾過，才想到早上時，她曾交代，今天要晚一點回來，因為公司裡有個外國客戶要來談合約，她必須在場當翻譯。

綉羿是介德到大陸出差時，認識的一個大學女生，除了容貌出眾，讓他動心是她的天真單純和具有一種讓人安心從容的特質。

婚後，介德看她終日無所事事，三不五時跟社區裡的太太們東家長、西家短。小人群居，言不及義，早晚勢必會鬧出什麼亂子。尤其最讓介德反感的是，綉羿竟然也去跳什麼One More, Two More的韻律舞，弄得家裡的每個角落，好像都隱藏著她幽靈般的影子。於是，他打破當初的約定，准許綉羿出外工作。

然而殊不知綉羿擔當的職務越來越重要，工作時間也越來越長。不過這也不能怪她，畢竟好不容易才有的機會，當然要戰戰兢兢，力求表現。何況對自己……未曾不是一件好事。但是……千頭萬緒的介德幾乎把廚房拆了，還是找不到可以當晚餐或消夜的東西。站在空空如也的冰箱前，原來的千頭萬緒再加添後來居上的百感交集，感覺自己彷彿成了一無所獲的加勒比海海盜。如果不是那嘶嘶嘯嘯的寒風，也許可以開著車子，到附近夜市去吃火鍋，說不定還有一些生活小故事發生。

介德一面嚼著巧克力，一面沖牛奶，看見斜掛在椅背上的駱駝絨大衣，是一年前兩人在遠東買的，綉羿穿起來大大方方，很合介德的意思。可是上個月，綉羿用自己的薪水，買了一件貼身牛皮套裝，原來那件就秋扇見捐了。也許今早綉羿心血來潮，把它挑出來，顧影一番，結果還是不受青睞。他愛憐地將它掛在衣架上，細膩的纖維浮起幽幽的檀香味。那種氣味，就像老練的風塵女郎，灑潑地向畏縮的嫖客示威。介德懷念她自然的體香，頂多是混上一點點洗髮精的氣息。

已經過了十點一刻了，綉羿怎麼還不回來呢？不知道為什麼，很久很久沒有發作的耳鳴隱隱約約地出現，所幸只是一瞬間而已。

電視現出了一則男性內衣的廣告，有性暗示的。介德每次看到類似的畫面，心中疑惑。當綉羿看到時，將做如何的聯想。想想自己每當看見裸體的女人時，不知不覺就會把綉羿搬出來比較，或許女人和男人不會有太大的差異吧！想到這裡，介德自然而然地挺胸縮腹起來。當他擺了個健美先生的姿勢，正好電視出現一個胖女人，嘲笑似地向他推銷沙拉油。

對講機上的紅燈亮了，分明有人進入這棟公寓，莫非是綉羿？介德立刻關掉電視，溜進臥室，假裝自己已經睡著了。

從客廳裡透進來的燈光，提醒介德杯子還沒洗，瓦斯的總開關忘了拴緊，報紙和雜誌丟了一地……如果綉羿開門進來時，會不會碎碎念？不過介德已經閉上雙眼，什麼都不管了。她敢怎麼樣，畢竟他是一家之主啊！

七天後，介德收到一個信封，裡面竟然放了三張綉羿的特寫。那癡迷狂亂的表情和停留在半夢半醒之際的眼神，讓介德的心臟幾乎因為過於刺激而立刻停止跳動。不過深信妻子貞節的他慢慢控制了激動的情緒，開始為綉羿找理由。看看照片下面的日期和時間，正是七天前的午夜，也是婚後綉羿第一次的徹夜不歸。當時綉羿的解釋是她和同事在上司家中開派對，慶祝拿到一筆大訂單。如果是這樣，會不會是大家乘著酒興拍照？由於照片只針對綉羿的面部到上胸，無法判定是不是裸照。考慮再三，介德決定靜觀其變。於是，介德耳鳴的舊疾似乎有復發的現象。

接下去的日子，介德的心情雖然留有疙瘩，但是綉羿的舉止行動與往常無異，又沒有人再寄照片或異常的行動發生。所以介德雖然還難以釋懷，然而除了想想如何追究照片來源之外，無法可施。不過，介德竟然開始期待綉羿能夠在床上，展示那撩人的姿勢和魅惑的表情，尤其是那媚眼如絲，還有宛如在呻吟的紅唇。值得安慰，那些曾經困擾介德多年的耳鳴輕微地復發幾次過後，無疾而終。

殊不知再過半個月之後，綉羿突然說她要去當模特兒。介德自然是不表同意，綉羿似乎也死了心。不過隔天，有個名字叫做「顧乙桐」的服裝設計師來電，表示誠心誠意想要請綉羿去他們公司當模特兒。當他一五一十地說出綉羿身材的美好，從來不讀文學作品的介德勃然大怒，感覺對方恬不知恥，甚至引發那三張照片的聯想。

冬夜的天空除了寒白的月影外，看不見一粒星砂。台北虎林街的某個巷口，迅速地駛來一輛警車。煞車之後，三位穿著制服的警察迅速地鑽出來，其中帶頭的陳警官一面將環境做概括的巡視，一面用手勢招呼其餘兩人，跟著他進入一棟四層公寓。

陳警官按了三樓對講機，說了幾句話，大門隨即一開，三人跳火圈般地進入樓梯間。一口氣衝到三樓時，有對夫妻模樣的男女站在門口，看見警察到臨，彷彿擱在脖子的刀子已經被移走似地鬆了一口氣，指了指四樓。

陳警官簡短地問：「您是報案的施先生？」

男的點點頭，正要開口說話，就被女的搶著說：「我們聽到一陣巨響，上樓看看到底發生甚麼事情。可是按了門鈴，卻沒有人回應。後來我們看見了⋯⋯，於是趕緊報警。」

「謝謝，我們上去看看。」

三名警察更上層樓，依照三樓夫妻的指示，先在鐵門的縫隙張望，果然從客廳鏡子的倒影，發現一個躺在血泊中的男人。

陳警官拿出自備的塑膠片，沿著門縫嘗試撥開鎖頭。第一道門只是被隨手關上，並沒有動用裝置在門後複雜堅固的安全鎖。雖然只是簡易型喇叭鎖，還是花了點時間才打開。

第二道門沒有被關上，陳警官率先進入，一眼看到側落的木架和臥在血河之中的屍體，習慣性閉眼默哀幾秒鐘。身後兩名警員你一句、我一句，彷彿要以這種方式來紓解內心的惶恐，直到陳警官回頭瞪著他們才住口。

「你們兩個要特別注意，儘量保持現場的原狀，如果什麼地方或什麼東西有疑問，先知會我一聲，不要自作聰明、自作主張，更不能等閒視之。」

「是的！陳警官。」他們怯怯地答應，聲音和內容令人明白兩人尚是辦案的生手。

陳警官通知上司宋組長後，在屍體的右側蹲下，端詳那張光滑的側臉。整理得很好的頭髮還保持原狀，半開的嘴似乎還可以聽到「慘叫」的餘音。死者穿著翻領襯衫，還沒血染之前是青青草原的色澤，如今變成殺戮戰場了。這個看起來在三十和四十歲之間的男人，或許是某個大公司的中等職員。

死者可能剛斷氣不久，流出來的血依然鮮紅，似乎還冒著熱氣。陳警官望著死者的左臂無奈地往外伸，右手則宛如在垂死之際，想要把「心口的痛苦」拔去。因為胸前插著一把狹長的利刃，約有一半露在外頭。銀潔的刀面使陳警官聯想到屋外的月色，木柄的紋路分明，一見就知道是把簇新的利器。

只有一刀！但是大量出血造成休克死亡。陳警官大略地觀察過遺體之後，再移向死者的腳端，一台傾倒的木架。如果把地面上的屍體豎起來，那便是架上站著一位男人，是「金雞獨立」的招式。

陳警官再度觀察死者的面龐，好像有淚水流過的幻影，或許不是幻影。陳警官搖搖頭，儘量以理性的心態去捕捉每一個線索。他緩緩地站起來，開始環視屋中的擺飾。這是個格局非常簡單的公寓，大約二十五坪左右。從玄關到客廳，以木架隔開的另一邊是餐廳，再過去就是廚房。另外的兩間房間呈L形，衛浴設備則擠在中間。

一名警察從外頭走進來，對陳警官報告死者的身分、還有報案人提供的資料。另外一名聯絡家屬的警員遲遲沒有消息回報。屋外響起了一陣雜亂的腳步聲。其實在這陣雜亂的腳步聲之前，就有好幾陣驚破寧靜夜的警笛聲了。

陳警官估計是宋組長來了……不錯，正是宋組長，因為從開敞的門口，聽到沙啞卻又霸氣十足的說話聲：「……好好封鎖現場，不准任何人靠近，尤其是那些狗仔記者。巷道的兩邊路口也要維持一下秩序，不是這裡的住民，就不要讓他們任意走過。還有，不要……」

話沒說完，宋組長那龐大的身體，頂著一粒「金光燦燦滾」的頭顱閃進來，用眼色詢問陳警官。陳警官凝重地點點頭，表示受害者已經回天乏術。

宋組長靠近屍體，低聲說：「你方才有什麼發現？」

「除了這個木架之外，整個地方還算乾淨整齊，沒什麼格鬥的痕跡，只是……這倒地的木架，我猜想是不是『可能有人』從餐廳的那邊往客廳的這邊推，裡面的瓷器、洋酒、書籍……亂糟糟地落在木架的格子中。目前似乎沒有財物損失，本來以為死者的皮夾被拿走，結果是放在外套內側的口袋。」

陳警官繼續報告，宋組長不停點頭，看來非常信任這位手下。鑑識人員到達後，陳警官閃到一邊，繼續他的現場觀察。

一只粗大的中國結被壓在木架的下沿，上方刻著「隨緣」兩個字的竹片裂開了，金黃色的穗子散在地上，彷彿潑倒的油漆。另外一只由草繩編成的貓頭鷹，錯愕地瞪著陳警官，欲言又止地想說出誰是兇手。

陳警官心想：假如木架不倒下來的話，上面是整整齊齊的瓷器、洋酒、書籍，還有飄垂著「隨緣」的中國結和編織的「貓頭鷹」，加上坐在前面的椅子上，悠閒看書喝咖啡的男主人，是多麼溫馨怡人的畫面。

那女主人呢？這個時候，不是應該在家嗎？陳警官從散落的物品之間拾起一面相框，裡面是一對璧人，男的就是死者。

陳警官發現木架上有根被敲成鈎狀的鐵釘，有些詭異，但是看不出所以然。回頭看見身後的鑑識人員，他正在研究一塊約柚子大小的石頭。鑑識人員對滿臉好奇的陳警官說明：這塊石頭本來應該放在右邊的另一隻木櫃上，不知道為什麼會夾雜在從木架掉出來的雜物之中。鑑識人員讓陳警官仔細觀察，石頭紋路奇特，頗有國畫意境的表面，上面有一道可疑的痕跡。

一陣腳步聲，陳警官回頭，一個女子正跨進屋來。她那雙黑面紅底的高跟鞋，雖然踩過夜台北的塵泥，表面看來依然像是沾滿星光般燦爛美麗。

冬日的清晨有種悲傷無奈的灰暗。雖然街樹長綠，然而還是缺少夏季的那份活潑與精神，看起來很寂寞。車聲緩緩地忙起來，典型的一天又再度開始了。

介德去了，再也不回來了，綉羿還是無法面對這個事實。她把所有的後事都推給介德的父母去處理，像隻蠶似地吐著絲，把自己厚密地包起來。

回想自己和介德的初遇——那是七年前的夏天，她因為車禍住進醫院，隔壁病床上躺著的病患就是誤食藥物的介德。兩人出院後繼續交往一年，綉羿覺得兩人不論年齡、思想和價值觀都有相當的差距，她更不願意遠嫁到台灣。介德是好人，默默等待、默默守候，不但為她改變一切，甚至定居大陸。

不過最後讓綉羿決心嫁給介德是「張懷的不告而別」。張懷是綉羿的舊識，異地重逢後，互生好感。然而兩人交往不到一個月，張懷忽然消失。當然也有前例，只是不如張懷給她真正心痛的打擊。記得那一天陪著她不吃不喝的介德穿著百慕達短褲，露出兩條細瘦的腿，白得好像可以聞到牙膏和洗衣粉的味道，讓她感覺生命的煥然一新。

一夜無眠的綉羿定定地望著天花板。失去介德的情緒宛如陽光下的雪堆，澌澌然地從山頭泛流到山腳。作夢也沒想到會發生這種事——才沒多久以前，她還是個平凡的家庭主婦，為了打發時間，才到某個貿易公司上班。日子過得既充實又有意思，最令她洋洋得意的是自己不再躲藏在介德的陰影裡。生活在平淡婚姻中的她，一直以介德的喜怒哀樂為自己的情緒中樞。如今，她自信而歡欣地奔馳在台北的水泥叢林之間，享受著午後咖啡的約會……當然啦！綉羿的愛情，百分之九十五決然是屬於介德。

「百分之九十五已經夠了，百分之五該留給自己幻想中的男人。」

綉羿是個漂亮的女人，在介德純粹的愛情裡，過分的幸福使之產生的嬌慣和任性，再催化出來的魅力，更令眾多男人深深著迷。

「幻想中的男人不會作怪」，所以那「百分之五」一直就是「百分之五」。然而就在那天，一位服裝設計師宛如從時裝雜誌間走出來時，「百分之五」就悄悄地擴展成「百分之五點五」。

「當天晚上，妳人在哪裡？」警察的詢問聲，在綉羿的耳膜間激響。

我在哪裡？我和同事一票人加班後一起吃消夜，又被強邀續攤去KTV飲酒作樂。記得我唱了好幾首歌，回到家後竟然是……。如果我當時拒絕參加的話，或許介德現在就躺在身邊。

警方似乎非常重視自己和顧乙桐的關係，綉羿自然而然聯想到顧乙桐會不會是兇手？理直氣壯地給自己一個答案：應該不是！然後又理直氣壯地給自己另外一個答案：如果是的話，也絕對不是因我而起，我們之間連一點男女關係都沒有。至於他為什麼要殺死介德呢？難道他們兩個男人之間，有什麼糾葛嗎？不過以前的他們根本就不認識，為什麼一夜之間就風雲變色？難道是為了那三張裸照嗎？

記得那一個晚上，大家在經理的豪宅大吃大喝，唱歌跳舞。綉羿多喝了一些，迷迷糊糊地跟著一個在外兼任模特兒的女同事一塊去客房休息。女同事拿出一瓶外觀設計成百合花瓣的綠色香水瓶，互相噴了一些，綉羿就不省人事。殊不知後來被拍了裸照，還被勒索。她覺得自己沒錯，真金不怕火煉，而且她的先生一定會站在她這邊。如果對方敢怎樣，就依循法律途徑，提出告訴。過了幾天，女同事跑來問綉羿，是否被拍裸照？正遲疑是否據實以告。女同事直截了當地說出和自己同樣的遭遇，然後建議去找她們模特兒公司的老闆顧乙桐商量。

綉羿經過一番深思熟慮，決定去找顧乙桐。沒想到因禍得福，不但開口勒索的對方不再找她麻煩，還因為被顧乙桐賞識而當了模特兒。不過到底是不是「福」？真的很難說，一紙長達十五年的合約，酬勞的算法好像也很不合理，不過綉羿也不管那麼多了。

想到這裡，綉羿不知不覺地將臉再次埋入溫暖的被窩。然而當介德彷彿不速之客般地闖入她的夢中城堡時，一切就像推倒的積木。綉羿用力地豎起上半身，毛毯滑落。不知是心情激烈地起伏，還是寒氣逼人，她渾身不斷地顫抖。

「介德死了！是誰殺死他？」忍不住的淚水奔流而出。根據警方初步的偵察——兇手進入客廳，趁介德不注意，將木架推過去，然後取出預備的利刃，刺入蹣跚爬出來的介德的心臟。哎呀！好痛！我的心……有人在嗎？快來幫助我，我的心好痛，是誰把介德殺死，然後拔出尖刀，又刺向我的胸部，啊！救命啊！黑暗中的綉羿無聲地吶喊。

葉氏翻譯社裡很冷，因為暖氣壞了，小小的電熱器起不了作用。

雙手捧著熱開水的陳警官說到一個段落，望望沉思中的葉威廉，問道：「威廉兄，您的看法如何？」

葉威廉依然沉默。他坐在新買的絨布沙發上，膝蓋上放了幾份好像是電腦產品的目錄，小几上放了筆和稿紙，還有一本厚厚的俄文字典。

「快說話呀！難道你那些飽含智慧溶液的腦細胞，一夜之間都枯萎了嗎？」陳警官不耐煩地催促，深鎖的濃眉和疲倦的眼神，都明示出他心中是多麼煩惱。

葉威廉不好意思地坐直身子，清清嗓子之後，說：「哦！對不起。你問我甚麼？」

「我是說一星期前的虎林街命案。」

「哦！原來如此。」

「難道你都沒把我講的話聽進去嗎？」

「有呀！你不是說已將兇手逮捕歸案了。」

「可是他死不承認。」

「你們不是有很多方法，能夠……」

「不要再囉嗦了，好不好？」

「昨夜我在朋友家過夜，鄰居打了一夜麻將，吵得人家無法安睡，過去講也無效。只好打電話報警，響了半天，都沒有人接。我想如果發生盜匪什麼的，大概都完蛋了。朋友把發生在鄰居身上的怨氣，都轉移到警察身上，任電話鈴無限地響下去。足足等了三十多分鐘，才有個睡意朦朧的聲音來呼應。敷衍幾句之後，依然沒有來辦案。」

「喔！原來是遷怒。」陳警官做了個鬼臉，說：「好人國裡有壞人，壞人國裡也有好人，不能以偏概全。總之，我替那些同仁向你道歉。」

「那倒不必，只是昨晚沒睡好，所以至今無法思考。」葉威廉拍拍額頭，問道：「你們為什麼認為兇手是著名服裝設計師顧乙桐，是不是有了確切的證據嗎？既然他不承認，那他的說詞呢？」

「當晚只有他和死者在一起，不是他的話，又有誰呢？我們懷疑顧乙桐和死者之妻有私情，所以具備殺人動機。」陳警官一面說著，一面拿出他的辦案筆記和相關資料。

「姦夫淫婦，謀害親夫，倒像是章回小說中的題材。可是他們不是雙雙失口否認嗎？」葉威廉接過陳警官的辦案筆記和相關資料，看到其中一份，興趣盎然地說：「哇！竟然有關於顧乙桐的背景和人格分析報告，你們的犯罪心理顧問側寫，認為命案關係人顧乙桐不會為情感做出這種傻事。他已有個論婚嫁的女友，良好的社會地位、良好的感情生活。我同意那位專家的看法：顧乙桐和樓綉羿才認識沒多久，縱然是乾柴烈火，相見恨晚，也不至於如此失去理智吧！如果經過一段時日、情深意重，或許還有可能行兇。犯罪心理顧問認為顧乙桐可能有不為人知的黑暗面，不過偏重於金錢和財勢，他的成功是來自不擇手段和損人利己。真是有意思！」

葉威廉頭也不抬地繼續翻閱，陳警官就開口繼續原先的敘述。

「顧乙桐在命案發生當天的下午三點左右，接到死者褚介德的來電，表示想要和他談談妻子樓綉羿的事。顧乙桐直覺褚介德改變心意，願意讓樓綉羿到自己公司來當模特兒，於是一口答應。」陳警官回過頭，將事情的龍去脈交代清楚之後，接著說：「褚介德請他吃晚飯，表示誤會兩人的男女關係，同時答應讓妻子去當模特兒。餐聚之間，顧詩桐覺得褚介德似乎有話要說，但是又吞吞吐吐。由於初次見面，就讓對方破費，感到不好意思之外，顧乙桐覺得如果再去續攤，說不定會讓褚介德梗在喉嚨的話說出來。於是就近找了家Club，請褚介德進去喝一杯。喝酒聊天之中，褚介德還是欲言又止。喝完酒，褚介德表示天氣實在是太冷了，建議不如去洗洗三溫暖。」

「三溫暖？」

「這有什麼大驚小怪，台北人的休閒活動，花樣可多著呢？誰像你那麼土，鬧了個那種笑話。」

陳警官的不懷好意，讓葉威廉想起半個月前，替J雜誌翻譯了幾篇俄國的短篇小說。主編劉宜雯問他稿費是要用寄的，還是親自到雜誌社來拿。因為很久沒到台北，葉威廉就說自己去拿也好，順便看看老朋友。劉宜雯是陳警官的表妹，長得小巧可愛，是個走火入魔的推理小說迷。拿了稿費，剛好是正午時分，葉威廉就約劉宜雯以及書評黃先生一道去吃牛排。傻兮兮的三個人，闖進台北最有名的艷窟，各自點了牛排和飲料，大嚼特嚼起來，竟然對周遭奇特的人物，視若無睹。

首先，葉威廉覺得安排餐具的小妹，十分粗魯，理所當然地視他們為不受歡迎的客人。當開始吃牛排的時候，葉威廉注意到滿座的客人都十分安靜，而且沒有人用餐，前面只是一杯紅茶或果汁，大部分都是單身，兩、三人成伴的話，都神色詭異地低聲說笑，最令葉威廉起疑的是，他們清一色是男性。

不久，有幾個豔麗的女人，眼眸留情、衣袖飄香地魚貫而入，聚在另一個角落。其中有一個較為樸素的，就過來和「男客人」聊天。沒多久，她就替他買單，然後指定一位「豔麗的女人」送他們出門。然後再去找其他的男客「聊天」，再買單送客……。短短的二十分鐘，她完成了將近七、八筆交易。葉威廉覺得很新鮮，也希望那個「比較樸素的女人」會過來和他們聊天，因為實在急於知道其中的奧妙，牛排自然食而無味。「比較樸素的女人」偶爾會向葉威廉和黃先生投遞某種眼神，然而就是遲遲不肯過來。直到有個大喉嚨的日本人，在電話中呼朋引友來此地「買春」，精通七國語言的葉威廉才豁然開朗。立刻把這個發現告訴劉宜雯和黃先生，劉宜雯的屁股彷彿「刺椎」似地，立刻落荒而逃，其餘的兩名男士只好「眼角留情」了。

「後來，你個人有沒有再去？」陳警官逼供似地追問。

「我想我們還是來談論你的正事。」

「好吧！我剛才講到哪裡？」

「兩人去洗三溫暖。嗯！楮介德最後到底有沒有一吐為快？」

「有，他說他收到三張他妻子的照片，問顧乙桐是不是他拍的？」陳警官說完，從資料夾翻出三張裸照的翻印，又說：「顧乙桐在警方偵訊時說：有人曾經寄照片給他，上面寫了影中人的真實姓名和聯絡電話。身為服裝設計師的他常常收到推薦女模的照片，可是這種裸照倒是不常見。他約見了影中人樓綉羿，印象很好，試鏡結果也很好，可惜她的先生死不答應。」

葉威廉仔細看著那三張的裸照，一看就知道是酒醉到不省人事的樓綉羿被拍了裸照。但是那迷濛的星眸、半啟的櫻唇，滿臉的春情，令人懷疑是否是嗑了藥之後的表情反應。

「後來楮介德答應讓樓綉羿去當模特兒？到底是甚麼原因讓他改變？」

「我們從死者之妻樓綉羿的口中得知，起初楮介德誤解兩人有曖昧關係。但是樓綉羿扯了個謊，她騙說顧乙桐是個同性戀，於是她的先生就釋懷了。可是顧乙桐卻有另一套說詞。」陳警官從葉威廉手中拿回筆記本，邊看邊說：「兩人洗了三溫暖之後，褚介德沒有開車，要求顧乙桐送他回家。本來以為到此為止，可是褚介德堅持要他上去坐坐，要讓他看看不明人士寄來的照片，說不定會有些頭緒。結果褚介德所示的照片並非裸照，顧乙桐暗中慶幸自己沒有魯莽行事。告別之前，因為多喝了些飲料，所以也順便使用了衛浴設備，然後離開。」

「時間程序？」

「六點相約見面到七點晚餐用畢，兩人走路到附近的俱樂部，然後在八點左右離開。洗了三溫暖之後，九點二十分到達褚家，這段時間都有目擊證人。至於顧乙桐的說詞，他在褚家停留約十五分鐘左右，九點三十五分離開，可就無人可以證明。另外，當天實在是太冷了，所以顧乙桐始終帶著手套，所以假設他是兇手，不論凶器或案發現場都不會留下指紋。」

「那你覺得呢？」

「依照我多年的偵訊經驗，我覺得顧乙桐說謊，但是苦無證據。」陳警官看著默默思考的葉威廉，又說：「當天晚上九點五十分，三樓的夫婦、也就是報案的那對男女說，他們聽到木架倒地的巨響。三樓的太太和死者的太太交情不錯，本來想上樓一探究竟。但是三樓的先生要她少管閒事，經過討論之後，拖延了些時間才上樓。當他們發現那血淋淋的一幕之後，立刻報案。」

「血淋淋的一幕？用詞不對，應該是血流成河的一幕。詳細經過呢？」

「也對。只見地板一大片血跡，牆壁乾乾淨淨。三樓夫妻在十點以後才上樓，按了門鈴，卻無人回應。因為內部的木門沒關，他們在鐵門的縫隙張望，從客廳鏡子的倒影，發現褚介德血淋淋地……，應該是說躺在血流成河的客廳。他們慌慌張張回到家中打電話報警，因為不熟悉報案程序耽擱了不少時間。依照接到報案時間紀錄是十點二十分。」

「除了報案時間正確之外，我想他們所說的時間也只能個大概吧！假如顧乙桐說謊，當三樓施家夫婦開門、上樓梯，難道他們不會遇見行兇後逃走的顧乙桐嗎？或是從家中的對講機上的紅燈是否亮過，表示有人剛離去嗎？顧乙桐會不會躲到四樓和通往樓頂之間的樓梯平台，避人耳目之後再逃逸？」

陳警官又從資料夾拿出現場足印採證的照片，說：「四樓和通往樓頂之間的樓梯平台並沒有顧乙桐的鞋印。對講機的紅燈，我有請三樓夫妻確認，他們表示不知道是誰離開，忘了關門，所以紅燈一直亮著。」

「如果三樓的夫妻立刻上樓，說不定會遇見下樓的顧乙桐或上樓的顧乙桐，如果是後者，那麼證明顧乙桐是百分之一百清白。如果是前者，只能有百分之五十。」葉威廉轉了個話題，問：「顧乙桐在褚家約十五分鐘左右，除了上廁所之外，應該還有做些甚麼？」

「他說：他看見褚介德在移動木架中的擺飾，因為身為服裝設計師，難免會對些小藝術品感興趣，於是兩人就隔著木架聊了幾句。聊完之後，顧乙桐就告辭離開。。」

葉威廉陷入沉思，自言自語：「我在想如果顧乙桐是兇手的話，他到底是如何行兇？他和死者之間，有沒有存在另外的關係嗎？或許有些不為人知的衝突。我還是很在意死者為何邀約還是陌生人的顧乙桐去三溫暖？或是反過來。這太不合乎常理了！還有那兩組死者妻子的照片……。」

「如果顧乙桐說謊，利用詭計製造不在場證明。依照現場模擬，他趁著褚介德背過去，不注意的時候，就把木架推過去。因為木架打在褚介德的背部，然後補上一刀。嗯！可是刀傷位置在胸口，所以可能褚介德沒有被木架擊昏，因為木架沒有重到讓被壓的人動彈不得的程度。所以褚介德才能夠掙札出來。」

「當時褚介德應該還趴在地面，顧乙桐不是應該爭取時效地過去殺他，怎麼可能等到翻過身來。」葉威廉指著辦案筆記中的一段文字：有塊本來應該放在右邊木櫃上的石頭，不知道為什麼會夾雜在從木架掉出來的雜物之中。鑑識人員判定上面的痕跡是污漬。

「我想或許我們可以點破顧乙桐的謊言！不過可能要靠一點運氣。」葉威廉仔細查看陳警官交給他的現場足印採證照片後所說的話。

因為顧乙桐是被鎖定為兇嫌，所以遺留在現場上的鞋印特別被標示，包括他穿的皮鞋和進入室內時的客用拖鞋。於是葉威廉建議鑑識人員，將命案現場的所有客人使用的拖鞋中採樣比對。

陳警官聽完葉威廉的分析和推理，撥打電話給宋組長，除了說出葉威廉的想法，並且建議再度偵訊顧乙桐。

葉威廉和陳警官繼續研究案情，不久電話響起。葉威廉伸手去接，隨即交給陳警官，是宋組長打來的。

比對結果證明，顧乙桐前後穿了兩次不同的客用拖鞋，這意味著他前後去了命案現場兩次，而不是僅僅一次。因為一般客人不可能在在短短的十五分鐘之內，無緣無故地更換拖鞋。所以顧乙桐並沒有老實交代他的行蹤。但是如果進入客廳兩次的顧乙桐恰好都穿了同一雙客用拖鞋，葉威廉可能要另謀良策。

顧乙桐終於坦承：他在九點三十五分離開褚家，開車途中，發現褚介德遺落了皮夾，於是折回。他的解釋：他要付停車費時，發現沒有百元鈔票，於是褚介德掏出皮夾，拿出錢來代繳，可能因為坐著，皮夾沒有完整放入口袋。為了歸還皮夾，他在九點五十五分再度來到褚介德的公寓。公寓的大門沒關好，於是他直接上了四樓。按了門鈴，無人回應。然後發現褚介德的家門也沒關好，可能是自己離開時沒拉上。他開門後，站在作為玄關的陽台呼喊褚介德的名字，可是依然無人回應。於是換上拖鞋，進入客廳，才發現褚介德躺在血泊中。他本來想過去，可是看到胸口一把刀，感覺還是不要介入為妙。他小心翼翼地將皮夾放入掛在衣架上的外套內袋。他還是那一句話：他沒有殺人。

陳警官覺得自己漏說了一段，接著補充說明：「我們詢問死者的妻子，證實死者的習慣是把皮夾放在褲子的後袋。所以顧乙桐說是他把皮夾在外套的內袋，好像也有幾分道理。至於後來：顧乙桐正要離開時，忽然聽到有人按門鈴，心中暗暗叫苦，趕緊躲起來。門鈴響了幾聲後，接著聽到男女大呼小叫和高聲討論。當他們下樓的腳步聲遠去，顧乙桐開門，不管樓梯是否有人，趕緊溜之大吉！聽來合情合理，只是不知是真、是假？」

除了顧乙桐始終堅稱自己不是兇手之外，葉威廉很在意死者為何邀約，還是陌生人的顧乙桐去三溫暖？或是反過來。這太不合乎常理了！還有那兩組照片，為何寄給顧乙桐是全身裸照，而寄給死者只有面部特寫……。前組裸照由顧乙桐提供，而後組面部特寫照由顧乙桐的供詞，再從楮介德的遺物中尋得。

「關於這一點，不論是死者的太太樓綉羿或是顧乙桐，兩人都是吞吞吐吐。因為和命案沒有直接關係，我們也不多加追究。不過如果你認為有助於釐清案情，我會進一步深入調查。」

既然如此，葉威廉也不再多問多說，再去翻閱陳警官辦案筆記。他注意到有一段有關：石頭上面的污漬和被推落的木架下方的污漬一致時，趕緊翻到另外的幾張照片。一枚被釘在木架上鐵釘，呈現不自然的彎曲。還有脫線的中國結、貓頭鷹……。

葉威廉看完之後，把辦案筆記還給陳警官，說：「這些證物已經足夠讓顧乙桐恢復清白之身了。至於誰是兇手，很可能就是死者本身了。」

那一天晚上，坐在副駕駛座的介德凝望車窗前，迅速逼進，然後又刷地飛到後頭的路燈。燈光在冷色系的夜空下，是無數個弧線擠成一團團的光霧，看起來有種絕望的悲哀。他的胃中殘留著酒精的燃燒感，肌膚也有浴後的芬芳和溫暖，可是心中卻迴旋一股冷鋒。

握著方向盤的顧乙桐不知在想些什麼，默默不語，幸好有ＩＣＲＴ的英語新聞報導緩衝淡漠的氣氛。介德看著顧乙桐的側臉，那高挺豐厚的鼻形，使他想起兩人在三溫暖時的情形，強烈的耳鳴殺氣騰騰地席捲過來。他收回眼光，把頭靠在玻璃窗上，望著不再有燈光的夜景。

綉羿一定看過顧乙桐的裸體，或許還沒有進一步的行為，然而她一定看過，甚至將她的丈夫拉出來比較，怪不得，綉羿在床上的表現越來越囂張，而自己……

介德自卑地低下頭，抵抗著鋪天蓋地而來的耳鳴。

「快到了吧？」顧乙桐的問話把他嚇一跳，將沉思推到一邊，但是無法將耳鳴推到另一邊，勉強振作起來指示方向。

終於到達目的地——介德禮貌性地請他上來坐坐，顧乙桐竟然一口答應。然後表示想借用浴室。當小便的聲音在馬桶激起巨大的迴響，讓介德聯想激烈的交歡。

「褚先生，這些可愛的小玩意，是你的精心收藏吧？」顧乙桐如廁完畢，就走到木架後，觀賞那些擺飾。

介德望著顧乙桐將本來掛在木架上沿的天使風鈴和另一只巨形的開酒瓶器拿下來觀賞。天使風鈴的回憶已經模糊，然而那只正反兩面、以各國語言寫著「乾杯」的開酒瓶器，就是去年的夏天，他和綉羿兩人因公司旅遊去到清境農場，路過南投酒廠的情形。他記得綉羿在那個啤酒桶造型的試飲室裡，喝著玫瑰紅酒的嬌態，那紅紅的臉頰，使他好想一口咬下去。

「你有一種吸引人的特質，也許你自己不知道。我是個服裝設計師，不但能一眼望穿人的體態，連心裡在想什麼，渴望什麼，我也很清楚。」

「你說甚麼？」陷入回憶之中的褚介德搞不清楚顧乙桐到底在說些甚麼，因為耳鳴讓他頭痛欲裂。

「你是不是喜歡我？」講到這裡，顧乙桐的眼光突然散漫起來。

介德驚訝地瞪著顧乙桐，一時忘記了震動在耳膜上的聲響。

「也許你不好意思說出來，傳統的觀念使你縮手縮腳。對於我，受過西方教育，很多事情只要有個合情合理的藉口就夠了。」

介德不解地望著顧乙桐從木架後走出來，面對面地聽他說：「當你打電話給我，我就心中有底。你看過電視上的我，看過報章雜誌上的我，想要認識我。但是唯恐我會拒絕，就暗示我和尊夫人的交往令你不悅。其實我大可不予理會。然而綉羿曾經向我抱怨過你們的夫妻生活，所以我自然產生興趣地想見見你，因為除了服裝設計之外，婚姻顧問也是我的專長。」

介德覺得眼前的這個男人太荒誕了，非常後悔請他進門。

「當我們在三溫暖時，你閃爍不定的眼光，使我頓然大悟……」講到這裡，顧乙桐做了個手勢，介德剎那間也頓然大悟起來。本來自己異想天開地想證明顧乙桐是否誠如綉羿所言是個薔薇族，沒想到反而讓對方誤解。

「我很抱歉，我是個百分之一百的異性戀。不過我可以送給你有限額度的福利。」當顧乙桐伸手環住他的肩膀時，介德不客氣地將顧乙桐轟出門外。

介德感受痛苦的耳鳴中，想像綉羿正用熾熱的眼睛，凝視顧乙桐緊繃的腹肌，卻用冷淡的手指，撥弄自己嬰兒般細軟的頭髮。轟隆轟隆的耳鳴讓褚介德的意識逐漸模糊，然後把自己的過去重溫一遍。

不知從何時開始，介德有了耳鳴的症狀，似乎每一次受到打擊時，耳膜就會嗡嗡作響，似乎有個聲音指示他實行下一個步驟。學業失敗，聲音告訴他再接再厲或不當一回事。職場失利，聲音告訴他堅持下去或另謀高就。他唯一一次的情場失意，遠在台灣的戀人因為長期的別離而移情別戀時，那個聲音竟然慫恿他以「自殺」來挽回已經失去的愛情。自殺失敗，因禍得福地認識綉羿。當他眼前陸陸續續地出現情敵時，聲音引導他如何去處理，威脅利誘，無所不用其極，尤其是對付可能和綉羿論及婚嫁的張懷。當介德回憶到張懷被自己推落懸崖的情景，耳鳴幾乎響徹雲霄。

當介德回神過來，不知何時，手中多了一把狹長的刀。隨著他的走動，刀鋒閃著星芒。微弱的星芒，落入他的眸子，然後引信般地在心坎中爆開。他想像自己躺在血泊中，散發著淒絕的美，彷彿切腹的日本武士，渾身上下沾滿了粉紅色的櫻花。然而就在和死神的指尖接觸之際，原本像是響尾蛇般毒辣的耳鳴，幽幽渺渺地化成了宛如清風的柔聲細語。

他小心地將刀放在地上，試著去推木架，紋風不動。看看手中的中國結和草繩編織的貓頭鷹吊飾一同掛上去。為了防止脫落，他把直直的鐵釘敲成鈎狀，頂端幾乎陷入木板中。他試著拉拉看，有些不滿意。於是從另一個木櫃上搬下一塊石頭。這塊石頭也是充滿他和綉羿甜美的回憶，可是如今已經不堪回首。走到餐廳這一邊，他用力撐起木架，把石頭塞進去。

耳邊的柔聲細語又指引褚介德將刀子對準胸口，同時將中國結和貓頭鷹吊飾分別握在雙手。用力一拉，先是背部感受巨大的撞擊，跟著而來是胸口尖銳的痛楚。

破碎的聲音驚天動地，掩蓋住了躲在耳窩裡魔鬼的呼喚。他掙扎地脫離木架的「桎梏」，往前爬行。當大量的鮮血湧出來時，忽然聽到有人呼喊他的名字。閉上雙眼之前，顧乙桐忽然出現在他的面前……。

本作原載於《台北怨男》（一九九一，林白出版社）

第二章　香水殺人（1995年）

「兩百年來，保加利亞卡沙樂克鎮所產的大馬士格玫瑰，一直是製造香精的主要來源。最高貴的原料是尾根油，要用手工剝取，同時要乾燥十八個月後才能提煉……」

葉威廉坐在舒適的紅絲絨椅上，濃濃的睏意就如「毒藥」般，也如蠢蠢欲動的「黑豹」。不過想想自己為甚麼在這裡，只好打起精神，豎起耳朵。雖然「毒藥」已經注入他的血液，「黑豹」已經在啃咬他的背骨。（注：「毒藥」及「黑豹」皆為知名香水。）

「香水就如同音樂一般，也是以『音調』來表示它的組成，音調的法文就叫Notes，每種香油或香水都包含三種Notes，Notes de tete，Notes de Coeur and Notes de fond……」站在投影機旁的男人一面揮舞Laser Pointer，一面口沫橫飛地表述他的專業知識。

為了抵抗那些「無趣的言語表達」而引起的疲倦，葉威廉試圖去發掘那個男人某些「具有原罪的肢體表徵」。

首先是那張倒三角臉，其實也不是很明顯的倒三角，只是因為那兩個又長又大的眼睛，厚厚小小的草莓嘴，在上揚的招風耳和凹陷的雙頰及肅立的髮型的襯托下，所造成的錯視。還有，他的雙頰其實也不凹陷，而是燈光投影的關係。至於肅立的髮型，葉威廉倒不想追究，因為那是虛有其表的偽裝。其餘的五官全然屬實，不容分辯，可以略過。

「創造香水的靈魂人物，我們尊稱為調香師。一位優秀的調香師，不但要具備靈敏的嗅覺，同時要記下兩千種以上的香味，並且辨認其特質，以便做最完美的搭配。」聽到這裡，葉威廉忍不住偷偷地用右手把「呵欠」謀殺掉，同時對前面的男人，也就是喬景緯總裁的口才深深感到佩服。

三個月前，葉威廉從J雜誌專任書評黃先生的口中得知有個法國香水代理商尋找精通英文和法文，再加上另外一、兩種外語，譬如德文或西班牙文的筆譯人員。主要工作內容翻譯之外，還有將原來的產品設計微調成更符合國人的品味，以及一些市場調查和廣告文宣。

葉威廉去函應徵，很快就有了回音。試譯之後，廠商非常滿意。雙方合作了一星期，廠商便徵詢葉威廉是否願意去工廠當場翻譯一些機密文件，一個星期約一、兩天。葉威廉想想自己的翻譯社，最近並沒有什麼生意，原本催稿如討債的報紙和雜誌社為了走企劃路線，將推理小說冷下來。他精心翻譯比利時作家史迪曼的幾篇作品，如今還在等「檔期」。

約他面試的人就是喬景緯總裁，留美企管碩士，曾經在專門製造胸罩的知名企業擔任要職。該企業所製造的胸罩因為首先運用記憶金屬線圈而名噪一時，並且創下史無前例的輝煌銷售業績。葉威廉對於這位意氣風發的都市新貴，並沒有抱什麼好感，不過依然保持良好風度。

上班之後，葉威廉才發現號稱「法國香水代理商」的公司竟然有個設備精良齊全的小型生產線，看不到操作人員，幾乎全部是自動控制。他是約聘人員，所以被嚴禁進入廠區。

工作一段時間之後，葉威廉的表現可圈可點。喬景緯便開始要求他必須參加例行的業務會議，所以葉威廉有機會參觀工廠，然後發現到廠區的一個角落，有一間戒備更加森嚴的祕密實驗室。

「香水的命名，以及香水瓶的設計都必須涵蓋整體的意境。另外，推廣一種新的香水，可說彷彿如參與肉搏戰般的慘烈。廣告、產品發表會，甚至於邀請名流……」

對於香水，葉威廉的記憶只停留在小時候，女性長輩會把手帕灑了一點明星花露水，半塞在旗袍的胸襟。每當經過，就飄來一陣香風。有時候，會把手帕拿出來替滿身大汗的小威廉擦擦臉，那香味至今依然難忘。女性長輩凋零之後，年輕一代的太太、小姐們改用舶來品的香水。花露水就被用來灑在熱騰騰的小毛巾，拿來擦臉擦手。

葉威廉還聽說，有些中東國家的人民還蠻喜歡喝明星花露水。有一陣子市面上買不到酒精，很多人改買花露水來當消毒雙手，甚至噴廁所。雖然令人不由得有種美人遲暮、英雄氣短的感慨，不過這就是世態。他至今還是非常懷念那濃郁又懷舊的香氣。每當夜幕低垂、月照門窗，浴後，總愛在掌心灑了一些〈明星花露水〉。聞著、聞著感覺自己是一朵花、一滴露水、一首老歌：風微微，風微微，孤單悶悶在池邊，水蓮花滿滿是，靜靜等待露水滴。

用手撥頭髮時，葉威廉順勢瞄一下錶面……三點二十五分。嗯！再五分鐘就……。

再五分鐘就可以脫離苦海，那並非意味喬景緯會鞠躬下台。而是有個朋友將在三點三十分的時候，來公司找他。那麼，他就可以理直氣壯地撥開那些布滿誘人入夢的聲音之網，懷著無比輕快的心情，到外頭呼吸清新的自由空氣。

那個朋友是誰呢？乃是葉威廉好朋友陳警官的表妹，J雜誌主編劉宜雯小姐。不過，如今已經跳格而成為葉威廉的好朋友，因為兩人不但是工作上的夥伴，也曾攜手破獲幾宗神祕的案件。

劉宜雯說，她要親自拿稿子過來給他，並當面說明。以往稿子都是用郵寄，電話說明，讓葉威廉覺得有些不太尋常，不過沒有理由拒絕，只能強調夢儂香水公司嚴禁訪客，活動範圍只限制在守衛室。

再次看錶時，忽然有陣類似爆炸的聲音傳過來。在場除了喬景緯和葉威廉外，還有經銷商、業務人員等六位男士。他們紛紛站起來，好奇地追問發生了什麼事。喬景緯一面要大家冷靜，一面打開會議室的門。葉威廉首先跟著出去，後面尾隨著幾個比較好奇的人。

喬景緯等一群人正要往前進時，有個穿白色實驗衣的中年人匆匆從廠區的方向跑過來。葉威廉覺得他有點眼熟，但是一時想不起來。

滿臉驚慌、卻故作鎮定的中年人一看到疑惑的眾人，立刻表示那只是實驗室不小心炸裂一組蒸餾儀器，沒有人員受傷。

喬景緯冷著臉問：「有沒有什麼損失？你知道我在說甚麼嗎？」

中年人欲言又止地回答：「是，一切都在控制之下。我正要來會議室跟您報告。」

「既然這樣，那你就快回去收拾善後吧！以後要更加小心，儀器破壞或試藥損失是小事，萬一傷了眼睛什麼的，後悔就來不及了。」

白色實驗衣飄飄地消失廠區的門後，葉威廉忽然想起，他不就是在牧貝里時尚衣飾公司淡水工廠的黃桂權廠長嗎？他怎麼會在這裡出現？記得幾年前，他工作的地方發生爆炸，炸死了一名電腦工程師，還引發他那患有人格分裂症的未婚妻的自殺事件。

當喬景緯等一行人正要轉回會議室。眼尖的葉威廉看到從守衛室探出一張明亮可愛的臉龐，還有一隻揮揚的手，然後是一身乳白色褲裝的劉宜雯。

葉威廉連忙向喬景緯說明，守衛室外那位女孩子是他的朋友，有事找他。

喬景緯嚴肅地說：「你應該知道公司的規定吧！除非事前申請，公司嚴禁員工的親友來訪，怎麼明知故犯。」

葉威廉點頭如搗蒜地鞠躬道歉，表示只在守衛室洽談，絕不靠近公司的建築物。喬景緯很不高興地說：「那你快去吧，不用再回來開會。」

如接獲大赦的葉威廉百般感恩感謝之後，匆匆跑過去見劉宜雯。葉威廉顧不了其他，急忙關切地問候：「妳有沒有被爆炸聲嚇到？」

「還好，到底是怎麼一回事？」

「我也不知道。實驗室負責人說是不小心炸裂一組蒸餾儀器，我不以為然。不過這家公司的工廠設立在這人煙稀少的地區，而且我知道他們防爆和防火設施做得很好。妳車子停在哪？」葉威廉不想在守衛室談話，拉著劉宜雯往外走。

「就在那邊。」劉宜雯指了指不遠處的圍牆。

「妳真會挑地方，圍牆後面就是我們公司最高機密重地。」

當兩人並肩前走，陣陣清風吹來，空氣中有股不尋常的氣味，分明就是剛才爆炸時，散發出來的氣體。葉威廉趕緊拿出手帕掩鼻遮口，正想警告劉宜雯，卻發現她的雙頰至頸部呈現出一種極為豔麗的色彩，白裡透紅，彷彿是剛從蒸籠裡取出來的千層糕。

「宜雯，妳從來不曾親自送稿子給作者或譯者。妳今天不辭辛勞，特地來我工作的地方，到底有何意圖？還不從實招來。」

劉宜雯對於葉威廉的話充耳不聞，只是低頭微笑。可是走到車子旁邊，她整個人忽然撲過來。葉威廉還沒弄清楚到底是怎麼一回事，身體已經被對方牢牢地抱住，緊接著自己的嘴唇有一股香軟柔滑的觸感，宛如點火的引信，迅速地衝向腦心。他只能盯著緊閉雙眼、彷彿喝醉酒的劉宜雯看，任疑惑的思緒如滿天飛舞的野棉花。

時間彷彿過了很久，又似乎只聽到幾聲心跳而已，劉宜雯忽然推開葉威廉。兩人錯愕地互視著，無言的無言之後，劉宜雯獨自鑽入車子，啟動引擎，奔馳而去。

葉威廉呆呆地站在原地，過了很久，還沒有弄清楚到底是怎麼一回事？

一個君子之交淡如水的異性朋友，莫名其妙地送上熱吻和滿懷的溫香軟玉，卻在銷魂之際低喚，她真正心上人的名字，然後又一副做錯事模樣逃離而去。

為什麼？葉威廉轉回工廠之前，塵封已久的倩影悠悠地從心湖浮上來，那一段失落在維也納的美麗戀情。

「在這交會時，互放亮光」事件發生之後，劉宜雯只來過一次電話，問他是否接到稿件？

然後有意無意問他是否瞭解夢儂香水公司到底賣了哪幾款香水？葉威廉一問三不知。兩人對於上次的事件絕口不提，但彼此都心照不宣。葉威廉倒覺得那是一場夢，一場很荒謬的夢。

葉威廉被劉宜雯「用力」吻過之後的某一天。陳警官來電，他是劉宜雯的表哥。

「哈囉！好久不見，威廉兄。聽說你成了上班族，一切都還好嗎？」

「還好，有什麼事？」

「威廉兄會問這種問題，真是有愧推理大師這個封號。」

「那是你說的，我可不曾往自己臉上貼金。」葉威廉的神經漸漸亢奮起來，因為他知道「無事不登三寶殿」、嗯！應該說是無事便把自己當作陌生人的陳警官將要說些什麼。

「今天凌晨，有位住在金玫瑰大廈的住戶，忽然聞到一陣瓦斯味。於是找了管理員，兩人過去一探究竟。他們懷疑是某個住戶家中的瓦斯管漏氣，敲了門又打了電話，但是都沒人反應。管理員拿來備用鑰匙開門，結果發現了一具屍體。」

「瓦斯中毒？」

「初步的目視認定是瓦斯中毒。死者是住戶、一名年輕女性。也許你會問我，我的直覺是意外、自殺或是他殺呢？我認為是他殺。不過看起來像是一宗密室殺人事件，讓人摸不著頭緒，所以向您請益。」

葉威廉了解「瓦斯中毒」，主要是吸入一氧化碳而昏迷死亡，尤其家用瓦斯猶如埋伏在家中的奪魂使者，受害者多半不知不覺。犯罪謀殺案中，常被兇手布置成自殺或意外事件，造成撲朔迷離的謎團。

「死者叫童怡蔚。兒童的童、心曠神怡的怡、蔚藍天空的蔚，在牧貝里時尚衣飾公司當總機小姐。」

牧貝里時尚衣飾公司的總機小姐？啊！她那甜美地猶如剛榨的甘蔗汁的聲音立刻在葉威廉的耳畔響起，腦海緩緩出現她的面孔。那麼一個青春美麗、活潑大方的女孩怎麼會……也因為這緣故，葉威廉忽然想起牧貝里時尚衣飾公司淡水工廠的爆炸事件，然後聯想起幾天前，發生在夢儂香水公司的化學實驗室爆炸事件。兩者風馬牛不相及也，卻讓葉威廉開始觸類旁通。

悶不吭聲的葉威廉被連聲發問的陳警官喚回現實，他隨口問道：「所以殺人動機是……？」

「我們已經從死者的人際關係下手，但是我個人倒是對行兇的手法很感興趣。同事剛剛才完成命案現場調查記錄，還有很多疑點。」

「哦？」

「我剛好有其他任務，沒有在第一時間趕往現場。」陳警官停了一下，說：「就是不久以前，有個精神異常的男子懷疑妻子外遇而自殺。你不是認為還有一些疑點嗎？所以我私下繼續追蹤。」

「那個服裝設計師顧乙桐嗎？」

「是！他涉及一些勞務金錢糾紛等法律問題。可是我追查的結果，可能有脅迫旗下模特兒從事色情或毒品的不法行為。」陳警官表示這些以後再談，先解決眼前的問題。

「怎麼樣？有沒有興趣去現場看看？或許你會幫助我們找出一些忽略的地方。」陳警官獲得葉威廉同意之後，問：「對了！我想問你一個問題。不知道可不可以？」

「問就問呀！幹麼如此客套？」

電話彼端響起幾聲假咳，顯然陳警官有些顧慮。然而經不起葉威廉再三催促，陳警官才略帶慌張地說：「誰是莎林娜？」

「誰是莎林娜？」葉威廉被異峰突起的問話弄得音帶暫時失去功能，待恢復正常，才若無其事地反問：「你怎麼會知道我認識那位女士呢？」

「宜雯告訴我，有次你們搭火車到南部，你睡著了，在夢中念著莎林娜，莎林娜。她很好奇，但是又不便問你，就從我這邊打聽。可是我也不知道，因為你從未提起過。她……她是不是你的……嗯！你懂我的意思吧！」

「你將金玫瑰大廈的地址告訴我吧！我盡快過去和你會合。」

陳警官識趣地不再追問。葉威廉掛上電話，垂首望著書桌上的玻璃墊，赫然發現倒影有了白髮和淡淡的皺紋。

歲月啊！歲月！想當年在奧地利，和神學博士包爾教授做研究……第一次看見莎林娜是在瓦次坦城堡……維也納露天咖啡座的不期而遇……白雪紛飛的阿爾巴奇鎮，心碎的祝福……懷著春天的心情拜訪薩爾斯堡，離去時卻飄舞著深秋的落葉……當腦海浮起隱沒在夕陽餘暉的威赫林大教堂時，金玫瑰大廈正朝車頭漸漸逼近。

葉威廉到達金玫瑰大廈時，陳警官正和一位很有架式、保養得宜的男士說話。

「這位是樂先生，現任金玫瑰大廈管理委員會的主委。」

樂先生氣宇軒昂，尤其是頭上那片晶晶亮亮的「光明頂」，葉威廉能夠很清楚地在上面看見自己和陳警官。

當陳警官在介紹時，葉威廉卻在想，少年時代的樂先生或許有頭鋼刷般的濃髮，然而如今卻成了被酸雨蹂躪過的山頂。其實只要略加整理，樂先生依然光鮮自信，就像那個愛唱歌，然後因為說了句「你就敷衍、敷衍」而惹出風波的大官。

「童小姐長得很甜美、看起來清純樸素，雖然小小年紀，待人處世卻非常得體，管理員對她的風評很好。」樂先生似乎不很清楚死者的私生活，或者是知情不說、甚至抑惡揚善。

「她跟鄰居相處的情形呢？」

「住在這裏的人都極重視隱私權，幾乎是不相往來，很多事情都是透過管理員溝通。直到目前，我們還沒聽到童小姐對鄰居的不滿，也沒聽過其他人對她的抱怨。」樂先生似乎不願意將其他的住戶拖下水。獨居的年輕女性，被發現死亡時，到底是意外事故，還是自殺？樂先生慎重其事，不敢多言。

陳警官的詢問方向開始轉向他殺時，問道：「童小姐有沒有曾經帶男朋友回來過夜？」

「難免吧！但是涉及私人之事，不多干涉。」講到這種話題，樂先生益發拘謹起來。

辦案經驗豐富的陳警官認為樂先生可能知道一些內情，看了葉威廉一眼，後者正在沉思。於是拜託樂先生帶領他們去位置在十一樓的命案發生現場。樂先生立刻照辦，沒有露出不耐煩的神情。

金玫瑰是十二樓的大廈，每層樓的架構分配是四間單身套房，共用一座電梯。當電梯門緩緩打開，三人走了出去。面前共有四扇門，其中兩扇並列，其他兩扇分處左右方，也就是呈「凹」字型的結構。

欒先生指指並列的兩扇門其中之一，表示那就是童怡蔚的居所。

葉威廉看看門牌——11 B，突然問道：「嗅到瓦斯味的住戶是10 B吧！」

「沒錯！當時10 B的先生是在室內澆窗架上的花，嗅到濃濃的瓦斯味。」欒先生點點頭，邊說邊拿出鑰匙開門。

「我們是經過調查才知道，想問問你怎麼推理出來？」

「假如沒有大風吹散，瓦斯比空氣重，就這麼簡單。」

欒先生將門打開，讓兩人先進。不到十坪的空間以家具做巧妙的隔離，分成三個部分，客廳、臥室和廚房。家具擺飾整齊分明，可以用「明窗淨几、一塵不染」來形容。餐桌上面放著一只圖案繁密的茶杯，依照陳警官的解釋死者曾經服用了安眠藥，以至於在睡夢中被死神奪去寶貴的生命。

金玫瑰大廈的瓦斯系統是統一由天然氣公司供應，每家每戶有獨立的度數錶。從總開關下來，再分成兩條，一條接著掛在浴室外牆的熱水器，另一條是廚房的瓦斯爐。

葉威廉環視房間大小，說：「根據粗略估計，瓦斯打開之後，經過半小時到一小時，氣體濃度就足以勾魂攝魄了。」

陳警官表示警方的鑑識人員也抱持同樣的看法，同時感嘆地說：「如果是桶裝瓦斯或許還有活命的機會。這種由天然氣公司供應的瓦斯一打開，源源不絕，只有死路一條。」

「既然如此，我們就去看看凶器吧！」

狹長型的廚房，最靠近餐桌是冰箱，再過去是水槽、瓦斯爐和流理台。他們走到曬衣服的的陽台，查看瓦斯的總開關和熱水爐的開關是否有異樣，然後再沿著瓦斯管往瓦斯爐的方向，一路檢查下去。

以下是警方的現場記錄：總開關顯然被開啟，連接熱水器的瓦斯管沒有異樣地鎖緊，連接瓦斯爐的開關鬆開來。

「一般人習慣讓總開關開著，反正熱水器是水點火裝置，而瓦斯爐也有開關。喔！我是說我自己啦！假如死者是一個謹慎的人的話，那就另當別論。我剛剛從房子清潔整齊的擺設和布置，死者和我顯然不是同一掛的。」

葉威廉仔細查看瓦斯管的管口，總開關已經牢牢鎖上，並且貼著鑑識標籤，上面註明鑑識人員到達的時候，總開關是半開著，他看了看命案現場的存證照片，確認一下開啟的狀況，注意到總開關的把柄和瓦斯管連接之處有一道淺淺的刻痕。不過，這一道淺淺的刻痕並沒有被鑑識人員標示出來。

靠近瓦斯爐旁邊的流理檯上，貼牆靠著幾個瓶瓶罐罐，其中有一小醬油瓶倒在一旁，瓶口對著葉威廉的左手邊。右邊的窗戶沒有關緊，葉威廉目測留縫的大小，然後和命案現場的存證照片比對一下。鑑識人員除了標示窗縫的距離之外，還特別標示出窗戶上方有一道痕跡。

陳警官看到葉威廉注意到這些細節時，微微露出微笑。

葉威廉抬頭望向窗架的一列花台，最顯目的是幾朵盛開的淡紫色蘭花，正隨著風搖擺，彷彿長髮飛揚的少女對著天空做深呼吸。想了一想，他又再去檢查總開關的把柄和瓦斯管連接之處的那一道淺淺的痕跡是否和窗戶上方的痕跡一致？結果不論色澤、粗細，顯然不同。他往樓下探望，是一條狹窄的防火巷。

陳警官用手肘撞撞發呆的葉威廉，然後遞給他一個資料夾。葉威廉接過之後，並不急著打開來看。

不知何時，樂先生站在兩人身後。他說：「如果幫不上忙，我想下去，還有工作要做。」

「一定幫得上忙，等一下要和你討論最重要的部分。」陳警官很客氣地對樂先生說：「我們去客廳聊聊吧！」

葉威廉獨自進入臥室，因為是套房，所以客廳和臥室之間並無真正隔間，只用活動隔板做形式上的區隔。屍體已被移走，然而橢圓型的雙人床上，似乎還留著淒豔的靈魂。葉威廉感覺到彷彿還有一個人在這裡。

是誰？他轉過身去，只見另外一個自己，面容嚴肅地站在穿衣鏡中。啊！還有另外一個，出現在梳妝台上的鏡子。站在兩面鏡子之間的葉威廉，忽然之間……發現這世界上有無數個自己。葉威廉遺棄了穿衣鏡中的自己，走向梳妝台前的自己。

耳邊傳來樂先生和陳警官的談話……。

昨天傍晚大約六點的時候，有位提著印有JK行李箱、穿大衣戴墨鏡和口罩的長髮男性訪客，守衛問他要去幾樓？找誰？對方含含糊糊地說了一句，自行進入電梯。守衛注意到電梯停在十一樓，大約三十分後，童怡蔚一個人走出電梯。半小時後，帶著晚餐和飲料回家，然後就沒有外出，直到隔天才被發現已經死亡。至於那位長髮男性訪客，當值的守衛到換班時都沒再次看見，接班的守衛也是同樣的說詞。

金玫瑰大廈的管理員主要職責是雜務處理，守衛的功能形同虛設。所幸當值守衛算是比較機靈，除了注意到那個神祕的長髮男子，還特別注意到獨自回家的童怡蔚面帶笑容，神情十分愉快。這個說詞大大排除了童怡蔚自殺的可能性，陳警官才認為是他殺。另外一個原因是死者生前是個注重整潔和細節的女孩，如果不是自殺，因忘了關瓦斯引起的意外事故微乎其微，尤其是烹調用的爐火。

葉威廉將注意力轉向童怡蔚的化妝台，其中竟然有一瓶「Misty」系列香水。這個發現令葉威廉有些驚訝，因為「Misty」香水正是夢儂香水公司即將問世的新產品，暫且不提那一般人買不起的價格，沒關係的人縱然有錢也買不到。

喬景緯曾經為了「Misty」的中文命名而傷透腦筋——有人建議「霧濛濛」、「神祕之霧」……或乾脆叫「霧」。喬景緯則想用音譯，也就是「蜜詩蒂」或「美絲迪」。他曾問過葉威廉的意見，葉威廉脫口說出「寒煙翠」也不知是真的喜歡，還是基於禮貌，喬景緯連聲說好。

基於這個發現，加上方才在廚房裡所綜合的推理，葉威廉心情感到有些沉重，原本柔和的眼神和表情逐漸冷颯起來。離開臥室，走進客廳，樂先生正說著住在12B套房的李先生。

「聽說他是在一家香水公司上班，高收入的單身貴族。現在的年輕人也真是奇怪，個個都不想結婚……」

陳警官看到葉威廉過來，便說：「我們在談的李先生好像也在夢儂香水公司上班，說不定你認識。」

「李什麼？」葉威廉問。

「李志高。」樂先生回答：「是的！就是夢儂香水公司，還送我一瓶刮鬍水，好香呀！」

「我去公司打聽打聽。」

陳警官指著天花板，問：「不知李先生是否在家？」

「我查問一下。」樂先生一面回答，一面用桌上的電話打給李志高。鈴聲響了許久，還是沒人回應。

葉威廉和陳警官再次向樂先生道謝之後，離開金玫瑰大廈。此時，黃昏時分，台北的天空爛醉如泥，落日宛如歪倒的葡萄酒盃，傾流的液體把雲層染成金黃緋紅。葉威廉想起童怡蔚，彷彿那輪落日就是她的酡顏，而艷麗的殘霞則是她的命運。想到這裡，黑夜已經開始搶灘了。女人，啊！不，那輪夕陽終於認命地揮別人間。

「所以警方認定李志高就是兇嫌？」

「至少到目前為止。」陳警官說：「我的推理並非空穴來風，而是捕風捉影。你不是看見瓦斯爐旁邊的流理檯上，有傾倒的醬油瓶嗎？還有窗戶上方有一道刮過的線狀痕跡嗎？所以，這代表什麼意思呢？」

「我注意到了，似乎是有人利用繩索在操控。所以你要我來確認你的推理無誤，然後順理成章將兇嫌逮捕歸案。」

「哦？你也注意到了！代表的意思就是那位兇手，計算好童怡蔚熟睡的時刻下手。密室殺人的手法已經躍然紙上，只剩下動機和手法重現。」

「只因為行凶手法是運用繩索的一端綁住瓦斯爐的開關，穿過窗戶和陽台，然後在上面一層樓控制？這行得通嗎？瓦斯爐的開關不是很容易開啟的喔！」

「目前局裡的專家正在研究，說不定真的有可行性。」

「那位神祕男訪客，沒有嫌疑嗎？」

「你有甚麼想法嗎？」

「沒有。我倒是認為李志高和死者或許有些關係……。」葉威廉將他在童怡蔚臥室中的化妝台，發現「Misty」系列香水的想法告訴陳警官。

「我們會盡快聯絡上李志高，問個明白。」陳警官伸了個懶腰，問正在駕駛的葉威廉：「今晚暫時放鬆一下，我們要去哪裡？」

「『愛妳三百年』。」

「什麼？」

「『愛妳三百年』是一個女作家開的卡拉ＯＫ。」

「哈哈，我還以為是你取的店名呢！」

葉威廉知道陳警官言中之意，哈！那一件陳年舊事。

有個根本就不熟的親戚，不知道從哪裡打聽到葉威廉是個常常在報章雜誌發表文章的文人雅士，專程來葉氏翻譯社找他。他說他要把早餐店關掉，改開卡拉ＯＫ，拜託葉威廉幫忙取個店名。葉威廉這個人除了不知道如何拒絕別人的請求之外，也不太懂得謙虛，不等對方多說幾句懇請的好話，一口氣說了十幾個店名，任他挑選。

那位親戚萬萬沒想到可能要三請四請才能得到的「貴寶號」，竟然如此容易獲得，反而支支吾吾，懷疑起葉威廉是不是太草率，沒有品味或是專業度不夠。他不置可否之際，淡描輕寫地支開話題，聊起個人喜歡的老歌。他先說他很喜歡「意難忘」，說著說著就唱起來。

葉威廉察言觀色，建議何不把這首歌名拿來用做店名。那位親戚還在思考，葉威廉好像造詞似地，再度一口氣說了「情難忘」、「夢難忘」、「一曲難忘」等比照「花系列」、「一代系列」等十幾個「難忘系列」。

那位親戚聽了很高興，表示每個名字都喜歡，每個名字都要留起來用，彷彿自己儼然已經是擁有數百歌唱連鎖店的娛樂界大亨。他先選用他最喜歡的「情難忘」，挑了個黃道吉日，風風光光地開幕。生意和口碑很好，成了附近中、老年人聚集唱歌的地方，葉威廉也去捧場一、兩次。

可惜一年之後，黑道開始介入，純情的「情難忘」逐漸淪落成台語的「眾人摸」。這是葉威廉始料未及的諧音，看來幫人家取名字不可不謹慎。那位親戚的娛樂界大亨之夢破碎之後，再回去開早餐店。

葉威廉接著回到原來的話題，說：「那個女作家是宜雯的朋友，多次要我去捧場，我都給忘了。聽說就在附近……。」

「我沒聽宜雯提起過，那裡有吃的嗎？」陳警官說的話不符合他出色的外表，不過這也不能怪他，胃是人體中最現實的器官。

「那位女作家極擅長理財，她以月租三萬頂下那間店，以同樣價錢租給別人經營商業餐點，晚上十點之後再自己搞卡拉ＯＫ。」

陳警官往車窗外瀏覽，環亞百貨公司宛如「倒退嚕」的巨人，一轉眼就消失不見。取而代之，一群手拉手的美麗水妖在黑色的湖泊中泅泳，全身上下全是珠鑽般誘人的霓虹燈。

「愛你三百年」位在小巷內，淡藍色的看板，頗具創意的門面。不過進了裡面，陳警官明顯地流露出失望的表情。原來這家店的特色，就是沒有特色。晚餐的客人走光了，卡拉ＯＫ的客人尚未上門。彷若居家客廳似的十幾坪大小屋，不見一個人。

兩人探頭探腦一番之後，發現角落裡有個小女孩一邊寫功課、一邊在玩不倒翁。不知道為什麼，不倒翁給葉威廉一個模糊的感應。

小女孩抬起頭看了他們一眼，就扯開喉嚨：「媽媽，有客人。」

有個妖豔女人立刻從櫃檯後出現，快得令葉威廉以為她正蹲在小女孩後面，聽到了聲音立刻站起來。她應該是女作家老闆吧！葉威廉轉身看看正在思考的陳警官，不難猜出他在動腦筋，應該點些什麼「好料來食」。

送來菜單時，注重細節的葉威廉發現女作家老闆右腳藍絲絨滾銀絲的高跟鞋斷了一條帶子。原來她是蹲著在修鞋帶呀！葉威廉感到有些好笑，卻因此聯想到金玫瑰大廈中的童怡蔚。陳警官察覺葉威廉既然不說明是劉宜雯的友人，自己也不想多嘴。

女作家老闆一得知兩人尚未用晚餐，立刻大力推薦：「江浙合味球套餐可是隔壁店的招牌菜，暫時不提讓你們流口水的色香味。只要我說出那繁複的烹調過程，保證你們滿口生津。不信？那就讓我告訴你們吧！將雞蛋洗乾淨，在上尖部位敲個小洞，將蛋汁倒在大碗中。然後拌勻碎肉、香菇絲、嫩豌豆等精心配製的佐料，再灌入空蛋殼，蒸熟後……喔！那個香氣，簡直是……無法形容。」

簡直是……無法形容？葉威廉懷疑女作家老闆的寫作能力，但是陳警官完全被征服了！雖然他儘量控制住自己的臉部肌肉，可是喉部卻因為吞嚥口水而強烈收縮。除了套餐之外，陳警官又在女作家老闆的「訴說魅力」下，點了兩道聽起來很引人入勝的菜。

英文裡有個形容詞Mondayish，意思是疲勞的、困倦的、不想工作的，也就是說上班族星期一的心態。然而對於葉威廉，意義可就不同囉。他精神抖擻地走進辦公室，輕快地從公文架上取出資料。一段旋律優美的歌，悄悄地在鼻腔間跳躍——那是河北民歌「賣餃子」，迴轉的旋律正是作曲者要表達勞動時的愉快和幸福感。葉威廉不經意地哼出來，正是心情的寫照。

「威廉王子，瞧您滿面春風，鐵定是度過一個快樂的週末。」坐在葉威廉前面的于小姐笑吟吟地說。

葉威廉來夢儂香水公司上班時，發現除了坐在隔壁的于小姐之外，清一色男性員工。交談之後才知道于小姐實際上是于先生，不過很少人能夠一眼看出來。還有，他是喬景緯的舅舅，負責夢儂香水公司的採購和財務。

當于小姐聽到葉威廉打聽李志高，說：「他是南區經理，Home Base在高雄，最近被喬總升到北部。那個人不錯，就是陰陰沉沉地不愛說話，真搞不懂他如何把業務做得有聲有色。」

「他住在台北嗎？」葉威廉明知故問。

「喬總親自幫他找住的地方，所以應該是很高級的豪華公寓吧！今天是星期一，他應該會來開會吧！」于小姐揚揚手中的部門聯絡單，正待再說下去，被一條白色的人影打斷。

葉威廉偷眼看看那個人，正是那位化學實驗室的負責人，也就曾經在牧貝里時尚衣飾公司擔任廠長的黃桂權。葉威廉早在化學實驗室爆炸事件的隔天，便向于小姐打聽，可惜一問三不知。既然如此，葉威廉也儘量避開和黃桂權碰面的機會，還好他一天到晚都在化學實驗室。如果有事來辦公室，葉威廉不是頭一低，或是藉故離開。

黃桂權走了之後，于小姐開始抱怨，把黃桂權申請的原料訂購單揉成一團，往桌上一丟。葉威廉看見訂購的原料名稱：Exaltolide。

「現在全球Exaltolide都缺貨，連化學合成的原料都物以稀為貴，更別說從自然提煉的，還指定是要『挪威當歸』等級，催死我也沒有用啊！甚麼態度，講話那麼衝。有靠山就目中無人，一點都不尊重人，誰怕誰呀！真是無聊。」

葉威廉好奇地問：「他又是何方神聖？敢惹我們的大小姐。」

身材碩壯龐大的于小姐白了葉威廉一眼：嬌嗔道：「不許說『大』！」

「啊！對不起，我收回那個字。」

「原諒你的無心之過。那個人呀！是實驗室的主任，負責新產品開發，還有分析市面上類似產品的成份。」

葉威廉猜測當時問起黃桂權時，于小姐可能對還是新人的他有所顧忌，所以故意一問三不知。相處幾天之後，對葉威廉產生信任感，所以卸下心防，侃侃而談。

葉威廉故意裝傻地說：「想不到我們公司也有這個部門，我以為只是代理國外的名牌香水。」

「事情可沒那麼簡單。」于小姐神祕兮兮地說：「我們喬總是有企圖心的，認為老是靠人家沒有前途，所以想要獨創自己的產品。研發部實驗室就是基於這種理由而創立，而那位心高氣傲的老兄，據說是喬總從美國某大研究所高薪挖過來的。」

葉威廉心底有數，表面不動聲色。

「研發部的實驗室似乎門禁十分森嚴……」

「別說你是臨時人員，連我這位資深的老鳥都不能輕易越雷池一步。我告訴你，黃桂權啊！」于小姐看看葉威廉專注的表情，很得意地讓「語言的水龍頭」開得大大地說。

「黃桂權就是他的尊姓大名。咦？你在笑什麼？如此詭異。」

「沒什麼。」葉威廉故意極力掩飾。
「你不說，我可要生氣嘍！」
「我覺得妳只許官家放火，不許百姓點燈。」
「什麼意思？」
「尊姓大名的『大』呀！」
「討厭！」于小姐用蓮花指使力地點了葉威廉的腦袋瓜。
「請繼續說吧！不過，我倒是有個疑問……」葉威廉的疑問被內線電話打斷，原來是喬景緯要他過去一下，有事商討。

喬景緯的辦公室非常有氣派，杏黃的色調令人一腳踏進去，鼻孔似乎可以嗅到隱隱約約的奶油香。壁上的裝飾，桌椅的擺設，展示架上的各類香水樣品，一切的一切都如同藝術蛋糕般精巧和賞心悅目。喬景緯笑容可掬地招呼葉威廉坐下。

「威廉，請您來公司幫忙，也快半個月啦！」喬景緯換了個新髮型，鬢角削得很高很平，整張臉忽然遼闊起來，所以擱在上面的笑意就有些天蒼蒼，野茫茫，風吹草低見牛羊。

「半個月說長不長，說短不短，不過也足夠讓一個人去瞭解公司目前的運作和前瞻性，何況您是個善於觀察和分析的聰明人。我的意思是希望能聘請您，成為產品設計部門的主任。雖然我本人不是夢儂公司的負責人，可是您也看得出來，股東們對於我的信任和支持。而且，我也有企圖心，想要創造出一番天地。」

「喬總裁，感謝您的抬愛。不過，我有自己的事業，雖然微不足道，卻是個人興趣，以及好不容易才實現的夢想。所以，我只能感謝您的美意。」

喬景緯不停地點頭，等到葉威廉的話告一段落，正欲啟口，電話鈴響起。他比了個「對不起」的手勢，走到辦公桌畔接電話。葉威廉的眼光刻意地回避喬景緯低語的背影，望向窗外藍天，那種Paris Blue，隨著陽光透進來，和滿眼誘人的杏黃色，攪和成一屋子，讓任何一隻小蟲飛進來，立刻就會被毒殺的乙亞砷酸銅。

過了約兩、三分鐘，葉威廉感覺到氣氛有些不對，因為喬景緯不停用力捏著原本放在辦公桌一角的「紓壓球」，於是站起來。兩個人很有默契地交換訊息之後，喬景緯繼續他那通似乎「事態很嚴重」的電話，葉威廉識趣地開門離去。不過在離去之前，他看見喬景緯從抽屜拿出一隻綠色玻璃瓶，造型很特殊，瓶蓋好像一朵盛開的百合花。

于小姐看到葉威廉回來，立刻推開那堆小山般的驗貨憑證，低聲地問：「喬總是不是想把你升為正式員工？」

葉威廉也把自己的「音量」調至和她一樣，說：「妳怎麼知道？美麗的女間諜。」

「我怎麼會不知道，是我提出的建議。怎麼樣？」她仔細研究葉威廉的表情之後，訝然地說：「你沒答應？」

葉威廉不想多說，隨口應付幾句之後，道過來發問：「于小姐，妳還記得那批新產品Misty系列嗎？我想買幾瓶，不知道可不可以？」

「那是非賣品。」

「不過，我在朋友家看過。」葉威廉說的是童怡蔚。

「可能是在國外買的吧？」

「絕對不是，因為瓶子上貼有夢儂香水公司的中文標籤。」葉威廉不想說清楚。

「有這種事？我查查看。」于小姐的手指在電腦盤上跳躍一番之後，螢幕上立刻出現一張表格。她逐項閱讀，然後轉過頭來對葉威廉說：「上面記載著Misty系列產品的存貨。我打電話問倉儲人員，是否有短缺？這事情如果鬧大，可不得了。」

葉威廉立刻阻止，說：「我相信公司的倉儲管制，絕不會短缺。我只想知道是誰曾經領走，而且數量有多少？」

于小姐用眼角掃視一番之後，說：「按照公司規定，研發部門有權限每批領兩份，一份做實驗，一份做留樣。另外，喬總可以領走三份，一份交給南區分銷站，一份交給北區分銷站，所餘留的那份則放在展示架上。」

「那你看過瓶蓋好像一朵盛開的百合花，綠色瓶身的香水嗎？」

「沒有耶！」

葉威廉想再多問，但于小姐似乎有很多事情要處理，只好硬生生地忍下。首次，葉威廉感覺到朝九晚五的生活是如此令人難以忍受。不過當他看見那團被于小姐揉成一團、黃桂權申請的原料訂購單慢慢鬆開，似乎和喬景緯手中的「紓壓球」有異曲同工之妙，心情有點激動。因為當時他在「愛你三百年」，看到那個一邊寫功課、一邊在玩不倒翁的小女孩，所產生的模糊感應，逐漸清晰起來。

「愛你三百年」——葉威廉微靠在高腳椅上，望著小電視螢幕上，一個接一個變色的字體，忘情地唱著那些「十年蹤跡走紅塵，回首青山入夢頻」的老歌。由於他是唯一一個客人，所以能夠不受干擾地連續唱著。

當葉威廉準備唱第七首時，陳警官走進來。原本公認的美男子，穿上了時下流行的西裝，更顯得英俊風采。他向葉威廉招招手，葉威廉已經開始歌唱，沒有理會對方。利用間奏，才往陳警官那邊看去，身為老闆的女作家正在為他倒啤酒，白色的泡沫興奮地堆積。

最後一個音符結束時，葉威廉將麥克風掛回架上，向陳警官走來。

「沒想到你歌唱得這麼好。」女作家奉承幾句之後，看到有客人上門，便說：「你們談，我失陪嘍！」

「她很可人。」不知道是否受到女作家的影響，陳警官使用一句萬分文藝的形容詞之後，逐漸嚴肅起來，說：「我們按照您閣下提供的看法，因為沒有搜索票無法進入李志高的屋子，於是借用格局布置一樣的鄰居做實驗。換句話說，依照命案發生現場的的線形痕跡實際去操作，的確有可行性，只是有些困難度。」

「那你們還認定李志高是兇手？雖然兩人是上下樓層的鄰居，可沒有證據他們認識。至於死者臥室中的香水，也不一定是來自李志高。」葉威廉拿出一張疊成方方正正的白紙，說：「我有些看法，你不妨參考一下。不過，事先要麻煩你去查證一下，才能證明我的推理是否正確。」

陳警官接過來，打開細讀。

葉威廉被一陣哀怨的歌聲吸住，抬頭望去。有位還穿著某某公司制服的女客正柔情似水地唱著「心酸酸」。她的台語不怎麼樣，可是唱出來的味道卻能打動寂寞男人的心。

陳警官還沒讀完，他的行動電話響起。

女客已經不再「心酸酸」，開始和她的同事合唱「愛上一個不回家的人」。葉威廉望著陳警官凝眉的半邊臉，濃濁的雲影在心海之涯滾滾升起……。

「又一宗命案！」陳警官說完，劈頭一句。然後懊惱地接著說：「有個蹺家少女，被發現死在一家色情賓館，全身赤裸。初步判斷是類似嗑藥過量，心臟麻痺致死。我現在要過去，要不要一道走？」

葉威廉立刻拿起外套，以行動表示萬分願意。

「怎麼啦？剛來就要走。」女作家看到兩人面色沉重，不敢勸留，目送兩條人影，踩著秒針滴答的節奏，融入無數道糾纏著彩虹的夜色中。

如果夜是開啟的阿拉丁神燈，那麼燈霧迷離之後的建築，則是一個接著一個出現的魔靈。從便利商店走出來的劉宜雯，手中拎著燒肉粽。在魔靈的環視下，不屑於「吐訴心願，美夢成真」的權利，直直地往公車站牌前進。然而，當她路過一個巷口，不經意地看到……。

樂逍遙賓館——看板下方還凸出一方圖案，畫著一個女人翹起大腿地坐在高腳杯裡。數十粒跳跳燈，繞著那個女人，以及五個大字做永不終止的追逐。那是夜台北最常見的角落，但是當有群人駐腳在那裡喧嚷，事情就有些不尋常。尤其是有「死人……命案……好多警察」等字眼零碎碎地隨風飄來，好奇的觸鬚立即從劉宜雯的頭角豎起來。

她奮力地擠進去，問清出事的地點在三樓，卻被維持秩序的警察擋住。無法可施，只好說出表哥陳警官的名字，然而對方卻不買帳。正在你說我講、爭議不休之間，幸好有位熟人剛好下樓來，才讓她進入發生命案的現場。

劉宜雯看見宋組長和法醫正在檢視屍體，或許沒發現有女性在場，所以談話內容十分露骨。

「全身上下有些輕傷，可能有一番激烈的性交。」

「強暴殺人？」

「還不能確定。」法醫檢視死者的瞳孔，說：「有一點能確定，不是外傷致死。我想解剖之後，才能確定真正死因。」

「在這種地方發生命案，死者生前發生性交，沒有明顯的外傷，也沒掙扎的痕跡。會不會是服用興奮劑過量致死，以至於男方倉卒逃跑呢？」

「外表看起來是如此。」法醫撥開死者散亂的長髮，指著脖子上面有勒痕，說：「你看這裡，或許這就是致死原因。」

「從瞳孔、鼻孔、面部表情，我懷疑是不是女方因為窒息式性愛而致死。聽說這種性愛，利用人體在缺氧、窒息的瞬間，局部器官的高度收縮，而使自己或對方從中得到快感。」

「不愧是大名鼎鼎的宋組長，憑一些跡象就可以推定，而且八九不離十。我看，驗屍的工作由你一手包辦，不但節省人力，連試劑、儀器等設備費用都可省卻。」

宋組長正要回嘴，看見劉宜雯站在門口。

「劉小姐，陳皓還沒來？妳就先來，真是『好鼻師』！如果他有妳一半就好了！」

「沒有啦！我剛好路過。」

劉宜雯想靠過去時，宋組長做了個「謝絕」的手勢，法醫則將床單輕輕拉起，覆住一絲不掛的屍體。有名年紀可以當劉宜雯父親的警官走過來，打開筆記簿，恭敬地向宋組長報告。

「她叫小戀，是個到處吊凱子，騙吃騙喝的落翅仔。據賓館的人表示，晚飯時間，她和一名男子來開房間。那男子似乎不太好意思，側著臉站在門口，所有的事情皆由小戀出面。所以很遺憾的，涉嫌男子的面孔無法有詳盡描寫，倒是身材和服裝已被列入記錄。」

「有沒有什麼可疑的物品留在現場？」宋組長一邊對那名警官發問，一邊又對劉宜雯做了個「送客」的手勢，她雖然不願意，但還是乖乖配合。

鑑識人員因法醫要求，對遺體拍照存證時，劉宜雯藉機偷看一下——還在微笑的五官讓宜雯想到溪底的石塊，白膩的肌膚，彷彿凝固的豬油，那艷紅色的嘴唇，是浮在水面打繞的花瓣。收起視線，劉宜雯感到一小塊冰從脊椎的上端滑下，因為她嗅到一股似有還無的香氣。

劉宜雯利用宋組長和眾人不注意之際，靠近遺體再做了幾次深呼吸。她確定那股香氣之後，趕忙告訴法醫。但是，不認識劉宜雯的法醫卻沒什麼反應，還給她擺了一個臭臉。這個時候，陳警官和葉威廉連袂出現。

「宜雯，妳怎麼也在這裡？」

「以後再告訴你。」劉宜雯不理陳警官，拉著葉威廉的衣袖，說：「趁著屍體尚未被運走，你能不能確定有種香味？」

「類似柑橘的香味嗎？」葉威廉認為那是空氣清香劑。

「不是，有點類似麝香，也不是單純的麝香，彷彿還有琥珀的味道。唉！怎麼形容呢？怎麼這裡的人都鼻塞了呢？」劉宜雯急急跺腳，拉著葉威廉往屋外的太平梯走去。

「我……」

不明究裡的葉威廉，戀戀不捨地頻頻回首命案現場。當他看到死者的遺容，不知道為什麼想起了那個「台北怨男」褚介德。不，應該說是他的妻子樓綉羿的面孔。不，應該說是她的裸照中的表情。

「迷濛的星眸、半啟的櫻唇，滿臉的春情，令人懷疑是否是嗑了藥之後的表情反應。」是當時葉威廉的想法，如今可以翻版在眼前的這具少女豔屍的面孔上面。

劉宜雯不管三七二十一，一面用力推著葉威廉，一面大聲嚷嚷：「你又不是行動派的偵探，何必擠在現場湊熱鬧。總之，表哥蒐集各種資料，然後你就可以坐在安樂椅上，揮灑你那無與倫比的想像力，順著推理衛星軌道，破解兇手佈下的天羅地網。」

「唉！我知道妳獨具慧眼，請開門見山地說吧！」

「你還記得那件事嗎？」劉宜雯試著用正經八百的口氣道出，然而無法控制的紅潮，在不很明亮的燈下，悄悄地在臉頰漫開。

葉威廉點點頭，再次凝眸，劉宜雯益發「可人」——他借用陳警官讚美女作家的字眼。關於女人，葉威廉覺得必須向陳警官多加學習。腦筋轉過來時，才發現兩人正定格在微微發窘的沉默之中。

「喔！不是這樣……我想要和你討論，關於我們……你不要這樣看著我。好吧！讓我告訴你，我會主動吻你，是因為某種原因……總之，當時我並不明白到底是什麼原因，但現在我找到了，而且可能和這宗命案有關。」

「妳在說什麼？」

「我知道我的陳述雜亂無章，然而卻是有憑有據。」劉宜雯漸漸冷靜下來，說：「當我吻你的時候，有聞到一股香味，就是剛才所形容的那種香氣，也就是我深信在死者身上聞到的……」

「我記得那時候發生爆炸，有玫瑰香油的……可是……可是沒有如妳形容的那種氣味。而且，我剛才真的沒有聞到死者身上有散發出任何異味。關於這一點，法醫可以證明，而且滿屋子都是訓練有素的刑警，難道他們也沒發現嗎？」葉威廉看見劉宜雯垂首皺眉，安慰地說：「說不定妳是天賦異稟。」

「說不定是這樣，不過……」

劉宜雯從皮包取出筆記本，再從筆記本翻出一張玻璃噴霧器的照片。葉威廉仔細一看綠色玻璃瓶，瓶蓋好像一朵盛開的百合花。除了多一個噴霧器，其餘的樣子和他在喬景緯辦公室看見的香水瓶並無兩樣。

「宜雯，妳從那裡弄來這東西？」

「看你的樣子，似乎使用過。」

葉威廉沒有注意劉宜雯的弦外之音，接過來說：「這標籤是我設計的，春之氣息和底下的詩句也是我寫的呀！不要那麼吃驚，我在夢儂香水公司工作，妳又不是不知道。」

「可是……這是催情香水……難道你不知內情？」說到這裡劉宜雯刻意誇張地露出失望的表情。

葉威廉直覺其中必有詐，於是隨口說道：「別亂開玩笑。」

劉宜雯為了保護王墨茗的隱私，便謊稱她曾經多次在J雜誌的「鳳凰夫人信箱」收到女性讀者被迷姦的個案，其中最令人匪夷所思的是其中一封投書。

「依據那一位女讀者的講法：那是種混合著春情和迷幻的藥，會讓女人產生激情的遐思。行房的時候，到底發生了甚麼事情，事後完全不知道。後來那位女讀者假裝愛上那個男的，逼著對方實話實說，他死不承認。經過仔細搜查，找出這個可疑的噴霧器。然後拍了照片寄給我，我們相約見面，然後她就交給我這個香水噴霧瓶。我曾經和表哥討論過，然而那位女讀者可能事後後悔，還是別有隱情，遲遲不肯報案。既然無法立案，我們也束手無策。」

劉宜雯接著說：「這瓶內殘留的香水味，就是方才我在死者身上邊嗅到的一樣。那一天，我假借送稿子給你，其實想去和你討論。不巧貴公司的化學實驗室發生爆炸，隨風飄過來的氣體，才讓我失去理智地強吻你。」

葉威廉回想當劉宜雯吻他的時候，低聲呼喊「皓皓表哥」。誠如自己不自覺地呼喊……陳警官後來不是也問自己誰是「莎林娜」嗎？

「我還以為自己魅力無窮，原來是這樣。」葉威廉自我奚落一番之後，為了不增加劉宜雯的尷尬，同時想早些知道事情的原委，就說：「可是，我真的嗅不出什麼味道。」

劉宜雯看見走來走去的人，就問：「難道會有那種只有女人聞得到，男人嗅不出來的香水嗎？要不要去找個女警問問？」

「啊！」葉威廉聯想到夢儂香水公司不也是清一色的男人，于小姐是男版祝英台、花木蘭，拍拍腦袋瓜，叫道：「被妳一提示，我立刻就想起來。記得我在譯寫說明書時，曾翻譯到某些參考資料。有種在香水製造過程中，十分重要的定味液，品名叫Exaltolide。分子式是$C_{15}H_{28}O_2$，化學名好像是Cyclopentadecanolide或是Oxacyclohexadecan什麼的，是種濃重的油狀液體，具有妳所形容的麝香和琥珀的味道。不錯，而且依據台大醫學院劉華茂教授所編著的生理學記載。男人和割過卵巢的女人是無分辨出這種香料的味道。」

葉威廉覺得不是賣弄知識的時刻，趕緊說著：「宜雯，快去告訴妳表哥，設法找到夢儂香水公司的實驗室主任黃桂權，尤其是機場、港口，或是不法之徒偷渡的地點。」

「你要去哪裡？」劉宜雯關心地問。

「我去找喬景緯。」丟下劉宜雯的葉威廉就像靈感泉湧的作家，急於尋找稿紙和筆似的，匆匆地奔向大馬路。

葉威廉望著滿街「宋江陣」似的人潮，紛亂的燈火也變成了凍結在夜色中的煙火，驟然感覺自己根本不知道喬景緯人在何方。他既不知道他的地址，也沒有聯絡電話。回頭再看看那間被死亡天使光顧過的賓館，想起一條終南捷徑——找于小姐。但是，他沒有于小姐的聯絡電話，只好就近找了公共電話亭，最後在厚厚的電話簿中找到了于小姐的住家電話。

「你好，我是威廉。我？是的！一個人在街上逛。為什麼不找個伴？唉！我不是告訴過妳嗎？沒有女孩子會喜歡我這種性情孤僻，不解風情……」

擔心銅板不夠用的葉威廉，用嚴肅的語氣，說：「對不起！于小姐，這些事以後再談，好嗎？目前有件非常重要的事，需要你幫忙。務必聽清楚，也務必要替我辦成。那就是——不論用什麼方法，聯絡上喬景緯！告訴他，春之氣息闖大禍了。拜託！于小姐，請你不要插嘴。同時告訴他，我在『愛你三百年』卡拉ＯＫ等他。」

葉威廉走入「愛你三百年」，飄過來的是一首日本演歌「山茶花之宿」。正在演唱的中年男士，可能在情感之路，走的並不平穩，所以歌聲聽起來很無奈、很蒼涼。

「葉先生，那位先生在等你。」女作家走過來致「歡迎詞」之後，就指指最裡面的一張桌子。

「謝謝。」葉威廉沒想到喬景緯的動作如此迅速，心中更加篤定，連忙朝他走去。乾淨的菸灰缸裡已經躺著兩截菸蒂，第三截則因葉威廉的來臨，而被喬景緯放進去。

「喬總裁，我向您報告一件事……」葉威廉說出有女讀者投書J雜誌的事。

「就為了件事把我叫出來？」喬景緯語氣有濃濃的不以為然，說：「你認為夢儂公司會製造催情香水？單憑一封讀者投書？」

葉威廉接著說出發生在「樂逍遙賓館」的少女命案。

「有這種事？現場是否留有噴霧器，或是什麼線索來證明和夢儂公司的產品有關？」

「我不清楚！我知道的線索是唯有女性才能嗅出來的香味。」葉威廉不想多費唇舌去解釋為何如此，因為喬景緯必定了然於心。

「不法商人利用夢儂公司的空容器充填催情香水，該死！竟然還發生了死亡事件。」喬景緯避重就輕地解釋。

「我們可以從出貨報表追蹤。也許要花些時間和力氣，不過為了公司的名譽，還是值得。對了，還有一個辦法。」

「什麼辦法？」

「報警。」

喬景緯露出被人「擺了一道」的表情，陷入沉思。過了幾分鐘後，說：「事到如今，我也不想隱瞞，夢儂香水公司私底下的確有製造類似作用的香水。但是絕對不像那個讀者所說的那麼誇張，而且我們只是在少量試製的階段，絕對沒有外流。」

「會不會是黃桂權主任……」

喬景緯打斷葉威廉，說：「他負責製造，不過是我下的命令，配方也是我提供。黃桂權研發製造出來的產品都有文獻依據，而且經過精密計算。雖然沒有經過人體試驗，但是在動物試驗上是絕對沒有問題。或許對人體多多少少會有影響。但是，絕對不會危害到生命，那個少女之死可能別有原因。」

葉威廉心想喬景緯不會輕易妥協，不過這不是他的最終目的。

「李志高知不知道此事？」

喬景緯楞了一下，說：「我怎麼會知道？總之，謝謝你，威廉。能夠事前通知我，讓我有所準備，公司的損失可以降到最低。當然啦！我不是個逃避責任的人，事情將會做最圓滿和妥善的處理。」

「你要走了嗎？」

「還有事嗎？」

「沒有！我只是想搭你的便車。」

「沒問題，我們走吧！」喬景緯搶著付錢，葉威廉則和女作家話別。

喬景緯經理的車子是藍灰色的ＢＭＷ，「愛你三百年」以及附近的燈光投映在車身上，形成一幅具有夢幻色彩的抽象畫。

「要去哪裡？」喬景緯啟動車子，同時扭開音響。

「中平路二段，靠橋口那邊。」葉威廉在車子往前邁進時，注意一下腕錶上的時間，好像不經意似地觀賞車窗外夜景，然後冷不防地發問：「你有沒有把Misty系列的香水樣品送給他人？」

「沒有！我保留的那一份仍放在展示架上。」

葉威廉預期喬景緯會說出李志高的名字，結果並沒有。

「難道沒有其他的，例如實驗室製造出來的樣品，據我所知研發出來的新產品規格更好、品質更佳。」

「這是黃桂權的研究，我無權干涉。」

葉威廉不想指出對方說法前後不一，又說：「據說黃主任大量申請『挪威當歸』等級的Exaltolide，所以實驗室的成品或半成品應該數量可觀，是否被有心人士從事不當的買賣行為。」

喬景緯表示明天立刻查辦。

「兩個年輕女孩死了，一個死於瓦斯中毒，一個死於藥物中毒。前者的閨房留有Misty系列的香水樣品，後者身上有只有女性才聞得出來的香水味，也就是Misty系列香水的特徵。喬總裁，您能不能告訴我最有可能的人是誰？」葉威廉在樂逍遙賓館只是蜻蜓點水的逗留，所以並不知道落翅仔小戀的真正死因，只是單從劉宜雯的隻字片語推測。

「葉威廉，雖然是私人談話，但我不能亂講，萬一被你運用到法庭上，可能會連累無辜。」

葉威廉笑笑地點點頭，說：「那麼……談談第一個犧牲者童怡蔚，怎麼樣？」

「我不認識那個女人。哦！你的目的地快到了，告訴我詳細的地址吧！」

「不用，我就在這裡下車。」葉威廉離開喬景緯的車之前，再度看腕錶。過了十二點的台北街頭，竟然起了淡淡的霧，不是London Ivy，倒有些溫泉鄉的哀愁。葉威廉雙手抱在胸前，仰望著不遠處的金玫瑰大廈。

葉威廉突然又想起一件事情，於是再打一通電話給于小姐。他問夢儂香水公司的客戶名單是否有「顧乙桐」或是他的模特兒經紀公司？葉威廉認為如果有的話，或許能夠解開當時參加「台北怨男」褚介德命案，至今未解的迷惑。辦案過程中，警方證實了死者是自殺。但是有關死者之妻樓綉羿的裸照，葉威廉認為還是有未解之謎，只因為警方認為和案情無關，所以沒有更深入的調查。不過，陳警官私下表示表示，他會繼續調查，難道……？

葉威廉醒來時，已經快中午了。望著沒上發條的鬧鐘，才憶起昨晚曾口頭上向喬景緯辭職。鬧鐘的滴答聲在夢中引誘他，重回到小時候住的日式平房，媽媽踩著縫紉機，白色的布料垂下來，透出溫柔的光。而小小葉威廉呢？他穿著襪子在光潔的木廊上，玩著滑水的遊戲，一不小心……葉威廉不知不覺摸摸自己的頭，好似真的跌了一跤。不過那隻手只掠過髮稍，就落在擾人清夢的電話上。

「你好，這裡是葉氏翻譯社。」

「是我，宜雯。向您請安，同時報告一些您會感到很『面白』的事情。但是，如果先說結論再說過程，不知會不會扼殺您轉動思考齒輪的歡愉呢？」

「我不在乎，請快說吧！」

「誠如你的推理，兇手就是黃桂權，也就是夢儂香水公司研發部主任。」

「是他？我並沒有說他是兇手，我只是……算了！妳是指殺死童怡蔚，還是小戀的兇手？」

「兩者皆是。聽你的聲調似乎沒什麼驚嘆號。他的動機聽起來有些令人髮指，但那些瘋狂的科學家有時候真是莫名奇妙。」

「他自己投案的嗎？」

「不！他還沒落網。李志高出面檢舉，目前警方正全面通緝。」宜雯似乎受到葉威廉的影響，情緒沒有幾分鐘前的興奮，又說：「昨晚你走了之後，我回到現場，將你交代的事告訴表哥。他立刻通知法醫，要他盡可能地採集呼吸道上的分泌物，和我手中香水瓶所留的殘液做比較。另外，辦案方向進一步調查童怡蔚和夢儂香水公司的關係。」

「妳怎麼會有香水樣本呢？」葉威廉發問之後，才猛然想起劉宜雯曾經跟他提起過。如今更能夠篤定喬景維私下販賣催情香水，立刻補充說明：「妳是從那位投書的讀者手中取得的吧？化驗結果呢？」

「初步檢驗是一致。」

葉威廉想想之後，問道：「李志高有何證據？能夠檢舉黃桂權是兇手，而且是兩條人命。」

「李志高知道自己被列為殺害童怡蔚的兇嫌時，立刻主動投案說明。他有非常明確的不在場證明。回家之後，聽到樂先生說起你和表哥到童怡蔚房間的情形，他心中就有譜。因為黃桂權曾經借住過他的房間，或許還私自複製了他的鑰匙。他還聽說，你和表哥在童怡蔚的化粧檯上，發現Misty系列的香水樣品。他今早回公司調查，黃桂權的兩份少了一份。沒想到表哥竟然解破了密室殺人之謎，只是凶手不是李志高，而是黃桂權。」

「可是，陳皓如何證明兇手，算了，不管是誰，是在李志高家的陽台，用繩索打開死者家瓦斯爐的開關呢？」

「這你就請表哥親自為你說明。」

葉威廉換了另一個話題，說：「那些香水樣品是可以乾坤大挪移的，所以算不上鐵證。然而李志高的一面之詞，倒激發了我一些想像力。首先，我想問：他為什麼那樣熱心，為什麼等到警方發現催情香水製造來源時，才說出兇手就是黃桂權呢？」

「難道黃桂權被栽贓？」

葉威廉跳下床，走向傳真機前，收信匣放了幾張陳警官傳來的信紙。陽光緩緩地加強，連帶地使窗檯上的的盆景益發蔥綠起來。尤其是在風中搖擺的青藤，將濡亮的生命汁液激情地奔流。微妙的緊張感在靜室裡浮動，葉威廉的眼睛就像那幾粒圓潤地膨脹，卻不知何時炸開來的花蕾。

「威廉兄，你在思考嗎？為什麼越說越小聲呢？」

「我看到我家的盆栽，忽然想到童怡蔚家的盆栽。關於黃桂權是不是兇手，我有許多疑點。所以，我想再去夢儂香水公司一趟。」

「喔！看來我們的香水殺人事件有大逆轉喔！」

「對了！請跟妳的表哥說，我要他調查的事項，務必加緊腳步。我很遺憾，如果早先一步，那個少女也許會躲開那場浩劫。還有，我有件事情想要確認一下。」

「甚麼事情？」

「以後再說。」掛上電話，讀完陳警官傳來的訊息之後，進入浴室。

各種水聲響了約十幾分鐘之後，葉威廉步出浴室，屋子已經飄散著烤麵包的香氣。解決早午餐之後，從廚房傳來洗刷杯盤及水龍頭開到最大的水流聲。

葉威廉曾經站在童怡蔚臥室的穿衣鏡和梳妝鏡之間，探索案情。如今他在自家的鏡中，望著自己出現在玻璃窗上的倒影。臉部有些浮腫，額角的髮線似乎又往上挪了一些。感覺穿上一年前買的休閒褲，腰部很緊。側身看看，覺得必須開始減肥了。不過套上寬鬆的藍布襯衫，那些計畫還可再往後延一些時日。

捷運工程把台北的交通弄得柔腸寸斷，所以葉威廉開車到達夢儂香水公司時，已經過了三點一刻了。守衛還不知道他已經辭職，所以任他登堂入室。

葉威廉避開辦公室，選擇走逃生梯，在研發部實驗室的那一樓，推開太平門。原本如同大牢似的實驗室，這時門戶大開。放眼過去，喬景緯正指揮幾個技術人員忙著銷燬資料。他看到葉威廉，眉頭立刻上鎖，卻鎖不住雙眼透射出來的敵意。他顯然不願意讓「閒人」靠近，就主動走過來。

葉威廉敏感地嗅到越來越濃的敵意，在兩人之間捲起漩渦，所以小心翼翼地說：「聽說黃主任是殺人兇手。」

「你的消息滿靈通的嘛！」

「站在這裡說話，方便嗎？」

「那麼請到我的辦公室吧！」

依舊是滿眼溫馨的杏黃色調，直條狀百葉窗被拉上，所以那Paris Blue的天空無法自由地徘徊在窗口。葉威廉看看展示架上，已經看不到Misty系列的香水樣品，不過，他不在意。

「黃主任這麼一走，您所有的心血不就毀了嗎？」

「沒辦法！葉威廉，有話快說吧！公司發生了這種事，我可要全力以赴地去解決，所以時間非常寶貴。」

「我瞭解。」葉威廉露出抱歉的微笑，接著說：「喬總裁，你曾對我說，你不認識童怡蔚，是真的嗎？」

「我為什麼要騙你？」

可是昨晚，我假裝搭你便車，由「愛你三百年」到金玫瑰大廈，如果不是對那附近瞭如指掌的，不可能走那麼多捷徑，所花的時間也只是一般人的三分之二。你知道嗎？喬總裁，我和朋友從金玫瑰大廈到「愛你三百年」要花半個小時，而且路況幾乎相同——這段話只是在葉威廉的心中起伏，並未出口。因為沒有意義。

「警方找到了一些資料。」

「你是指Misty系列香水樣品嗎？」

葉威廉覺得機不可失，趕忙接著問：「你怎麼知道童怡蔚有那些香水樣品？」

「是……李志高告訴我的！他是童怡蔚的鄰居，他從他們管理委員會的主委樂先生口中得知。樂先生帶警察去童怡蔚的住所，提到香水的事情，還有李志高在夢儂公司上班。」喬景緯不慌不忙地回答。

喬景緯掉入葉威廉佈下的第一個陷阱，接下來是第二個。他問：「他有告訴你嗎？什麼時候？在他檢舉黃桂權主任是兇手之前嗎？」

「你是警察嗎？」喬景緯有了警戒心，那張倒三角臉，看起來格外尖銳，聲音也一樣。他說：「好了！你可以走了！我自己的事，自己會處理。」

「你不敢告訴我，李志高什麼時候告訴你，對不對？讓我來做個假設吧！你和童怡蔚有某種過節，而不得不殺死她。你在李志高的住屋陽台，用繩索遙控打開瓦斯爐開關，是為了想嫁禍李志高。窗戶的空隙和線性痕跡，的確讓辦案人員誤以為是兇手是李志高。我聽說李志高的房子是你替他找的，自然有房子的鑰匙。但是，你遺留下兩個嚴重的破綻。第一個破綻，李志高有完美的不在場證明，因為這個緣故，你才進行第二宗的謀殺。第二個破綻，我就先賣個關子。我認為你就是金玫瑰大廈管理員口中的神祕訪客。」

喬景緯面不改色，但是呼吸開始有些混濁。

「案發當天傍晚，金玫瑰大廈守衛注意一名神祕訪客。他到了十一樓，可是排除童小姐，其他三戶都否認有類似的神祕訪客。不久童小姐外出買晚餐，我猜一定是那名神祕訪客刻意要求，以便趁這空檔，完成他的死亡裝置。然後讓童小姐服下安眠藥，設計好的『勒殺圈』依照時間慢慢打開瓦斯的總開關，你委託的死亡使者就慢慢現形。」

「勒殺圈？」

「一種很早就被禁止的捕獸器，設計成重物掉落就收緊的圈套。這點，我很佩服你，設計剛好相反，你利用（記憶性金屬），高溫做成圈圈，把總開關的把柄和瓦斯管圈住。當溫度慢慢下降，記憶性金屬因慢慢恢復原狀，總開關的把柄和瓦斯管鬆開，於是將原本和瓦斯管成直角的總開關扭成平行，瓦斯就通過開啟的總開關，然後迅速從預先打開的瓦斯爐噴洩出來。換句話說，你先在關閉的總開關裝上『勒殺圈』之後，再偷偷打開瓦斯爐的開關。」

關於葉威廉有此推理，首先的靈感是來自在「愛你三百年」ＫＴＶ。小女孩在玩不倒翁，一種類似「恢復原狀」的概念。後來又看到喬景緯在捏「紓壓球」，捏到變形還是會慢慢「恢復原狀」。直到他看見那團被于小姐揉成一團、黃桂權申請的原料訂購單慢慢鬆開，最後彷彿變成一朵半開的蓮花才給了他完整的結論。

「哈哈，太好笑了！」喬景緯的大眼小嘴因為假笑而變成小眼大嘴。

「我記得你曾經跟我說：你曾經在專門製造胸罩的知名企業擔任要職。該企業所製造的胸罩因為首先運用記憶金屬線圈而名噪一時，並且創下史無前例的輝煌銷售業績。案發當日下午，你戴上假髮、墨鏡和口罩的裝扮雖然掩飾了本來的面目。但是你手提印著ＪＫ的行李箱，卻暴露了你的身分。」

喬景緯的招風耳開始塌陷，額頭開始出汗。

「那個印著ＪＫ的行李箱其實不是行李箱，而是Jason Knight科技公司出產的手提式恆溫箱，專門為貴重金屬保溫而設計。警方已經去調查，他們應該會找出是誰借用。至於鬆開的『勒殺圈』自動彈開，掉落到樓下的防火巷。我已經請警察到那邊調查，那段時間是否有可疑人士在附近逗留。結果，證實的確有一個穿大衣、戴著墨鏡和口罩的長髮男子。」

喬景緯的鼻孔因為緊張而一張一合，似乎在猜想葉威廉的身分。

「至於你留下的第二個破綻，就是當時的我，發現了一個倒向左方的醬油瓶，右邊的窗戶留有空隙，讓我識破你的詭計。為什麼呢？因為如果按照12樓B的陽台，透過11樓B的窗戶所留下的線性痕跡，醬油瓶應該倒向右方。不過我不知道那是不是你刻意擺放，結果弄錯方向？還是無意中被風吹倒，如果是後者，那就是老天給我的一個啟示。」

「胡說八道……亂七八糟……」喬景緯的五官已經扭成一團。

「我以上所說的是你行兇的過程，但是我更好奇你殺死童小姐的動機。我曾經參與一宗命案的調查。警方的犯罪心理顧問曾經針對嫌犯的背景和人格做出分析。我發現你和那個嫌犯同樣都是理智型的高等知識分子，都有良好的社會地位，不可能感情用事殺人。犯罪心理顧問認為那個兇嫌可能有不為人知的黑暗面，不過偏重於金錢和財勢，他的成功是來自不擇手段和損人利己。」

喬景緯似乎被葉威廉的敘述吸引，表情逐漸恢復正常。

「我當時覺得很有意思！現在覺得更有有意思！如果你殺死童小姐的動機不是為了感情，那麼一定是為了利益或是她阻礙了你或是你有甚麼把柄被她握在手中。以你的聰明靈活，不管是利益受損或把柄落在他人手裡，必定能夠輕鬆解套、迎刃而解。所以我猜想主因是：她的存在已經造成你的困擾，而且既定事實，無法改變。我現在就引用那位犯罪心理顧問所說的話來猜測你行兇的動機。」

喬景緯聳聳肩，嘴唇動了一動，似乎在說：「說來聽聽看吧！」

「你可能不知道我和童小姐和黃主任都有一面之緣，黃主任曾經是貝牧里服飾公司的廠長，童小姐的現職是該公司的總機小姐。從時間判斷，你和黃主任合作有一段時間了，後來才認識童小姐。你說過：黃主任負責製造，不過是你下的命令，配方也是你提供。黃主任明知道違法製造催情香水，但是為何聽命於你？理由很多，你心裡有數。但是你認識童小姐之後，她告訴你一個祕密，有關貝牧里服飾公司的內部機密。」

「你怎麼會……」

「貝牧里服飾公司高層證實工廠的鍋爐爆炸，造成一名工程師慘死，乃是當時擔任廠長的黃桂權的人為疏失。貝牧里服飾公司的負責人權衡利害得失之後，偽造爆炸調查報告，順便把黃桂權掃地出門，並吞掉他的所有股權。」葉威廉依照陳警官的調查經過，笑著說：「童小姐是總機小姐，她有機會知道這些內幕，不是嗎？」

喬景緯努力地想反駁，不過卻說不出完整的句子。他起身去拉開百葉窗，因為他實在不喜歡陽光被隔成一條一條的，彷彿是永遠不得超生的鐵窗。

「你本來想嫁禍李志高，結果無法得逞，只好轉移目標，佈下第二個命案。為了加深黃桂權是製造催命香水的元兇，你害死了那名從街上誘拐而來的可憐少女，然後留下催情香水。黃桂權被嚇到了，他在貝牧里服飾公司工廠的鍋爐爆炸，因自己的疏忽造成一名工程師慘死，已經毀了他的大半輩子。誰知道。他製造出來的香水又間接地奪走一條年輕無辜的生命。徬徨茫然的他只能聽從你的建議，逃往國外，而你假惺惺地提供金錢和路線。」

葉威廉繼續說：「假如兇手是你，從證據判定，一定就是你。」葉威廉平心靜氣地說：「我們在『愛你三百年』KTV時，當我提到發生在「樂逍遙賓館」的少女命案。你振振有詞地問我：『有這種事？現場是否留有噴霧器，或是什麼線索來證明和夢儂公司的產品有關？』我很納悶，你怎麼會知道是『噴霧器』呢？如果你只提到香水，或許還說得過去。所以你一定去過命案現場。至於你去金玫瑰大廈的打扮和出現在樂逍遙賓館幾乎一模一樣，還有……。」

此時葉威廉的行動電話響起，陳警官來電說明警方已經成功攔住正欲偷渡出境的黃桂權，他已經在往夢儂香水公司的路上了。聽完之後，看到兩則留言。他先看于小姐的：夢儂香水公司的重要客戶名單的確有「顧乙桐」，訂購的香水沒有名稱，只有商品代號。這樣就夠了！「顧乙桐」顯然是向夢儂香水公司訂購催情香水，迷倒不知情的女子，拍下女性裸照，還有因為催情作用而流露出的表情，藉此勒索金錢或要脅當血汗模特兒。葉威廉這下子又替陳警官解決了「台北怨男」的案外案。

另一則留言來自J雜誌的專任書評黃先生告，因為葉威廉曾經找他確認一件事情。他寫著：當時夢儂香水公司徵求精通英、法文翻譯人才其實是劉宜雯告訴我，然後要我轉告你，建議你去應徵。

其實那一件事情已經不需要確認了，葉威廉回想在「樂逍遙賓館」的少女命案現場，劉宜雯曾經拿出一張玻璃噴霧器的照片。她從葉威廉口中確認是夢儂香水公司的產品時，然後對於葉威廉不知道那是催情香水，露出失望的表情。當時葉威廉只是直覺其中必有詐，但是還不知道原由。

葉威廉了然於心：劉宜雯得知夢儂香水公司違法製造催情香水，可是苦於沒有證據。於是利用他們徵人之便，把不知情的葉威廉推入夢儂香水公司，希望藉由他的觀察獲取情報。正要去跟葉威廉說明清楚的劉宜雯，不巧發生了爆炸事件，引發了「強吻」葉威廉。因為尷尬，於是刻意「迴避」一陣子。他們萬萬沒有想到，後來竟然連續發生了兩名無辜少女被殺的事件。

如今，葉威廉心有千千結，每一個結都是悔恨。

本作原載於《為愛犯罪的理由》（一九九三，大雅出版社）

【解說】蝶似黃鶴去，花猶自芬芳

文／葉桑

二〇一七年的春天，身為稽核員的我去頭城工作，回程在石碇休息站用餐。記得一隻手掌般大小的黑色蝴蝶一直在我身邊飛來飛去。我想莫非我是蝴蝶眼中是一朵美麗的花，一朵綻放文學芬芳的美麗的花。當時我手邊正拿著不多久之前才出版的葉威廉探案系列之一：《午後的克布藍士街》。

我年輕寫作寫上癮，然後生病了，文字癌末期。雖然其中二十年，病毒似乎都消失了，殊不知道了晚年，六十五歲那一年舊疾復發，如今擴散到靈魂深處。也許就是那縷縷殘存的氣息，沾染著死亡的美麗與芬芳，深深吸引著那一隻黑色的蝴蝶。後來因緣際會，每年繼續出書，共有《夜色滾滾而來》、《窗簾後的眼睛》、《浮雲千山》和《假如兇手是月亮》。

前年秋天，我約秀威的主編齊安和本土犯罪小說研究者紱銘吃飯，一起討論我的寫作計畫。紱銘提議我出偵探葉威廉的精選輯，我想想：這是個好點子，齊安也覺得不錯。然而當時我手邊的小說正寫到一半，所以雖然答應，卻遲遲不敢納入我的寫作計畫。因為我不想要單純地把原先的作品原封不動地再版，這對早期購買我小說的人太不公平了。雖然是舊作，但必需要注入新的生命。

去年六月寫完《假如兇手是月亮》，我立刻開始從我的早期出版的十三本書挑選適合的篇章，請人打字，然後我再修正、改寫，再以連環小說的方式呈現，讓讀者有耳目一新的感覺。

雖然敍銘提議我出偵探葉威廉的精選輯，但是我挑選出來的篇章卻是偏向有紀念意義，或許讀者在閱讀的過程中已有發現。例如〈玻璃鞋〉是我第一篇在推理雜誌發表的短篇。還有，〈流星的歸宿〉是我依照好友發生在一九八〇年的愛情故事寫的，然後在一九八二年發表於大華晚報，因而引起主編吳娟瑜的注意，於是介紹我到希代出書，算是我踏入文壇的入場券。後來結集出書，於一九九一年以《台北怨男》書名發行單行本。因此有標題上的年份與篇末發表年份不同的情況，特此說明。

我寫小說大部分出自天馬行空的想像，然而寫到後來，有時候會搞不清楚是真實？還是錯覺。回顧一頁一頁的情節建構於我的虛構創作，也出現在我真實的人生，這樣的故事，連我自己都怵目驚心。書寫一個相同，然而卻是虛幻的自己。是對影對話，還是自說自話？是心靈的對白，還是破碎的記憶、或是幻知和幻覺？我不知道。面對自我的寫作，天馬行空到幾乎人格分裂，寫到最後昏頭轉向，也搞不清楚自己是誰。往日的大喜大悲、千愁萬恨，如今回想起來已經平平淡淡的，沒甚麼大不了的事。如果真的刻骨銘心、沒齒難忘的話，就化成我小說中的一段對話、一段情節，一段但願讀者能夠了解和感受的希望和幸福。

我從小就愛看言情小說，言情小說的精髓就是堅持人生的真善美，不論主人翁歷盡多少辛酸苦楚，永遠存在不服輸、不氣餒、不退縮的信念。而且，最後一定是好人有好報，有情人終成眷屬。而我這個在紅塵中滾過千百回的老油條，早就體會怎樣努力加班也沒辦法年薪百萬，怎樣婢膝奴顏、費盡存唇舌也拿不到一張訂單，就算捧著金莎巧克力玫瑰在雨中淋到得肺炎，也不可能約到心目中的女神。但是我還是想寫，也許在文字的世界裡，我真的是非常堅持和努力，非常符合『言情小說』的精神。誰知道哪一天，我就寫出了一本『轟動武林、驚動萬教』的犯罪推理小說。

每當凌晨醒來，感謝美好一天的開始。整理好文稿，PO上臉書，然後繼續我的紅塵俗事。可能背上行囊出外工作、可能去菜市場買一片肉和幾莖青菜，可能去郵局領點年金、貼補家用。其餘的時間，我就認真地寫犯罪推理小說，寫到柔腸寸斷、血肉模糊時。算了、暫時擱置一旁，先寫別的吧！寫不出來，就抄寫別的文章，古詩也好、新詩也好，家樂福的宣傳單，歐盟法規的條文……寫著寫著，感覺就來了。有時候，翻翻字典，隨便找個字來造詞，無意中會想出人名、篇名或書名，甚至一大段故事情節。

一天過去，我還是依然在燈下，寫著一場場悲歡離合的人生。倦了，欲眠，於是跟著那些或哭或笑的人影在夢中繼續一幕接著一幕的愛恨情仇。睡夢有時候會悠然甦醒，再繼續沉沉睡去。有時候睡不著，午夜一個人，聽著一首又一首的歌，敲打著一個又一個的字……。因為古稀之年的我真的不知道還有多首時間可以寫，把握時間啊！一寸光陰一寸金。

如今，我每年還是都會去頭城工作，回程依舊總是在石碇休息站用餐。雖然那一隻黑色的蝴蝶從此杳如黃鶴、不見蹤影，不過，我想自己應該還是一朵美麗的花吧？一朵綻放文學芬芳的美麗的花吧！

第四部

第一章　路過天之涯（1960年）

氤氳迷離中，我不斷縮小……不斷縮小……。從遠遠的地方，伸過來一道長長的鐵軌。依稀中，巨龍般的火車正快速地，承載著一磊又一磊的煤炭，從飄著彷彿淚滴的細雨中，淒淒切切、切切淒淒地奔馳而來。泥漿色的天空，蒼茫的白霧。然後，一聲聲摧心裂肝的汽笛……噴出來的蒸氣，徐緩地彌漫在灰涼的台北午後，把原本就模糊的大屯山，撥弄得更遙不可及。

「喂！囝仔兄尔叫啥名？」本來悶悶在抽煙的司機，冷不防地冒出一句，把正在呆想的我嚇了一跳。我溫吞地答了之後，就從書包抽出國語課本來看，希望以這種動作來封住他繼續的發問。

不知從什麼時候開始，我變得非常不愛和人講話，尤其是陌生的大男人。也許是因為……因為爸爸做生意失敗，然後背了一大筆帳，逃到國外去。而媽媽卻又和爸爸的換帖兄弟——國平叔搞在一起。

過了好一陣，司機似乎覺得很沒趣，用力把煙按熄，不耐地說：「唉！愛擱等多久呢？拜託啦！囝仔兄！做好心啦，勞力尔去催尔阿娘快緊，好麼？卡慢轉去，吾頭家會講吾去駱駝。」說著說著，還把錶面往我的面前，晃了一晃，我沒看清指針，只聞到尼龍布製的錶帶，有一股類似穿久了膠鞋的腳丫子味道。

「請您等一下，運將。」我把課本塞入書包，推開貨車的門，小心翼翼地跳下來。

沒有家具的客聽，顯得既醜陋又空曠。眼前那磨石子地板，輝映著從玻璃窗射進來的光，好像一灘水，教人不敢踩過去。印著翠葉黃菊的壁紙因為搬動家具，部分已經斑駁捲落，然而靠牆角的幾朵，顯得異樣的鮮艷。那是我用粉蠟筆，加上去的顏色。當時還被媽媽打了手心。如今看來，心頭漾起一種說不出如何形容的酸意。樓梯口有一堆垃圾，宛如坍塌的金字塔。我走過去，蹲下來觀看，卻聽到媽媽和國平叔的對話，夾帶著清晰的回音，一梯一梯地下樓來。

國平叔是爸爸因政治事件流亡到日本時認識的朋友，後來經過他的幫忙，爸爸才能安然回台灣。

我記得小學三年級的一次校外教學，老師帶領我們全班去三峽清水祖師廟參觀，國平叔竟然是代表三峽當地的文化單位來接待我們。遠遠看見他，我正值羞澀靦腆的年紀，自然不會主動相認，反而故意當作不認識。他也裝著不認識我，只是眨眨眼、微微一笑。當時訝然於他一身親民打扮，脖子還圍了條毛巾，和熟悉的西裝筆挺、意氣風發地和爸爸討論黨政社經議題時迴然不同。

全班同學不吵不鬧，聆聽國平叔娓娓訴說。從一幅天命圖開始，前世為玉麒麟的畫家李梅樹，如何因為一張「梅字籤詩」而接下改建清水祖師廟的工程。為何除了傳統的龍柱、鳳柱之外，還有數不清的百鳥柱。因為怪力亂神，天馬行空，所以聽起來特別迷人。

後來，我又見到國平叔，只是見面的場合的次數少了他和爸爸，多了他和媽媽。那時候，我還不知道國平叔和媽媽的關係，只是不太喜歡這個常常來家裡作客的男人。

「秀荷。」國平叔輕喚著媽媽的名字，好像沾蜜的鳳梨糕。

「請尔用頭殼認真想，彼人罔顧情意，尔又何必為伊這樣目屎流，目屎滴。尔留目睭看，莫多久伊絕對寫信來求尔甲伊離緣，看出出啦！這款良心被狗咬去的無情男性。」

「話不是安呢講，一夜夫妻百日恩，只怨秀荷的命歹。將來的路途遙遠，只願望觀音菩薩保庇，咱母子兩人會當平安無事。願望健信好好讀冊，將來在社會上甲人走踏，亦有一番事業。」

「吾講尔這樣用心計較，到底是為什麼？囝仔郎有囝仔郎命，甘羅拜相只是人扮的歌仔戲，尔信甲耳殼垂垂。健信伊老爸一去，也不知何年何月才會回頭，難道尔攏莫為自己打算。」

垃圾堆的飛沙走石之間，有著義美的中秋月餅空盒，裏頭散亂著缺殘的象棋，少了將？還是少了卒。在寫完了的習字簿中，夾了一張怵目驚心的圖畫——右上角用黑色的粉蠟筆，粗粗地寫著「我的爸爸」四個大字，左下方有一個紅紅的乙，那個尾巴扯得好高，好像一節鞭子，甩在爸爸的面頰。爸爸的眼睛、鼻子，還有寬闊的嘴巴模糊不清了。於是，我便用自己的袖口去拂，然而卻了無用處。十二歲的我，又怎能瞭解模糊不清的是因為轉在眼眶中的淚水，還是歲月紛紛的落塵呢？

我正欲再探索被丟棄的往日時，國平叔的話聲又傳下來。他說：「尔既然決定轉回外家，吾亦不勉強。但是，咱的大事，吾一定有萬全的安排。」

「國平兄，叫阮如何是好哪？尒的千恩萬情，秀荷不是沒血沒目屎的木頭人。但是，寶花伊……。」

「原來尒是掛慮這項，寶花是明理的查某，吾想伊是不阻擋。當初我欲甲伊離緣，亦是尒苦勸落來。又夠再講，尒和寶花情同姐妹，相識以來就不曾寃家，尒講的道理，伊也愛聽。若是住的所在，用的毛件，吾必然料理得妥妥當當，分分明明，只是名分尒可能會卡克虧。不過，吾會在財產方面，多算一些給健信。」

聽到這裏，我便學那摸壁鬼，悄然無聲地扶欄拾階而上，只見國平叔和媽媽面對面地站在窗前，兩人之間是蒼茫翻滾的雲幕，好像有千百個人在那裏推擠。終於，有隻手破出來，然後是一張臉，清晰地纖毫畢露的爸爸的臉，我趕緊把自己蜷縮起來，捫護住心口，卻擋不了背部抽緊的淒寒。

「講到健信，記得彼一天……唉！伊對咱兩人所講的話，句句可比毒針，也不知什麼人在煽動。」

「這款年紀的囝仔，尚驚自己的老母被另的查甫搶去。咱兩人的來往莫愛乎伊知影，就妥當了！」

「彼個囝仔精得親像猴齊天，什麼毛件可以瞞過伊的目睭。有時陣，阮願望伊老爸會寫批講乎伊知。」

「這是不可能的代誌，那位查甫郎會對自己的細子講：阿爸莫法度照顧尒。尒去別人的厝睡，做別人的細子，反正如今演變成這落地步，尔就先轉回外家，住過一段時間，咱的代誌就擱再參商。總共一句話，希望尔明白吾對尔的深情。」

在國平叔的餘音下，響起了媽媽衰弱的泣聲，是透明的嗚咽，猶如斷斷續續的汽笛聲。

「秀荷，吾只有一個要求，擱乎吾摟尔，好莫？」

我再也挨不下去了，踮著腳尖奔向樓腳，踩過那堆垃圾，還有那張「我的爸爸」。站在大門口，多日不見的陽光突然暴露出來。恰似從魔術師的帽子中，紛紛現身的白鴿，在我的周遭飛來飛去。然而，幻想中的汽笛響起，魔幻火車駛過來，把我童年的城堡完全震碎。當那一剎間的陰影遠去時，我知道我曾擁有的某些東西，已經被輾成片片，跌落在黑暗的灰塵中。

以前台灣的煤源非常豐富，從一八七六年的第一座官礦之後，陸陸續續有了民間煤礦公司。邱氏家族煤礦便是在日治時代崛起，並為群龍之首。他們在台北縣的菁桐坑有個很大的礦場，爸爸負責管理礦工。記得很小、很小的時候，媽媽時常帶著我去住在煤礦場附近的招待所，和長年不在家的爸爸共享天倫之樂。

煤礦場的招待所的花園種植著各種植物，最多的是山茶花。外面周圍除了濃密的的樹林，整片山坡渲染著水彩般的青草和嬌豔的杜鵑花。記憶中滿山遍野、爭妍鬥豔的杜鵑花，繪染在我天真無邪的夢網。

後來國民黨來台，爸爸因為曾經參與二二八事件，被迫流亡海外。我感覺杜鵑花在一夜之間，化成春泥。山茶花雖然依舊高掛枝頭，然而也逐漸在迷霧中朦朧。彷彿依稀，我的靈魂只能孤獨地翱翔在芙蘿拉女神的花園，尋尋覓覓心中那一朵不知名的小花。

爸爸離台之後，媽媽和年幼的我依然住在延平北路邱家大院。

邱家大院是在日治時代蓋的，建築物是當時最流行的和洋式設計。外圍有寧靜優美的庭院，數不清花草樹木的魂魄在空氣中飄浮。甚至連住在裡面的人好像也是飄浮著，面對面時，沒有喜怒哀樂，只是一種無法描述的安穩沉靜，總會讓進門而來的客人，跳躍的心和疾行的腳步不知不覺地放慢下來。

當時媽媽協助身為一族之長的大伯掌理大院的一些雜事。所以我一天到晚總是看見她皺著眉頭，大聲呼叫她手下的娘子軍，不知道在忙些甚麼。破曉的第一聲，不是雞鳴鳥叫，而是媽媽的么喝。媽媽也是最晚睡的人，因為她不相信任何人，必須監督負責檢查門窗的人，還有燈光是否完全熄滅。

午睡是當時台北人的習慣，也是人們最享受的時刻。但是每當我和同學去淡水河邊玩水，或是到孔子廟捕蟬回來，眾人皆睡她獨醒，不是在記帳，就是在盤點倉庫裡的物品。總之，從來沒有看見她躺下來睡一下下，甚至坐下來休息幾分鐘。

大約經過兩、三年，爸爸經過國平叔等親友的幫忙，一身狼狽地回到台灣。不過回台的爸爸還是過著東藏西躲的日子，偶而回到延平北路的邱家大院和我們小聚一下。好不容易一家團圓，但是媽媽反而鬱鬱寡歡、愁眉苦臉。

親友間的閒言閒語，讓我隱隱約約感覺她和爸爸可能發生了甚麼事情，所以他們倆人不能和同學們的父母那樣吵吵鬧鬧、恩恩愛愛。然而不論如何，那是我有史以來最快樂的童年時光。

圓環是我們父子最常去的地方，點了些「黑白切（隨便切）」、「青菜煮（隨便煮）」，再來一瓶「海頭子（紅標米酒）」。爸爸點的菜，我都不喜歡吃，只吃什錦麵。每次麵端來，我就會算有沒有十種配料。什錦麵的台語是雜菜麵，念起來像是十菜麵。

爸爸喝得茫茫地，就開始講一些有的沒的，甚麼你要好好念書、要孝順你的母親、做一個有用的人。我覺得很煩，瞪著牆壁上的「寶田明和若尾文子」翻白眼。酒足飯飽，爸爸扶著我的肩膀，慢慢走回家。記憶中沒有銀色的月光，只有一盞又一盞忽明忽滅的路燈，還有一群圍繞燈光飛翔的蚊子。

某一天，爸爸失蹤了。不久，有小朋友告訴我，爸爸逃到國外去，因為欠人家很多、很多錢。愛面子的媽媽無法忍受眾人的冷嘲熱諷，帶著我回娘家。

多年、多年之後，我回到台北，路過民權西路，回想父子倆人既傷感、又美好的往日時光。圓環不見了，理直氣壯的不見了。好像才沒多久以前，我曾見過千瘡百孔的圓環，曾見過紅顏已老的圓環，曾見過燈火輝煌的圓環。我慢慢地走在夕陽下，背後的影子就像阿爸的餘蔭。猛然驚覺，發現從圓環走回延北路的故居。好漫長的一段路！當時父子倆人是怎麼走的啊？這麼一段讓人流淚的人生路。

放學囉！我從學校一路跑回家，跑到上氣接不了下氣。但是，踏入石檻，眼睛閃到外婆的側臉時，跳躍在胸腔裏的心臟，像白煮蛋似地在冷卻的開水中，緩慢地沈上去。她坐在太師椅，右手擱在八仙桌，錯愕地直視著外公的遺像。不遠處有幾莖種在陶盆之中的觀音棕竹，在昏暗的角落，更迭著不被人注意的春夏秋冬。

外婆轉頭看我，眼睛瞇了一下，或許是因為我從屋外，帶進來刺目的夕陽餘輝。她輕輕招手，說：「阿信，尓過來，阿嬤有話對尓講。」

我將書包置於鼓椅，然後坐到外婆身邊。從光淨的桌面，可以瞥見外婆的臉，像是沈浸在池水中的布袋蓮，抹去了喜怒哀樂，怡然地招搖著紫色的漣漪。我繼續去瞪那抹浮影，手指頭卻不安份地去刮桌邊的雕花——踩著祥雲的麒麟，吐著瑞氣的彩鳳，還有積蘊的細灰，像無盡無了的滄桑。

「啪！」我的手被拂掉了，緊跟著外婆的叱聲。

「彼隻手分明就是糞口蟲，莫一時定得，尓的指甲尖利利，萬一挖壞缺角，尓的死囝仔皮就愛繃卡緊。」她嘆了一聲，又說：「毛件甲人，人甲毛件攏有一定的緣份，就要愛惜喲，何況，這又是尓阿公的手尾，摸摸伊，親像感覺伊又活在世間……。」

外婆的聲音含有太多我不瞭解的幽忽，如同我不了解流亡在外的爸爸為什麼回來之後，再度離開我們。

我趕緊打斷了外婆的話，免得又要再聽一次這八仙桌的歷史——外公在日治時代是保正，曾經暗中救了個抗日份子。那個青年的父親是鹿港有名的木匠師，為了感恩圖報，特別到深山砍了一株數人合抱的烏心石，這種行為在當時是違法的。然後，精心製造了這張八仙桌，在外公四十歲生日那一天，千里迢迢地送過來。

除了那張八仙桌，我還知道台北邱家大院裡有一座古色古香的檜木衣櫃，媽媽的嫁妝，也是那位木匠師的傑作。可是美中不足，有些花紋似乎被破壞，有的圖案還被刻意掩蓋起來。

依據媽媽的回憶，台灣光復，國民黨來台接管。那時候時局混亂，滿街殘兵餘勇，常假借名義是否和日本人有關係，闖入民宅搜查，甚至搜刮財物。邱家在日治時代是望族，不但經營煤礦，更有多人在政府機關擔任要職，皆屬於文官，不但有官服、軍刀，優秀出眾的長輩還有天皇御賜的勳章和禮物。

身為一族最德高望重的祖母嚇死了，趕緊命令各房子孫燒毀或掩埋。除此之外，還有一些日本友人贈送的藝品字畫，以及日文書籍和價值不斐的和服。最讓祖母頭痛的是家中那些巨大的家具，上面除了梅蘭竹之外，還雕刻著一朵一朵的菊花，菊花可是日本皇室的象徵啊！而且大部分都是兒孫媳婦的嫁妝，只好連夜請木匠把連枝帶葉的菊花毀容，至於那些菊花的圖案，就做了木扣蓋住。沒多久，果然有軍人上門搜查。幸好全家沒有被為難，只是其中一個多看了爸爸身上那件〈Burberry〉的大衣一眼，祖母趕緊要爸爸脫下來送給他。

不知幾年之後的某一天，父母帶著我去南門市場買年菜，經過一條小巷。只見一個溫文儒雅、風度翩翩的中年人迎面而來。媽媽聲對爸爸說：就是那個人。爸爸點點頭、瞪著那個人，低聲罵了一句：阿山猴。

我說：「阿嬷，尔欲和吾講啥？莫，吾愛去寫習題，今仔日老師出的習題卡多。」

「哦！吾欲和尔講啥？稍等，乎吾想一也，嘖……啊！是啦！尔阿娘去台北，卡晚才會倒轉來，尔就過來阿嬷這畔吃飯。」

「……叫著吾，叫著吾，黃昏的故鄉不時地叫吾。叫吾這位苦命的身軀、流浪的郎、無厝的渡鳥……。」

不知誰家扭開了收音機，極大的聲量把文夏的歌聲，排山倒海地傾潑過來。不由得讓我想起搬離台北的那一天，也想起了那一張被遺棄的「我的爸爸」，我眨了眨眼睛，明知故問地：「吾阿娘去台北做啥？」

「尔講啥？吾聽莫啦！那位臭耳聾甲「拉日歐」（日語：收音機）開呀大聲……」

外婆愈講愈大聲，我走到她面前，咬牙切齒地說：「吾阿娘是不是跟人跑了？她是不是丟下我不管了？」

「……彼畔山，彼畔嶺……。」

「……叫著吾，叫著吾，黃昏的故鄉不時地在叫吾……。」

外婆將手掌托在耳朵向我貼過來，努力地喊：「尔講啥？尔講啥？」

這個時候，那個轉收音機的人似乎不滿意這首悲懷的歌，隨手轉來轉去。於是，一大堆雜音恰似傾斜不定的毒酸，流到那裏就傷蝕到那裏。

我衝出門口，往後山奔去，那一大堆雜音就像是被推入深深的谷底，而眼前的黃昏就整個空曠起來。

「尔阿娘去台北，卡晚才會倒轉來……。」

外婆的聲音在我耳邊裊繞，眼前浮現媽媽戴上她最喜歡的黑度紅的圓帽，穿著白底小紅圓點的one-piece。我想當她經過陳金蘭糕餅店時，一定會仰頭看看新店長老教會頂上的十字架，優雅地走向公路局，等待開往台北的午後班次車。

我不喜歡媽媽戴帽子，我喜歡她綁著頭巾。綁著頭巾的媽媽很像當時很轟動的電影「君在橋邊」的女主角岸惠子。但是國平叔認為媽媽綁頭巾很俗，戴帽子才高尚，也讓我再想起一些往事……。

當媽媽帶著我來外婆家住，雖然手頭寬裕，可是她還是會設法多賺些外快。大伯從年輕時就很喜歡喝茶，喝著、喝著，就喝出一口品茶的好功夫。因此很多人都會委託他買茶。他覺得這門生意可以做，建議母親去批些好茶，包裝之後，拿去給友人幫忙賣。

外婆家住新店，友人住在菁桐坑。茶莊的人會把整批茶葉送到家裡來，但是包裝好的茶葉可要我們自己送。媽媽為了省下運費，每當包裝完成，她背著大袋子、我背著小袋子，一起去送貨。新店公路局是起站，所以我們都有位子坐。到了景美，換車去烏塗窟，再換客運去菁桐坑。後兩車班班次很少，乘客很多，所以我們都被掩沒在人堆，菁桐坑是終點站還好，慢慢下車。烏塗窟是中間站，每次下車，總是要用力排開人牆。那情景很像戰爭影片中，難民逃亡的畫面。山區風大，尤其冬天。媽媽一下車，就會綁上頭巾。看著色彩鮮豔的頭巾在風中飛揚，我覺得媽媽好美、好美。

後來國平叔知道了，嚴厲阻止媽媽再去批發茶葉。談了幾次，媽媽妥協以後花錢請人運送茶葉。後來算算，沒甚麼利潤可圖。媽媽的茶葉貿易事業，還有我沒有酬勞的童工生涯就隨風而逝了。

衝出大廳，我在不知是往前，還是往後吹的風中，不斷地撮口發出咻咻的聲音，同時平伸雙臂做飛行狀……想像自己是飛出「魔鬼堡」的「黑鷹少年」。但是，到底要飛去那裏呢？先去解救被「怪物囚禁的公主」？還是先殺死「囚禁公主的怪物」呢？

山邊的蘆葦被風吹彈成一大床雪白而柔軟的棉被，外婆曾叮嚀我，有閒的時候去採幾束回來，晒乾後再做成掃帚。此時的蘆葦正如被烈火燃燒的城堡，而那個暴君似的落日，血淋淋地站在雲間狂笑……。

當我折下第七幾隻蘆葦時，突然有人叫我名字。回頭一望，玉歡正凝望著我，眼神訝異地問：「邱健信，你跑來這裡做甚麼？還有……你為什麼哭了？有人欺負你嗎？」

我趕緊把頭別開，不讓她看見我的眼睛，大聲地說：「妳不要管我，妳先回去吧！外婆和舅媽在家裡等妳吃飯。」

「邱健信……。」

「妳不要過來，妳不要管我。」

「邱健信，你不要這樣子嘛！我回家的時候，正好看見你衝出來，媽媽問外婆發生了甚麼事，她說她也不知道。於是我跟著你過來，你跑好快，我根本跟不上。你哭了，是不是姑姑一個人去台北，沒帶你去，你不高興。」

「才不是！」我狠狠地又折下一隻蘆葦。

「我媽媽猜得不錯，你正難過得一個人躲起來哭泣。不過我要告訴你，天下沒有一個做媽的，會丟下自己親生的小孩不管，一個人……或者和另一個男人遠走高飛，我媽媽不是那種人，所以我想姑姑也不是那種人，是不是？邱健信。」玉歡說著說著，手臂就往我的肩膀圍過來。

我轉過身來推開她，口不擇言地罵著：「要妳管，王八蛋、臭雞蛋……。」

玉歡蹬、蹬、蹬地倒退了兩、三步，彷彿不明瞭我為什麼這樣憤怒。我擦掉了留在臉上的淚痕，同時警告自己不許再哭——不能被舅媽說風涼話，不能被外婆罵「愛哭神」，更不能被玉歡羞羞臉。可是，我的心口好痛，彷彿塞了許多亂七八糟的東西，如果不挖出來的話，我會瘋掉。樹林的上方，正紅滾滾地煎熬著一大堆亂雲，夕陽不知躲到那裏去了，只剩下幾道橫七豎八的浮光，到處掠影。

我頭也不回地往蘆葦深處跑去。

「邱健信，你要去哪裡？」

「要妳管！」我本來想加上「管家婆」三個字，可是不知怎麼搞的，就是說不出來，畢竟她是我同歲數的表妹呀！

我在台北的時候，親戚之間總不習慣把平輩，用國語連名帶姓地叫出來。可是如今住在外婆家，當小學老師的舅媽，對於晚輩一向強勢和嚴厲。玉歡繼承了她的行事風格，對同學口氣之咄咄逼人，更是青出於藍。

玉歡顯然被我激怒了，小小的身體忽然像飯匙倩……哦！不，我不該有這種惡毒的形容……像生氣的燈籠魚般鼓脹起來，然後迅速伸出手來抓我的臉。對於這種三腳貓的架式，我根本就不放在眼裡。對於玉歡，雖然有些討厭，可是心中卻很畏懼。單看她那從一年級到現在的成績，就足足把同班同學的我嚇得目瞪口呆。剛轉學過來的我，沒有她的幫忙，國語和社會還好，自然和算術鐵定完蛋。

照理來說，對於女生的鐵爪功，以我的靈猴三式便可輕易閃躲。殊不知她的攻勢快速凌厲，一時躲不過。情急之下，我被逼使出拐子馬。失去重心的玉歡，只能用力抱住我。我感到大事不妙，因為往後退時，踩到一塊鬆石，一腳懸空，然後整個人往後仰。曾經被被陽光吞盡的黑暗，如今全部嘔吐出來……我和玉歡如兩張緊緊黏在一起的紙人，翻滾在濃密輕柔的蘆葦叢中……時而她上我下，時而她下我上。

終於靜止了，我仰望著玉歡。她的臉黑黝黝地，但是後頭的天空卻灑出一大片驚人銀亮的星光。一個頑皮的念頭滑過我的腦海，閉上雙眼裝死。

掙扎爬離我身上的玉歡，用力推動我，急躁地喊著我的名字，狂問我：你怎麼了？你怎麼了？我不理會她，只默不作聲地聽著盤旋的風聲。突然，有股清郁的氣息傳來，不是土壤、蘆葦，也不是詩人所形容的秋夜的芬芳，而是陌生而迷人、讓我不由自主亢奮起來的氣味。

於是，我翻過身子將玉歡壓在下面，大聲地喊著：「妳輸了、妳輸了！」

玉歡的面孔霎時暴露在星光下，尤其是脖子以下鬆開的扣子，一片雪白的肌膚，讓我禁不住地緊緊抱住她。

「你這個壞蛋，放開我……」

玉歡像蚯蚓似地在我的胯下蠕動，那種蠕動剛開始就像是一顆露珠，在我心頭的葉脈滑過，留下晶瑩的閃動。然而，立刻就被炎陽照射蒸發，嬝嬝地化成似有若無的淡煙。這縷淡煙含有某種化學物質，能夠化解禮教的外殼，使某種慾望迅速地反應出來。

我不懂，我無知地享受這份不知名的快感，在星光一點一滴地落下來的時候，想起自己曾經窩在放棉被的衣櫥中，從紙門的縫隙，窺見媽媽和國平叔共縮在一條大棉被中，看起來就像是一隻巨大的雙頭龜……媽媽臉上呈現不知是快樂，還是痛苦的表情。國平叔呢？記不起來……。我憶起了那一格一格的榻榻米，有暗影在浮動的八斗櫃，矮几上的花盆。在銀柳和黃菊的餘蔭下的相框——影映著三張臉譜。

那是多年前的一個夏天，我和爸爸媽媽在圓山動物園、還有兒童樂園……記得那一天的天空好藍好藍，還有風好大好大。當我站在爸爸和媽媽之間，左手和右手分別被他們牽著的時候，卻提心吊膽地，唯恐脫離了他們的手，像那一粒被風吹高吹遠的紅色氣球，不知要飄到那裏去。

我隨著想像中氣球的飄動，開始去吻玉歡，然後不自覺開始下體的運動。玉歡沒有拒絕，但是眼角卻忽然滲出淚漬。細細的風聲中，似乎又夾雜著那首「黃昏的故鄉」，但是又好像不是那個旋律。不過，這已經不重要了。重要的是有一股濃熱的汁液，從我的體內射出，像潮水似地拍打在褲襠內。這從來不曾有的快感，使我茫茫然地鬆開手指，鬆開玉歡，鬆開我對這世界的憤怒。在搖動的蘆葦間，我若有所悟地感到心中最柔軟的地方，開始長出一個蒺藜形的負擔，連我自己都不敢去碰觸。

我考取了初中，媽媽除了送給我一隻手錶，還帶著我去台北大吃一頓。當然我心中有數，國平叔必然也會參加。說也奇怪，自從我上初中，每天必須早上六點半就出門，晚上七點多才能回家，慢慢就失去對媽媽的依賴，有時候反而希望她趕快搬去和國平叔住算了。

遠在國外的爸爸，曾經寄信給我，詢問我的功課，還有媽媽的生活。但是，對於他們，我已經失去了興趣，在這陰晴不定的少年歲月，我有了自己的生命行程，有了自己喜悅和酸苦的夢。

我越來越怕面對媽媽，尤其在夜深人靜，開始胡思亂想時，她就會如月光下的幽靈，悄悄地走入我的房間。平日的她，眼眸裏總是深沉著絕望的悲哀。可是一見到我，立刻升起熊熊的光輝，彷彿驟見有求必應的神明。

如果知道我是假裝認真讀書，她就會嘆了一口氣，默默離開。如果我假裝睡了，她會在我耳邊柔聲細語：「阿信，尔為什麼不愛和媽媽講話？是不是破病人艱苦。來，乎吾摸摸尔的額頭……。阿信，尔是媽媽的心肝寶貝，這一生最大的寄望……。」

媽媽常常出其不意地抱住我的頭，撫摸著我的臉，親吻我的頭髮。我感覺有說不出的厭惡，那軟軟的胸脯猶似千斤重的棉花，把我整個人擠向虛無的真空。但是，對於國平叔，我反而產生了某種好感。

記得那一天，他請我和媽媽吃西餐的情形。那家老牌老字號的波麗露西餐聽，我倒是不陌生。以前，爸爸就常帶我和媽媽去第一劇場，觀看日本第一大美人——山本富士子主演的時代劇。我最難忘的是「金色夜叉」，因為散場之後，媽媽哭得眼皮都腫起來。餐廳就在劇場的斜對面，看完電影，一家三口就去用晚餐，我總是點蛋包飯。然後就像坐在音樂教室中聆聽著手搖的留聲機，傳來一曲又一曲的藍色多瑙河、維也納森林、南國玫瑰、藝術家的一生……。

我愣愣地看著國平叔，多時不見，他留了一撮鬍子，看起來比我在最後一次見他時更年輕。以往所熟悉的五官，因為久不見面而似曾相識。當他對我微笑，我不知所措地低頭不語。此時，媽媽用手肘彎點了我一下，大聲地說：「阿信，變做啞巴了嗎？不會叫國平叔嗎？」然後把我推到靠牆的那邊坐下，對坐在對面的國平叔，裝模作樣、似乎萬分抱歉的意思，說：「都已經讀初中了，還親像在念幼稚園。唉！尔看、尔看，剛才替尔綁的領帶，又夠弄歪了。」

我不高興地撥開媽媽伸過來的手，耳畔的音樂忽然變成漏氣的輪胎，有氣無力地滾奔在沒有月色的三線路。有個侍者趕緊跑去，用力地扭轉著留聲機的把手後，才恢復原來哀愁的旋律。國平叔似乎明白我的不悅，不留痕跡地說……。

「秀荷，尔也莫操煩，順伊去吧！吾看健信這位囝仔已經有夠乖啊！尔就莫看見吾厝那幾隻，乎寶花寵到舉椅舉灶，吾若多講幾句，就對吾使性情，實在是惡妻孽子，無法可治。」

「講尔莫怨嘆，國平兄。寶花伊的脾氣是淡薄啊剛烈，但是心肝是可比倒在碗底的豆花，尔是查甫郎，就讓伊一些，夫妻的情緣是三生注定，好歹伊也為尔生子，這款苦楚，也只有查某人的腹肚裏最明瞭。」

「啊！免講這款有的、沒的！今仔日咱是欲慶祝阿信考取初中，來！阿信，尔愛什麼就叫什麼，國平叔完全應付尔。」

我從未注意到國平叔的兩道眉毛，那麼黑，那麼濃，而且會隨著講話而起落，我被感染了那種「阿尼基」的豪邁，要帥地說：「此話當真？」

「當真！」

「所言不假？」

「不假！」

「好！那我要飲燒酒。」當我一語道出，卻感到大腿被媽媽死命一捏，痛得我哇哇大叫，惹來許多好奇的眼光。媽媽壓著喉嚨罵著：「猴死囝仔，沒翅就想欲飛……。」

「面倒的女人！」國平叔用一句我聽得懂的日文喝住了媽媽，又說：「莫愛離離囉囉，竹竿插菜刀，男子漢的氣魄，就是愛會飲酒，心頭憂悶，飲！歡喜爽快，飲！人生海海啊啦！一醉解千愁。BOY樣！來瓶拿破崙的白蘭地……。」

媽媽急了，連忙用日文阻止。我只聽到：以葉，以葉……梭那可託……阿諾……得任沙以馬斯……我望著媽媽的側臉，發現她似乎失去了什麼，又好像多了些什麼。我不瞭解三十多歲的女人，經歷滄桑之後，是應失去自信呢？還是得到更多的尊嚴。總之，在剎那間，我發現到媽媽在我每一次的瞥視，就蒼老一點。於是，我便殘忍地玩著這種遊戲，直到她奄奄一息才罷休。

國平叔正眼不看媽媽，嚴肅地對我說：「阿信，今仔日尔考取初中，阿叔教尔飲燒酒，這是人生的頭一步。以後尔若考取大學，阿叔便愛教尔如何玩女人……。」

「國平兄！」

「哈哈，放心啦！吾不會帶阿信去江山樓一款拉渣所在。阿信，記住，記住阿叔講的話，阿叔在尔考取大學的時陣，一定帶尔去日本遊覽，去耍正牌的江戶藝妲，尔才會瞭解如何做一位真正的查甫郎。阿信，將筆和紙取出來，將阿叔講的話記下來，阿叔按手印做記號，若以後忘記，尔也好提醒一遍。」

我永遠忘不了第一口酒入喉的滋味，美妙極了！所以我更盼望，早一天能夠和國平叔，去那有著雪花纏綿著櫻花的地方。並不是為了那些想像中，宛如山本富士子般的美貌女子，而是為了我能和國平叔在布滿白色蘆葦的沙濱決鬥……。就像是宮本武藏和佐佐木小次郎，彼此眼中的武士刀，在青山夕陽下，閃爍著死亡的美麗與哀愁。細細的簫聲，紛紛墜落的紅葉，在秋霧中若隱若現的寺廟，隨溪水流過來的紙船，燈籠下盛開的五瓣之椿……。但是，國平叔違背了他的諾言。

他死了，在我唸初二下學期。死於胃潰瘍，更具體的說，是死於喝了過多的酒，而導致胃破孔。做完追思禮拜之後，牧師領著一干親友去瞻仰遺容。殯儀館的人員忙著把國平叔的遺體，從冷藏庫搬出來時，我和媽媽被擠在牆邊。媽媽掛著淡灰色的眼鏡，可是依然掩不了那像抹了胭脂似的目眶，以及被淚水沖刷得異常清亮的眼睛。媽媽本來是要帶墨鏡，可是對著鏡子，幾番考慮之後，還是將它換下來。我認為她的決定是對的，戴上那種屬於神祕女郎的墨鏡，情婦的身分必然是欲蓋彌彰。

當牧師為死者做最後的禱告時，我從交錯的背影，俯視著國平叔。他的鬍子被刮掉了，天窗的光正打在那裏，顯得和平安逸，好像睡著似地。削挺的鼻樑之上，濃眉蓋在緊閉雙眼上，彷彿有人在額頭點了兩滴墨汁，然後兵分兩路往左右垂流下去。嘴唇微敞，可以看見半截白牙，彷彿依稀，他正快樂地唱著那部名叫「青色山脈」的日本電影主題曲「I…I…I love you，you…you…you love me！」。

火葬的時候，我和媽媽遠遠地望著那根矗上雲空的煙囪。媽媽告訴我：國平叔就從那個地方，走入天國之門。我不相信，這麼容易就能夠進入天堂，那人類根本就不用在苦海中載沉載浮。但是，我不想反駁，反而想到遠在國外的爸爸，在我心中，他無異也和國平叔一樣，化成縷縷黑煙，從那直統統的煙囪飄出去，飄到那裏去呢？我不知道，但絕不會是天堂。

國平叔生前出資買了織毛衣的機器，讓媽媽打發打發時間。客人大部分是鄰居，或是經人介紹而來。由於媽媽不缺乏金錢，而且每個禮拜，她至少要往台北跑一、兩次，所以那台機器雖然已經買了有三年，可是看起來還像是新的。覆蓋的絨布在掀起之前，必須用雞毛撣子刷去厚厚的灰塵。

然而，當國平叔過世之後，媽媽卻猶似被上了發條的鐘，滴滴答答地活動起來。我上學放學時，路經她的房門，能看見她那支銀亮的梭撥過來、撥過去。縱使我開夜車，唸書唸到半夜十二點，仍然可聽見咔啦、咔啦的聲音。我想，那支滑動的梭，是滾動在媽媽心谷的思念。

而我呢？由於升學的壓力，對於周遭的事物開始麻木不仁，連窗前那株桃樹，何時結了幾顆青青的果實，都沒注意。但是有時候，當夜色如絲繭般陰濕濃黑地擁住了我，黑暗中的情慾熾熱地探索，定點之後，等待白色的爆發，永不枯竭的青春之泉。

我揉揉眼睛，看見舅媽和媽媽各自提著滿滿的菜籃，一起回家。我有些納悶，在我記憶中，她們雖不至於水火不容，見面時總是冷冷淡淡。在我面前，媽媽則不諱言她對舅媽的不滿，我想也許我樣樣不如玉歡，才會導致她這種偏見。當然啦，也有一些財產上的糾葛，引起兩人的恩怨。

媽媽看了我，沒甚表示，倒是舅媽溫和地對我一笑。她這一笑令我手足無措。記得當初搬來外婆家時，媽媽曾拉下臉來，拜託舅媽設法讓我進她的班。因為舅媽教的是明星班。升學率之高，令其他的老師都望塵莫及。

那些望子成龍、望女成鳳的家長都絞盡腦汁，設法將自己的兒女往她的班上塞。送禮的送禮，關說的關說，甚至還有人請鎮長出面。大家都說只要進了舅媽的班，就等於掌握了通向光明前程的地圖。

當媽媽提出建議時，我立刻想到我在更小的時候，在外婆家住過一陣子。每到傍晚，就有小學生到舅媽的家補習。只見到好幾十張壓縮成扁扁的蒼白小臉，還有盤旋在日光燈下的飛蛾，悶悶的ＤＤＴ殺蟲劑的味道，突然間……大舅媽抽出一根又粗又長的竹棍，狠狠地敲打講桌。我依稀還記得那竹棍，閃動著如青竹絲的光澤。

我望著她們兩人有說有笑的背影，決定暫時放下書本，到外頭走走。一踏出門口，就被陽光刺痛了眼睛，我連忙回頭，望向幽暗的另一頭。只見樹影下的窗戶，玉歡正望向我。

走到堤防的盡頭，往左邊的山坡路走上去，就是我以前唸的國民小學，往右的碎石子路下去，可到碧潭邊。在交叉點有棟水泥樓，裏面裝置許多彎來彎去的鐵管，同時發出巨大的聲響，那是控制瑠公圳放水量的機器，再過去就是水利局的事務所，那是一排日式房屋。

廣闊的院子裏，種植著各式各樣的果樹，這個季節正盛開著仙丹花、木芙蓉等色彩鮮艷的花朵。那裏也是各路小鬼所覬覦的「玩家」必爭之地，所以存著我很多童年的趣事。但是，當我看到老方從一棵蓮霧樹後出現時，一道不愉快的記憶，驟然閃出。那感覺就像有隻肥肥軟軟的大毛蟲，徐緩地沿著我脊椎往下爬……。

老方是隨國民政府遷來台灣的北方軍人，退伍之後，就在水利局當工友。他很性格，不分四季，總是穿件對襟的唐衫，袖子挽得高高地，唯恐別人視而不見到他雙臂上的刺青——一面青天白日滿地紅的國旗，幾行密密麻麻的小字，又是反攻大陸，又是殺朱拔毛，又是中華民國萬萬歲。我很少看過他笑，而且也很怕他。聽說他在抗戰時，用大刀砍碎很多日本人的腦袋瓜子，而且吃過人肉。小孩子到水利局的院子，偷摘水果，被他大喝一聲，就像有人在耳窩邊敲鑼似的。

不過，最使附近的居民心驚肉跳。莫過於老方常常赤條條地在水圳頭洗澡。雖說不是有意，卻造成婦女的不便，她們無法隨時去洗衣裳。路過時，總要疑惑地先眺望一番，如果有抹肉色的人影，隨著圳水幽忽幽忽地流過來，那就要向後轉了。我是個小男生，所以沒什麼顧忌。但是，見過多次之後，再加上同伴都是些轉骨發育的半小子，總會對自己身體的某些改變和老方來比較，自然就會發表一些奇想怪論。因而，那抹肉色的人影也曾出現在我的日記本中，不過好像封夾了許久的楓葉，不知何時碎成片片，只留下斑駁的黃漬。

然而就在那一天，我記得非常清楚的一天，初二暑假返校日的第二天。天氣熱得把水潑在石頭上，都會見到一陣白煙騰騰而上。有人吹口哨了，我知道是阿斌他們那一黨人，做信號要我出去。

外婆和媽媽在睡午覺，舅媽到學校去，玉歡躺在竹床上看金杏枝的籃球、情人、夢。我不知道玉歡為什麼喜歡看那玩意兒，當然是瞞著舅媽，偷偷到租書店租，而且一租就是好幾本。玉歡雖然高分考上了初中，但是已經無法保持每科都是班上第一名。最重要的一點，我想和舅媽有關，因為舅媽似乎不再緊迫盯住玉歡。我不怕玉歡告狀，但是還是有所忌憚，磨蹭了一下才偷偷從後門溜出來。

「幹尒娘，龜龜毛毛，害阮大家等數久。」

我一露面，阿斌就首先發難。後面的人，有的是小學的舊識，有的是住在附近的小孩。放眼過去，全部都是比我幼齒的小鬼，也是以前我當囝仔王時的部下，如今全被阿斌收過去了。

「等數久，幾分幾秒，尒講！講莫出，吾就將尒的番薯頭按入便所口吃屎。」

看阿斌那鳥樣，就想踢他一下，都唸初中了，還帶頭玩小學生的把戲，真沒出息，阿斌看我說了狠話，氣焰收斂不少，但在眾人面前，又不願顯出劣勢，抬頭挺胸地說：「我們要去水圳頭游泳，要不要去？」

從前我們游泳的時候，大人只准我們在水圳尾。因為水圳頭很深，而且水閘的開關時間不定，如果碰到放水時，水面一升就是好幾吋，足夠把個不會游泳的大人淹死，所以，阿斌這次來找我，分明是向我挑戰，以便鞏固他在小鬼頭面前的地位。雖然，我已經不太愛和他們混了，但是對於阿斌這招，我可嚥不下一口氣。所以，我故意輕描淡寫的說：「都唸初中了，還去什麼圳溝游泳，有本事的話，就到碧潭。水利局的後面不是有個大河洞嗎？我們就去那裏比賽跳水吧！」

不等阿斌答話，眾家小鬼就吆喝起來。

「好哇！我們就去看阿信和阿斌比賽跳水……。」

「阿斌，尔抽腳筋了，是不是人驚驚？」

「阿信，還是尔卡勇……。」

「阿斌不敢答應，軟腳蝦……。」

你一句、我一句地激得阿斌的臉色，紅白交迭。最後才迸出話來，說：「不是吾不敢，吾是驚阮阿娘知影，伊講吾若去彼畔泅水，伊會打斷吾的腳骨。」

有個刁靈的小鬼插嘴，說：「既然驚，就表示甘拜下風。若甘拜下風，就愛照步數來，鑽阿信腳縫，鑽三遍。」

阿斌一時無法應答，只能一邊跺腳，一邊幹尔娘、駛尔娘地亂罵。那個小鬼輕巧地跳到我背後，狐假虎威、火上添油地和他對幹起來。於是，眼前的情勢就如出埃及記中的紅海，經摩西的點化，兩邊人馬逐漸裂分開來。就在吵吵鬧鬧之際，站在阿斌的那邊的一個跛小子，陰陰地凝視了我幾秒鐘，然後湊到阿斌的耳邊，呢呢噥噥不知說些什麼。

說起這個跛小子，倒有幾分來歷。他的祖母是新店鎮內大名鼎鼎的「黑貓貴」，日治時代是萬華蓬萊閣的紅牌藝妲，不知敗了多少「有錢阿舍」的家產，後來那些淪為乞丐的阿舍為了報仇，大家就籌錢僱了一個染有惡疾的人，將他打扮成公子哥兒，再去開「黑貓貴」。

後來，「黑貓貴」就被染出了一身毒，身價大跌，只好狼狽地回到故鄉。這傳奇故事就被炒起來，不但吳非宋廣播劇團編出了「凹鼻藝妲」，連電影公司也紛紛排了一系列「乞丐與藝妲」的電影，還由最有名氣的台語影后白蘭領銜主演。至於跛小子則是她買來的養女所生的，未婚懷孕，也不知是誰撒的孽種。跛小子的娘生下了他之後，就到台北的寶斗里賺，按月拿錢回來。「黑貓貴」拿了錢也不去租個像樣的房子，霸佔了堤坊下的一個防空洞，任誰都趕不走。美麗的碧潭，有著詩情畫意的湖光山色，如今在遊人如織的長堤邊，住著一對畸零人，實在令人看不過去。

於是，鎮公所決定撥款，蓋個小磚房給「黑貓貴」祖孫倆住。不過師出無名，於是鎮公所的人就說：「黑貓貴」在當番時，曾幫助了某些抗日份子，如今卻生活貧困……。好幾十名新聞記者聞風而來，紛紛冠以「艷諜」而大做文章。一時之間「黑貓貴」彷彿又活過來了。

「黑貓貴」雖然風光起來，跛小子可沒那麼好運，家長視他如瘟疫，唯恐自己的子女和他接近。而這跛小子倒也識時務，絕不主動和人打交道，愛憎分明，誰給他一些好處，他就為誰跑腿。反過來說，誰要是得罪了他，如果不被他整一整，那鐵定像小西園演火燒紅蓮寺——沒完沒了。我不知道他如何和阿斌好起來，不過我想，阿斌的家很有錢，時常請吃冰，何況我對跛小子也不給好臉色看。他當然要靠阿斌那一國。

跛小子獻計之後，阿斌就面露喜色地對我說：「反正吾認輸就是啦！不過，尔也免展英雄，走去天河洞跳碧潭，人講彼處水鬼最多了，萬一尔跳落去，猶夠浮不起來，吾甲尔阿娘就沒法度交代……。」

我沒耐心聽他嚕嚇，轉身欲走。跛小子卻如影隨形地欺身上來，背書般地對我說：「阿斌的意見是不用去天河洞，只要從控制水閘的水泥樓，往水圳頭裏跳就可以了。如果你敢，他就認輸，在大家面前學韓信，從你的胯下穿過。」

哼！不愧是婊兒子，天生一張利嘴，他將阿斌比做韓信，那本人豈不成了……。

我不理他，淡淡地對阿斌說：「走吧！」

看著兩人奸險地相視一笑，我感到其中必定有詐，可惜我雖然心血來潮，卻沒有太白金星的法力，能夠屈指算計。不過，既然君子一言，可就駟馬難追。所以我就領先往水圳頭走去，眾人在背後么喝扶搖，讓我像一尊從城隍廟裏迎回來的神像，好不威風，卻又有絲絲被耍弄的感覺。

星期日的午後，水利局的事務所裏，靜靜地不見一個人。門窗開得老大，一眼看見不成格局的辦公桌上，擺著凌亂的卷宗、今日世界、蘇俄在中國等書籍雜誌……用派克墨水瓶壓著的藍色複寫紙，刻字的鋼板旁邊。喝剩三分之一的茶水，琥珀色的液體，像殘留的毒液。也許地板上，正躺著一具屍體也說不一定……。

事務所的屋簷上存在著不計其數的小太陽，每片厚瓦分配一個，然後再助紂為虐地煎熬著周遭的植物。空氣充滿了樹葉燒焦的氣味，沒有風的渦流，那種烘烘的氣味就直往下沈，熔混在燙熱的土壤中，再溫溫悶悶地漫開，宛如玻璃製成的波濤，沙沙地淹過來。

我脫掉了圓領衫和短外褲，只剩下一條三槍牌的青色四角褲。我們游泳時都穿這種內褲，不然白色的一浸水就會原形畢露，被同伴指指點點。青春期的少年最顧忌的，就是萬一被發覺有異狀，各種耳語就會隨風起浪起來。

站在水泥樓，俯視著幾乎是呈半固體狀的水圳，細碎地浮動著閃光。夾岸的石瘤壁，壁上的欄杆，欄杆後的磚屋。屋脊上漆得不留白的藍天，還有一張張晃著日光的小臉，全丟下來了，巍匍匐地溶沉到水裏頭，就像是綠水晶中，墨色的雕影。

我做了個深呼吸，雙手齊齊地往前向後，擺了幾次之後，輕輕地往前衝躍下去。當歡呼聲響起時，我的面孔已經鑽入水面，沁涼的觸感迅速地從額頭，傳到腳尖，然後像一面巨紗般地包裹住我的全身。

潛泳了數公尺，我探出水面，遠遠回望，可是所有的人，包括阿斌和跛小子都不見了。正覺得納悶時，刺耳的警鈴嗚、嗚地破空而來，我不知道到底發生了什麼事，正想站起來，整個人卻像被一隻手往下拉。

奇怪呀！這個地方什麼時候變深了？我看岸邊，水位正往石瘤壁上慢慢升起，乾燥的杜穗、鳳禾都變成了水生植物。我的心頭一亮，馬上明白本少爺中了那兩個小賊的毒計，所幸水上功夫不弱，否則後果難以想像。其實，我也不敢再想了，因為水勢似乎越來越強，所以趕緊游上岸。

當我跑上水泥樓去取衣物時，警鈴已經停止。往腳下的水圳望去，石瘤壁上的水位迅速地降落，經過一番潤澤的芒草，非但沒有歡欣的表情，反而顯得垂頭喪氣，就和我一樣。因為，我看到了打著赤膊的老方，他的右腳踩在我放衣服的石墩上，默不作聲，可是游離在他眼中的殺氣，使我想拔腿就跑……。

我慢慢往老方的方向走去，儘量不露出怯意。陽光從水泥樓後切下來，將布滿青苔和葛蔓的石瘤壁劃了個三角形的陰影。老方就在彼處，健壯得彷彿是用刀雕刻出來的胸肌，微微地顫抖，令人想到在赤荒大地上奔跑的野獸。

「方伯伯，那個機關不是我動的，我是……」我努力捲舌、字正腔圓地解釋。

「你這個王八雜種養出來的小兔崽子，還好俺沒睡死，聽到警鈴響起，就起來關水閘，不然，這個禍可闖大了。」老方一邊說，一邊過來扭我的胳膊，卻被我閃開。他更氣了，吃瀉藥拉屎似地唏哩呼嚕亂罵。

我一直想找機會奪回衣服，然後三十六計跑為上策，但老方偏不讓我得逞。僵了幾十分鐘後，老方向我招手，說：「小兔崽子，只要你把誰搞鬼告訴俺，俺就不為難你。」

我怕他說話不算話，遲遲不敢過去。老方冷笑了一聲，用腳將我的衣服撩起來，用手接住，轉身就走。

「你等著，我告訴你。」我急了，萬一媽媽問起來，丟衣服事小，跑到水圳頭跳水的事爆發出來，那天可要塌了。

老方不睬我，精裸的背部在熾白的陽光下，像一閃一閃的銅牌，模糊著汗水的痕跡。當我亦步亦趨地走到老方的住處——那是一棟木板拼釘而成的小屋。

早在我唸小學的時候，就摸得清清楚楚，靠事務所的那邊是堆雜物的倉庫，再出來就是廚房，有個好大的蒸籠，是用來替事務員們蒸便當的。有人看見老方曾在裏頭蒸小孩，然後像白切肉似地，蘸著蒜泥醬油吃，說得好像是真的一樣。不過我倒曾親眼看見，他將狗丟在洗臉盆中，用熱水燙，再扯去一捲一捲的毛，張大的狗嘴，蹦出白森森的獠牙，就是號不出聲音。挨著廚房，隔著一層甘蔗板，就是老方的「炮台」，以前我不知道是什麼意思，上了初中後，不但知道，更是青出於藍而勝於藍地，處處創作類似的雙關語。

我沒有感到風吹來，但是老方所住的木屋旁的蓮霧樹，卻彷彿正被人用力搖，葉子紛紛落下來，有一片還沾在老方的頭上。

老方猛然在門口佇立，然後徐緩地轉過來看我。他的表情不再是凶煞惡霸，厚唇兩邊的肌肉往上高高的堆起，表示那就是笑容，而被擠窄了的眼睛，宛如兩隻翹起尾針的毒蜂。

「小兄弟，俺是唬你的。」說著就把衣服丟到我的跟前，我立刻就拾起來穿上。老方又說：「你告訴俺誰動了開水閘的機關，俺去找那些小混蛋的家裏人理論。不這樣子，明天俺如何向主任交代啊！」

我聽他說得有理，樣子也滿誠懇的，而且又可報一箭之仇，於是我就說出了阿斌和跛小子的名字，以及他們就讀的學校和班級，甚至詳細的地址。想到他們可能被記過，或被修理一頓時，不由地得意起來。

「空口說白話不算數，不如進來俺屋裏，用筆在白紙上細細地寫下來，才有個根據。你好歹也是個小小的讀書郎，這規矩可不准說不懂喔！」

被他這麼一說，我就邁步踏入屋裏。迎接過來的陰涼幽黑，將我方才在日頭下，浹流而出的汗水都冷縮回去，還在心尖打了幾個莫名其妙的寒戰。

從窗柵望出去，山巔的那塊天空不知因何被攪拌成芋泥色，而油艷眩彩的風景也逐片逐片地淡成潑墨的山水畫。我趕緊低下頭，提筆疾書，希望能在下雨之前，離開這個黑洞似的房間，否則我不知會被吸向那一個可怕的空間。

「嗯！你的字寫得很端正嘛……。」老方親暱地靠過來，雙手恰似盤龍柱，從天而降地分鎮在書桌兩端。當我趴著繼續寫字時，感到老方的身體激烈地在我背部揉搓，我想也許他的腹部被黑絲蚊叮了，所以癢得受不了。我很不喜歡他這樣子，尤其是他逼近我耳根的口臭，蘸著蒜泥醬油吃白切的嬰肉……。

「方伯伯，寫好了，你拿去看吧！」我將紙拿給他，正要站起來，卻被他按住。

我著急地說：「快下雨了，否則回不了家。」

「別慌，別忙，待在方伯伯屋裏躲雨，不也一樣嗎？方伯伯又不是老虎，不會咬人的。你且讓方伯伯仔細瞧瞧你寫的嘛！」

我抬頭看看老方，只見他的眼皮直眨，整張臉脹紅得彷彿一只裝滿血漿的塑膠袋。雖然，他笑嘻嘻地，可是卻比他狠著臉要打人時，更令我感到恐怖。

他伸出手來摸我的臉，卻被我閃過，只好訕訕地說：「方伯伯最疼愛你們這些孩子了，只要乖乖地聽方伯伯的話，想要什麼，方伯伯就買給你們。」也許他讀出我面部的反感和心中的厭惡，於是就換成正經的態度說：「事務所公告規定不准有人在那裏游泳，違者嚴辦。你知道嗎？」

「辦就辦嘛，有什麼了不起。」我脫口而出，此時窗柵外的世界突然暗下來，而屋子裏更不用說了。

「唉！你這孩子，脾氣倔得很，跟方伯伯小時候沒兩樣。不過，方伯伯不是說過，最疼你們這些孩子嗎？怎麼會將你們報上去呢？但是，方伯伯要和你談條件……」

「什麼條件？」我好奇地問，此時一道閃電劃進來，好像有人開了燈，然後又立刻關上。我看見了老方不停嚥口水的臉，彷彿是吃東西噎住了，又彷彿是在沙漠中走了許多路，然後從海市蜃樓中，望見了綠洲中的清清河水……。

「是這樣子……。」他的語聲未了，立刻被一陣重如千斤的悶雷擊碎。老方惶恐地往門口望出去，就像是在公堂上，被「威武」之聲所震懾的小民，不過卻遲遲未見青天大老爺，所以他又趾高氣揚起來，繼續說道：「方伯伯拿個東西讓你嘗，你如果猜得出甚麼玩意兒，在水圳頭跳水游水的事，就一概不追究。」

「萬一你拿甚麼髒東西……。」我疑惑地問。

老方仰頭大笑，在嗬、嗬的亂暴聲中，我聽到了雨滴開始落在屋頂。轉眼間，窗外有無數個細細碎碎的小圓點，然後編織成一匹玄黑的被單，驟然地罩下來。

「嗬、嗬……你這小兔崽子，講這是什麼話嘛！瞧你這身細皮嫩肉的，方伯伯怎捨得呢？你只要嘗一下，一下下就好……還有只能用吸，或是用含的，不能用牙齒咬，這是方伯伯的寶貝，不能弄壞的……對了！防止你偷看，眼睛要用毛巾包起來，還有……手要反綁起來，沒關係的……別緊張……對了！好，嘴巴張開……方伯伯要放進去了，嘴巴張開一些……。」

我開始後悔了，當老方將我的眼睛蒙起來，雙手綁起來……不，從我進入這間沒有陽光的小屋時，就開始後悔了。然而這一切都太遲了，尤其是那突如其來的午後雷雨，更助長了心頭的恐懼，彷彿深埋在地心的鬼魂都活過來。用枯長的手爪撥著泥土，向我爬行而來。

我的舌尖碰觸到一個溫熱的東西，不知道是什麼。但是，鑽入鼻孔的卻是我很熟悉的味道——走過肉攤，鐵鉤掛著豬肝、豬心、以及滴著血水的肉條……蒸燜出來的臭，像塞著破布、爛泥、破銅爛鐵的污水溝……。胃口一陣翻騰，正想扭開頭，老方卻用手扣住我的後腦袋，然後那個溫熱的東西就直直地塞到我的喉嚨，我極力掙扎，可是鼻孔又被一團像是曬乾的枯草堵住。耳邊的雷雨聲更加激情猛烈，但及不上老方那種驚心動魄的喘息聲。我想起他將偷來的小狗丟在洗澡盆中，用熱水燙，再用力扯去一撮又一撮的毛。我想我就是那隻可憐的小狗，然後開始嘔吐……。

事後，我看到老方就躲，然而偏偏會在上下課的途中，遇見走來走去的老方，後來我就選擇繞道而行。但是躲不開的是，我和他夢中的追逐。在夢中，老方被滲入我對國平叔的追念，還有和玉歡在蘆葦中的糾纏。我分不清自己的心情，也因為這緣故，我更恨老方，竟然產生殺意。

我用幻想詛咒著老方，讓無數的細菌在他的血管流竄，膿毒不停地從他心靈的傷口滴流出來。我似乎看見，他微駝的背，拖著蹣跚的腳步，像隻生病的貓，黯然地走過一片又一片的樹蔭，然後橫死在他的小屋，腹部插了一把刀。

高中聯考的日期愈來愈近，天氣也愈來愈熱。以前不愛唸書的我，卻發現了沉迷在書中的樂趣。這段日子裡，週遭的人就像風中的幻影，不必去留意，任他們在看不見的地方，絕望地旋轉。當我的模擬考分數破了全校的紀錄時，玉歡卻因為在考試時作弊而被記過。

那一天，舅媽進了我的書房。

她無言地坐在窗畔，我也無言地盯著書本。不知過了多久，我忽然聞到一股粉香，我驚訝地抬起頭，注意到大舅媽的面頰，淡淡地抹著胭脂，還有粉紅色的口紅。啊！這是我從來沒有看過的……舅媽發現我在看她，雙手彷彿抽搐般抖動。不由得令我想起外婆在殺雞。當她割斷雞的喉嚨後，就拿一只大碗公來收血，被按在腳下的雞，已經奄奄一息，然而那雙爪子卻依然不停地抽搐。

「阿信，你告訴舅媽，為什麼玉歡會變成這樣子，功課退步到四十幾名，又被學校記過，她有沒有告訴你些什麼，譬如說……對家庭的不滿……或是其他的原因？」

我搖搖頭，把目光放回書本。

她呆呆地想了幾分鐘，然後問我：「阿信，假如你媽媽想要再嫁，你會不會恨她？」

我也呆呆地想了幾分鐘。然後回答說：「我不知道，事情沒有發生，我真的不知道。」

舅媽望著窗外，露出一種似曾相似的眼神，就像是媽媽望著我的眼神，喃喃自語地說：「健信，也許你會到很老很老的時候，也許你會在某一夜之間，豁然明白。總之，在大人的世界，尤其是女人的內心世界，必然存在著一些似是似非、似非似是的感情，像無數隻互相牽制的天平，永遠的動亂紛爭，為了追尋那平衡，不惜這裏加一點，那裏減一點，弄得身心俱乏而無法休止。阿信，請你記住我的話，只要去愛自己的媽媽，不要想去研究她、分析她，否則你會很痛苦、很難受。因為，她只是個平凡的女人。」

我雖然不懂舅媽的意思，然而我想她將我當成了大人、當成了朋友，可以瞭解她的痛苦，以及不再被自己女兒依賴的感受。

「唉！」舅媽嘆了一口氣之後，恢復了往日那種被熨斗熨過的表情，冷漠地說：「我知道你一定會恨妳媽媽的，就像玉歡恨我。」

她一說完，立刻離開我的書房，然而我卻無法再專心唸書了。彷彿舅媽雖然離去，可是她的影子依舊留在原地。在我的想像中，守寡的舅媽似乎不曾和其他的男人有過關聯。可是從方才的一席話，舅媽很可能有了心事。那麼，誰是那個男人呢？

過沒多久，我就有了答案。原來，舅媽在數年前就和我們的小學校長要好了。只是當時，校長的太太還在，兩個人的戀情就被刻意隱瞞。如今，身為虔誠佛教徒的校長夫人被佛祖超渡到極樂世界，兩個人便迫不及待地到法院公證結婚，並且在號稱全台最豪華的國賓飯店設席宴客。

玉歡堅持不參加，於是媽媽就命令我留下來陪她。當晚，她並沒有回家。幸好第二天，她有去學校。當我問起她跑去哪裡過夜時，注意到她的臉色好白，彷彿血液都被抽光了。她的沉默和冷漠，讓我不再追問，也沒有刻意告訴外婆和媽媽。

由於舅媽和他新婚的老公出國度蜜月，所以玉歡的起居就由媽媽來照顧。我發現她吃過晚飯後，就說要去同學家做功課。然後很晚、很晚才帶著一身詭異的氣息回來。

我不知道玉歡到底是去誰的家，因為她在她們班上十分孤僻，根本沒有比較談得來，或是走得比較近的朋友。好奇心促使我想知道她到底在搞什麼鬼。就在第十天，也就是大舅媽她們蜜月旅行的最後一天，我跟蹤玉歡走到堤防的盡頭。

暗青色的山後，晚霞全部退去，餘留幾片無精打采的雲。掛在尤加利樹梢的一圈落日，像戳破疤痕的傷口，還殷殷地留著血，把碧潭的水都染紅了。在蒼蒼茫茫的暮色裡，玉歡消失了。

某種陰幽淒闇的感覺，在我的腦葉尖端滲出來。因為眼前那棵樹，就是種植在老方所住的小屋旁邊的蓮霧樹。當我走近，滿樹的枝葉忽然像網子一樣地罩上我的頭部。網目間的天空，濕濕黏黏地滴下來。

為什麼玉歡會進入老方的木屋，她在裡面做什麼呢？

如果「好奇」是一隻獨木舟，如今已經在那氾濫的陰幽淒闇的感覺中，橫衝直撞了。從木窗的縫隙，我看見了老方和玉歡。

玉歡的裸體呈現異樣的煞白，宛如一盞人型的燈籠。提燈籠的人是老方，龐大而不真實的陰影。

當老方壓在玉歡的身上，持續那種潮起潮落的運動時，出現了久不曾在我夢中露面的國平叔和媽媽，還有那句飄著酒香的諾言。緊接著浮現在我腦海，是我和玉歡翻滾在那模糊的、長滿蘆葦的山坡。我如今才了解在我的基因，不！比基因更小的物質，存在著某種連我自己都心悸的元素，酵化著陰濕的青春。我猛然清楚當時老方把甚麼東西放到我的嘴巴，於是我趕緊離開窗戶，在蓮霧樹下吐出滿口酸水。

我看看手錶，又過了半小時，玉歡還在老方的屋裡？於是，我再度回到窗邊。

「老方，你這次錢能不能給多一點？」

「你拿那麼多錢幹甚，要什麼我買給妳，不就得了嘛！」

「我不想待在家裡。」

「離家出走？」

「我不喜歡那個跟我媽媽結婚的男人，明天他們就要回來，我不想看到他們。所以，我決定離家出走。老方，你就算幫個忙嘛！」

「妳要多少呀？」

「兩千塊。」

「哈！小歡歡，妳把老方當傻瓜，或者是會生金雞蛋的老母雞，兩千塊是三個月的薪水。給了妳，我可要喝西北風。」

「我是跟你借，到了台北，找到工作後，我就會把錢寄給你，難道你不相信我嗎？」

「妳還是個中學生，會做甚麼？如果要做那種的，不如乖乖地待在家裡，有空過來陪老方解解悶，我會把妳當作心肝肉、寶貝肉。」

「可是，你不是說過……」

「小歡歡，說過的話也沒有留下來啊！何況是妳先來招惹我的嘛，價錢也都是講好的啊！唉喲！妳幹嘛？」

「我要走了！」玉歡的肉體在旋轉的黑暗中，一點一點的掙扎出來，像顯微鏡底下的最低等動物，如此不堪一擊。

「妳走吧！我要睡覺了！」

「老方，拜託啦！那麼先借我一千，我知道你有很多錢。」玉歡先是低聲下氣，說著說著轉成宛如沸騰的口笛茶壺，令人聞之而神經緊張。她猛推著裝睡的老方，後者赤裸的身軀就像腐爛的大象，點點的光和影是蛀肉蝕骨的蛆。不過他的臉上卻掛著嘲弄的笑意。

玉歡顯然放棄了努力，迅速地跳下床，穿上了衣服。不知是有意，還是無意，她頻頻向我這邊觀望。那一次又一次的觀望，是一次又一次悶住我呼吸的手。

某種可怕的氣氛從屋頂滲透下來，玉歡瞪著攤在床上的老方。眼神閃爍著我從來沒有看過的光痕，就像是巨大的鐵鎚敲在鉆板上，迸發出怵目驚心的星火。

「好！你不給，我就自己來。」玉歡說完，就走向牆角的一座五斗櫃。

櫃子上面放著幾本書，一面橢圓形的鏡子，一隻電風扇，還有垂成條狀的國旗，已經看不見飛揚在風和日麗下的青天白日滿地紅了。當玉歡拉出一格抽屜時……。

「小賤人，妳敢動妳老子的錢。」隨著怒喝，老方從床上爬起來。

玉歡抓著一把錢，正想往外衝，卻被老方從背後一把勒住，強壯的手臂宛若纏在樹枝的錦蛇。玉歡被這麼一勒，手中的錢就散落在地上。

「小賤人，妳敢動妳老子的錢，妳老子就要妳的命。」

我看見那條錦蛇緊縮了一下，玉歡的臉往後仰，彷彿肋骨就要翻出來。我只能從痛苦的哀叫聲，想像著她瞠目結舌的慘狀。我正考慮要不要衝進去解救玉歡時，老方鬆了勁，然後把玉歡如同一個破娃娃似地摔過去。正好撞在五斗櫃，弄出一陣好大的聲響。然後，一陣死寂，我想玉歡可能昏過去，或是……我不敢往下追想，只是考慮我該怎麼辦才好。

「你這狗屄養的小賤人！」

我聽不清楚老方在罵些什麼，只看見他往玉歡的面前一站，然後掏出他那根微微翹起的大屌。只見一道尿柱就射過去，玉歡挪動了一下。還好玉歡還活著，我正鬆一口氣時，玉歡從五斗櫃的下面，摸出一把刀，狠狠地往老方的下面砍過去。如今淋在玉歡臉上的不是尿液，而是烏紅的鮮血。

老方「轟隆」一聲地蹲下去，玉歡則艱難地站起來，手中的刀正是老方用來殺狗的刀。鮮血沾不住刀鋒，紛紛往下滴落。就像大禍臨頭，爭先恐後地往外逃的人們。

玉歡失神地站在一直流血的老方面前。

我曾經無數次用幻想詛咒著老方，腹部插了一把刀、橫死在充滿罪惡的小屋。殊不知這個詛咒竟然成真，玉歡替我完成！

「還不快跑！」我脫口而出。

玉歡吃驚地看著忽然現身的我，依然是一副不知所措的樣子。我只好過去拉她，雙雙離開這充滿夢魇的地方。

風吹過的地方都是紅色的，月光所照之處都有老方的面影。然後，又是鋪天蓋地的蘆葦，千波萬浪地翻滾過來。腳下的瑠公圳是銀色的鐵軌，運著一列無影無跡的火車，轟隆轟隆地往黑茫茫的天涯駛去。玉歡掙脫了我的手，噗通地跳了下去，小小的頭顱漂流遠去。

我望著越游越遠的玉歡，心坎裡浮出一個又一個文字：「去吧！但願那些水會洗去妳身上的鮮血，也會洗去妳的罪孽，去吧！不要回頭！永遠不要回頭！」

殊不知多年之後，玉歡選擇了在一個冷得令人受不了的異國之夜，蓮花化身似地出現在我的面前。

本作原載於《遙遠的浮雕》（一九九二，皇冠出版社）

第二章　遺忘的殺機（1982年）

我獨自站在草地上，品味著屬於晚秋的氣息。不遠處的網球場，傳來網球的撞擊和人的吆喝聲。乾冷的空氣，飄觸著經過三溫暖的肌膚，真有說不出的舒適。這裡是山中湖的俱樂部，也是關口株式會社的員工休閒中心。然而，再過一小時，我們就要重回充滿愁雲慘霧的東京了。

我們是指我和由紀子兩個人，由紀子是我新婚不久的妻子，也是關口株式會社社長的獨生女。現在，她可能還在享受馬殺雞之樂，而我必須耐心地等待。這在以男人為中心的日本社會是很不可思議的。

淺紫色的富士山，像個淡妝的美女，柔情地靠在明鏡般的湖畔，散發出夢幻般的魅力，使我想唱一曲久以忘懷的歌，是遙遠的、故鄉的旋律。但是，這個慾望立刻被一個漸近的女人擊碎了。

「阿信！」她呼喚我的名字時，疑惑、警戒和駭然如同傾盆大雨般，灑落在我火燥乾裂的心田，發出滋滋的聲響。當我凝眸再視，熟悉的面孔、熟悉的聲音，還有從腦海中浮起的記憶，使我一陣昏眩，幾乎就要不支倒地。然而，殘存的理智卻不停地提醒我，必須弄清楚，眼前的女人是不是從遺像裡走出來的林玉歡？

「阿信，你這一年來，似乎生活得很好。」

「玉歡，妳……妳怎麼會突然在這裡出現？」

「你的夫人來了！以後，我再和你聯絡。」

「妳等等，妳等等……」

玉歡不理會我的叫喊，遞給我一個淒迷而幽怨的微笑，轉身向網球場走去。潔白的圓裙映在翠綠的草坪上，宛如一朵從天空飄落下來的雲。我想追過去，雙腳卻像被銬住了，寸步難行。更糟的是，連喉嚨都發不出聲來。直到看不見她了，血液才解凍似地從我的心臟徐徐流出來。

「阿信，你在發什麼呆啊？」

我茫然地看著不知何時，已經站在我身邊的由紀子。

她嬌嗔地說：「你到底在想什麼？我叫了你好幾聲，你都沒聽見。」

「對不起，我……」

「剛才，我好像看到你和一個女人在講話，她是誰呢？」

我無言以對，思緒如富士山頂的亂雲，只能呆呆望著已經泛起雜亂紅葉的樹林。細霧籠罩下的湖面，縷著一條又一條的波紋，彷彿是資生堂化妝品上的海浪標誌。

由紀子追問著：「該不是你的老情人吧？我們結婚不到半年，你總不會如此殘酷吧！」

我望著她那張被熱氣蒸紅、浮著疑雲的臉，學日本丈夫的架式，不耐煩地說：「妳胡說些什麼，無知的女人。」

她的眼皮跳動了一下，顯然不太相信我這異於平常、突發性的口氣。態度已經不再那麼咄咄逼人，但還是有些不服氣地撒嬌，自找階梯地說：「如果不是的話，那一定是引誘男人的流鶯。」

「阿呆，這裡是妳父親的地盤，怎會有流鶯出沒嗎？」

「哦！說不定是公司裡的老處女，有眼不視泰山，錯把你當成理想中的金龜婿了。」

我不想理會講個沒完的由紀子，眺望著漸漸消失在雲霧中的富士山，喃喃地以久未使用的台灣話，自言自語道：「真是不可思議的命運，如果她是活著的林玉歡，那麼去年夏天的謀殺，很可能就是一個極可怕的陷阱。如今，我已經是任人宰割的獵物。」

去年的夏天，哦！不，應該說是三年前的冬天，因為，整個事件是源由於那個沒有雪花，只有寒風的夜。

那一夜的天空，奇異的荒老，彷彿所有的青春都燒盡了。剩餘下來的灰燼，只是稀疏的燈火，像滄桑後破碎離散的情愫，微溫著東京——這座歷盡情劫的城市。

我從地鐵站出來，趕緊將圍巾團團圍住面孔，然後把戴著手套的雙手，插入大衣的口袋。指間傳來微微的暖意，那是幾個熱包子，是我從打工的中華料理店「摸來」的，作為今晚的宵夜。我拿的時候，被老闆的妹妹看見了，可是她裝著沒看見。她不是讓我心動的那一型，否則我很願意約她出去。來日本好久、好久了，可是好像什麼地方都沒去過，也沒有幾個知心的朋友。

從地鐵站到我住的地方，大約要走二十分鐘——包括經過一大段鋪滿落葉的並木道，再穿入那手指頭般寬度，繞來灣去的國宅巷弄，終於可以看見那棟我費了九牛二虎之力，才尋到的單人公寓。在哀愁的異鄉，從窗口望見的東京鐵塔，浸在薄靄中，宛如泡在福馬林標本瓶中的死胎，絕望地藐視著被命運切斷的人生。

「莫愛啦！莫愛啦！」

就在我經過那間掛著三色燈的小理髮店時，聽到熟悉的母語，像唱針放在唱片上，悠悠地響起來。我立刻停止腳步，只見數公尺外的屋簷下，有個女孩子在講公共電話。她的臉部隱在陰影裡，毛茸茸的大衣從胸前分開來，露出纖細的身子。路燈微弱的光線，映在青白色的迷你裙，使人想起了浮在水面上的月亮。可是，真正的月亮，四分之一卡在長方形大廈的右上角天空。其餘的四分之三，漠漠地散發出乾冰般的寒氣。流竄的冷風，從衣縫裡鑽進來，強暴著我的身體。

我盯著那雙每隔幾分鐘就改變一次站姿的長腿。心想：這個女孩子不是因為風寒而顫抖，而是像穿上童話中的紅舞鞋，馬不停蹄地追求自己的愛和理想。於是，在這冷得教人失去知覺的夜裡，我湧起了擁抱這雙長腿的慾望。

女孩掛上電話後，匆匆向我走來，她的臉龐在月光下綻放了。沒有了陰影的遮蓋和干擾，我驚訝地發現，她竟然就是玉歡……。

只記得風吹過的地方都是紅色的，而在月光所照之處都有老方的面影。然後，又是鋪天蓋地的蘆葦，千波萬浪地翻滾過來。腳下的瑠公圳是銀色的鐵軌，運著一列無影無跡的火車，轟隆轟隆地往黑茫茫的天涯駛去。玉歡掙脫了我手噗通地跳了下去，小小的頭顱漂流遠去。

殊不知轉眼多少年後，玉歡選擇了這麼一個冷得令人受不了的異國之夜，蓮花化身似地出現在我的面前。

她看了看我，陰濕幽暗的眼瞳閃著貓眼似的光芒。我等待她的發問……老方有沒有死？她的媽媽和那個小學校長過著什麼樣的生活？不，或許那些血肉模糊的往事不堪問、不能說。不過至少問一聲：邱健信，你怎麼來日本？然而她依然保持沉默，連一個招呼都沒。

我忍不住呼喚她的名字：「玉歡！」

「玉歡已經死了。」她以流利的日語回答。又說：「她老早就死了，死在那些黯淡的歲月裡。如今的我，名字叫做茉莉子。有空的話，請到我服務的BAR來喝酒，包君滿意。」

我多麼想告訴她，老方沒有死，為了不願醜聞擴大，他沒有報警，從此也不敢去招惹那些小孩，或許那個地方殘廢了吧！反而是舅媽太想念妳，天天過著憂愁的日子，最後不但失去了婚姻，連風前之燭似的生命也熄滅了。

當她留下一張名片，轉身離去時。我才猛然發現，離開那個飛舞著蘆葦的時代，已經好久好久了。雖然心中非常想再去看看已經面目全非的玉歡，雙手卻不由自主地把那張名片，撕成碎片，灑落在陰暗的街角。

然而沒想到，一年後的冬夜，我們又在東京的街頭重逢。

陌生的年輕女子對擦身而過的我，主動地「喂」了一聲。一時之間，我誤以為是街上拉客的流鶯。不過我還是停下腳步，因為對方說的是我的母語。那張彷彿就要被月光溶去的面孔，迅速在街燈下清晰起來。當她撥開臉上的圍巾時，我忍住驚訝，刻意露出冷淡的表情。

「嗯哼！想不到會在這裡遇見你，邱健信。你是來留學的吧？」鬆開的圍巾，微微敞開的領間，懸著細細的金鏈。乍看之下，還以為是一道劃過頸項的疤痕。

我點點頭，並簡單交代。風實在太冷、太強勁了，我很想伸手替她把圍巾圍好。

玉歡似乎毫無冷的感覺，也沒感覺出我的關心。攤開雙手，笑容中帶有些許的漠然，高聲地說：「好了！我從台灣來，你也從台灣來，相遇在異鄉的冬季，然後呢？你要請我喝一杯酒，還是你走你的陽關道，我過我的獨木橋？對了！以往的事情，我都知道了，所以不用再提了！」

「決定權在妳。不過，我希望能夠和妳聊聊，在不妨礙妳的情況下。」

「關於上次的久別重逢，我很抱歉！」

「不用再說了，我了解。不過，能夠再度相逢也是我們的緣分。我很高興妳會主動和我打招呼。不好意思！異國語言說多了，連母語都感覺生疏。」

「邱健信，你還是那麼體貼和斯文。但是，女孩子有時候會比較喜歡霸道一點的男人。好吧！將我的雙手反綁，捂住我的嘴，拉到黑暗的地方，任你為所欲為吧！」

「別開玩笑了，我知道這附近有家不錯的餐廳，到凌晨才打烊，我們去那裡吃點東西。這冷風簡直就像是鬼王的鞭子，抽得連骨頭都會裂開。」

「為什麼不去你住的地方？」

「有室友，總是不方便。」我說了謊，因為太寒酸髒亂了。

「來我住的地方，我煮湯圓給你吃。」玉歡用無限懷念的語氣說著：「還記得以前小時候搓湯圓嗎？」

我笑了，當然記得。小時候住在外婆家，每逢親友鄰居娶新娘時，喜宴上必有一道「紅湯圓和白湯圓」。製作湯圓有一套繁複的作業標準程序，並不是每個人都可插手。倒是最後的搓湯圓，就男女老幼不拘了，不過男士幾乎不參加。大家圍著一個像澡盆的竹籮（台語：竹胎），一面搓湯圓、一面說說笑笑。這時候，一定有位女性長輩。通常是我們的二姨婆來回巡視，檢查大小、形狀和顏色。我想這大概是我人生的第一堂（製程品管學—IPQC的走動管理）。有的小孩（包括我在內）總會惡作劇地在紅湯圓裡包上白湯圓、或是在白湯圓裡包上紅湯圓。但是總是逃不過二姨婆銳利的眼睛。被逮住的小孩不但被驅逐、還被狠狠挨罵。小孩的媽媽不可護短，有時候還做做樣子地打了一下。當時爸爸不在家，媽媽算是投靠後頭厝。所以，勢利眼的二姨婆罵我罵得特別兇。

有次表舅娶親，二姨婆生病入院，換了人監督。沒想到在喜宴上，讓新娘的媽媽吃到一顆奇怪的湯圓，這下可不得了了。雖然元凶禍首不一定是我，可是我還是很害怕，沒吃完喜酒就跑回家。然後接連三天不敢公然出現在大宅院。

「你知道嗎？那顆湯圓就是我包的！」玉歡得意地說著：「我當時是品學兼優的模範生，沒有人懷疑到我頭上，哈哈哈！」

當玉歡抱住我，我遙遙望著我住的公寓。就在第三層樓，右邊數來的第二扇窗，依稀可以看到剪影似的乾燥花。那是班上某個女同學送我的生日禮物，每當在午夜夢迴，彷彿可以聽見花蕾舒放的激情。

這本來是一個男人與女人萍水相逢的世界，然而異鄉的寂寞卻如鎖鏈似地將我的右腳和她的左腳栓在一起。雖然，我們各自懷著當春天來臨時，就會勞燕分飛的想法。但是，當候鳥聞著南國的芬芳，紛紛遷移歸來時，我和玉歡仍舊像那些在東京鐵塔下狂歡的男女，依然貪戀輕霧潤澤的天空，還有那一片像無根的愛情，不知何時來、何時去的雲。

「邱君，您的電話。」當我經過櫃檯時，老闆的妹妹拿著話筒，叫住了我。然後捂住話筒，扮著鬼臉對我說：「是個年輕可愛的聲音，大概是個美麗溫柔的日本女性吧！」

「謝謝妳，悅子小姐。」我接過來，不避諱地大聲說，因為料理店裡實在是太吵了。

「摩西、摩西，請問是哪位？」

「我是關口由紀子，還記得我嗎？」

「當然記得，妳送我的乾燥花，現在還掛在我的窗前，聽說妳休學之後，不久就結婚了，是嗎？」

「哎！一言難盡，我們能不能找個地方談談？」

「可以呀！可是，我還在上班中。」

「那就等你下班，我在『**MORE**』等你。」

「可是……」我正要找藉口拒絕時，由紀子已經把電話掛斷了。我將電話放回去，默默地離開櫃檯，心裡盤算如何向玉歡解釋，今晚我不能去她住的地方。我們已經半個多月沒見面了，彼此都渴望對方的肉體。

「邱君，又是您的電話。」悅子以和方才無異的動作與表情，對我說：「是另外一個年輕而可愛的聲音，不過，請注意，是那個台灣小姐喲！邱君，你真有人緣呀！接連不斷有年輕女性打電話找你。」

我不理會她的奚落，嚴肅地對話筒說：「我是邱健信，有何指教？」

彼端傳來玉歡咯咯咯的嬌笑聲，她說：「幹嘛如此假正經，是不是害怕那位老闆的妹妹吃醋，以後日子就不好過了？」

「嗯！請說明來電的用意。」

「嘻嘻，我猜的沒錯吧！好了，我跟你說正經的吧！今晚，你不要到我住的地方去，我另外約了人。」

「是不是那個叫橫手的豬哥？」我不覺提高了聲音的頻率，但是接觸到悅子那幸災樂禍的眼神時，我只好回復到和顏悅色的平靜，改用台語說：「可是，我們好久沒有在一起，難道你一點都不想我嗎？」

玉歡不耐煩地說：「你不要把兩件事扯在一起，橫手是我們酒店裡出手最大方的客人，我不能得罪他呀！好了，好了，我們再聯絡吧！」

聽到耳畔傳來「卡」一聲，我仍不死心地「喂」個不停，回答我的是電話機的「嘟、嘟、嘟」，好像在同情我這個被拒絕、可憐的男人。不過話說回來，我不是應該鬆一口氣嗎？

「對不起，別人還要使用。」聽到這句話，我只好將話筒交到悅子的手中，看見她輕輕地放上去，就像一場可笑的蓋棺儀式。

我低頭走回廚房，心裡卻在反芻著玉歡曾經說過的話：「這裡是東京，不是神祕的一千零一夜，你我不需要編織淒美傷情的故事，來灌溉我們的關係。長相廝守是情緣，交錯而過、各奔前程才是必然的結果。」

當我走向「MORE」時，玉歡的話仍在我黑暗的心上閃爍，像是染著螢光的字幕。她說：「你年輕又俊美，百分之百沒有剩餘的心情，去欣賞斷垣殘壁的蒼涼。所以，讓冬夜的月光變成樹林中躲躲藏藏的陽光，想像這張柔軟的床是陰濕的沼澤，你我就是兩隻相絞到死，永遠受到詛咒的腹蛇。」

「MORE」四個由霓虹燈管彎曲而成的英文字母，閃爍在夜空下。真的很像是兩隻永遠受到詛咒、相絞到死的腹蛇。我想起做愛之後，她的臉貼在我的胸口，猶似一陣從窗口飄進來的櫻花雨。清水似的聲音，在我的熱情中滴滴落落……。

「我的人生是打散的絲線，我的青春是風中飄零的花蕊。我沒有尊嚴，愛情只不過是我生命中的裝飾，就像冰淇淋上的櫻桃。我不能給你任何承諾，所以也不希望你束縛我，否則我們之間會變得很不美麗。」

當我想到這裡時，遠遠看見由紀子坐在窗後，向我招手。於是，我推門而入，迎接我的是偶像山口百惠的歌──秋櫻。

由紀子看起來比我想像中老了一點，但是我依然禮貌地讚美她如往日般年輕漂亮。她則以估價的眼光評量我，直到我在她的對面坐下來時，才甚為滿意地吐了一口氣。我看看她喝了一半的梅酒，點了杯加冰塊的威士忌。

品飲著芳香的液體，談著各自的近況，我的眼光落在由紀子身後的一幅浮世繪。褪去半領和服的藝妓在牡丹花下，裸露著晶瑩剔透的背部，插滿金釵玉墜的圓髻猶如金閣寺的雕飾，回眸凝視的側臉和玉歡有幾分神似。

「家父有意擴展台灣的市場，希望您能在課餘之暇，來敝會社幫幫忙。不知邱君意下如何？」由紀子簡短地說出她約我見面的理由，然而我預感這只是個開場白。

「這真是個千載難逢的機會，可是……」

由紀子搖了搖只剩下一點點酒的杯子，做了一個銀幕上常見的女魔頭的神祕微笑，說：「您放一百個心，對於您的顧慮，我們會完全配合。對了！自從我休學之後，就沒有和同學來往，不知他們最近如何？」

我提起幾個以前和她比較接近的同學，並且說了一些他們的趣事。由紀子開懷地笑了，原先給我的那種蒼老感覺，一點一滴地消失。可是，當我問到她的婚姻時，她眼角的魚尾紋又悄悄地顯露出來。

由紀子乾了杯，然後再點了杯和我一樣的威士忌，接著說：「離婚了，反正這也不是甚麼了不起的事。當初我和那個人結為夫婦，都是家父一手促成。說難聽一點，是家父將自己的女兒，當作一項禮物送給一個人的兒子。只因為對方在政治界的影響力，對家父的事業有推波助瀾之功效。」

我忿忿不平地說：「現在是甚麼時代了，居然還有這種父親。」

她看著侍者將酒端來，然後說：「這不能怪家父，要怪只能怪我自己，如果我堅持己見，他也不能拿刀子逼我嫁，畢竟他還是非常疼愛我的。」

「那我……就不明白了。」

「妳當然不明白，因為你是天下第一『馬鹿』。」

「馬鹿」，我實在不敢相信自己的耳朵。因為，在日本，一般少女不可能說出這種粗話，何況由紀子又是出身名門的大家閨秀。

她看出我的狼狽，噗哧地笑出聲來，接著說：「你真是一個可愛又可恨的『傢伙』。老實說，我在學校的時候，還蠻喜歡你，是那種很可能轉化成愛情的喜歡，然而你似乎不為所動。所以，我就認命地接受家父的安排，像折斷的菖浦，隨著流水，飄向不知是否有明朝的天涯。」

我舉杯向她致歉，說：「我不是不為所動，只是……只是關口家族的名聲……我們的愛情必然不會有結局。」

她微微聳起雙肩，不以為然地說：「假如你的理論是對的話，那麼在這世界上就不會有春花秋月這些美好的東西了。因為花和月亮都知道，她們躲不開凋謝和缺蝕的命運，那麼又何必如此空忙一場呢？」

不知是燈光調柔了，還是酒精使我的視覺迷濛，宛如有陣清煙襲來。畫中的藝妓突然模糊起來，那幾朵牡丹花益發明豔嬌媚，溢淌出來的似水柔情，由紀子和畫中人交換了位置。

東京的黃昏有著一種頹廢的美，尤其是在六月的時候，望著紫色的夕陽，令人感覺到人生的絕望。彷彿在岩石般的大廈之後，沉溺著海底的死美人，長長的髮絲隨著水流輕輕招搖……。

我和玉歡在惠比壽車站附近的一家高樓咖啡店，見面說不到幾句話，整個空氣倏然冷凍起來。

「另結新歡了，就想把我當破鞋似地踢掉，對不對？哼！沒那麼容易。」

「玉歡，妳不要這麼不講理好嗎？當初我們在一起，妳並沒有抱著和我常相廝守的心啊！」

「那是因為我愛你，我不願意一開始就嚇到你。我知道男人都不願意失去自由，為了你的自尊，只好自己先表明立場，希望讓時間來證明我對你的愛，進而感動你的心。」

聽了她那冠冕堂皇的說辭，我感到啼笑皆非。木訥的我，只能結結巴巴地說：「可是……妳不是和橫手很要好嗎？而且，他為了妳還鬧了家庭革命。」

「那是他家的事，就算他被火車撞死了，我也不會管他。我只要你，我只要你……」

「噓！妳小聲一點，這裡是公共場合，會出洋相的！」我感覺到週遭人們的眼光紛紛地射過來，尤其是坐在鄰座，那個穿藍色西裝的男人，還歪斜著身子，耳朵像要貼過來似的。

玉歡非但沒把聲音降下來，反而提高了幾個音階，說：「出洋相？你怕出洋相。告訴你，等到你結婚的那一天……雖然我目前不知道你要和哪個女人結婚，但是我會查出來，大概是所謂的名媛淑女……我一定不請自到，當著你的新娘以及所有賓客面前，宣布說你是一個多麼絕情的負心漢，靠著可憐的酒家女所賺來的皮肉錢，維持學費和生活費。等到遇見另一個有錢的女人就變心了。」

「妳含血噴人！」我幾乎想一巴掌打過去，但是，考慮到她是個說得到、做得到的女人，只好壓住心頭的怒火，哀求地說：「妳何必做得這麼絕呢？這樣對妳有甚麼好處呢？妳又不是真的愛我，妳心裡比誰都清楚。與其這樣寧為玉碎、不為瓦全的蠻幹，不如想個對彼此都有利的方法，是不是比較實際點？」

玉歡似乎被我說動了，靜靜地瞪著我，黑色的眼瞳像是魔鬼樹的種子。我恐懼地望著它們，已經可以預知它們正緩緩地萌發出可怕的子葉，而且慢慢地茁壯。沒想到我的緩兵之計，卻引發了她的聯想。

「你的建議很好，我會採納。但是，總要花些時間來計算，你到底應該付給我多少夜渡資。」

我啞口無言地看著她站起來，走過甬道，推開咖啡廳的大門，然後化成一抹幽淡的影子，消失在暮色漸濃的街道。一陣緊繃之後，我頹然地靠著椅背，閉上疲倦的雙眼……。

「請問您是邱健信君嗎？」我睜開雙眼，鄰座那位穿藍色西裝的男人，笑容可掬地遞給我一張名片，說：「我剛才在那邊坐了很久，雖然聽不懂你們在說些甚麼。但是據我猜想，可能是和女朋友吵架。如果您不介意的話，我想和您聊聊。」

我向來不喜歡和陌生人打交道，所以冷淡地不表示任何意見。但是，當我看見名片上的字時，彷彿有人用木棍在我的腦袋瓜敲了一下。於是，我趕緊站起來，惶恐地說：「原來是有馬部長，失敬、失敬。」

「我能不能坐過去呢？」他再度徵求我的同意，語氣就像那些有社會地位的人物。表面的謙和之下，醞釀著波濤洶湧的威嚴。

「當然，當然。」我等他坐妥之後，才慢慢地坐下來，心中開始泌出苦汁。

有馬部長是關口社長的心腹，被他看到我和玉歡之間的糾纏不清，不知是否會影響我和由紀子的婚事。不過，他既然肯過來和我說話，表示他希望聽聽我的解釋吧？畢竟社會經驗豐富的人，做事總是比較謹慎，想到這裡，我暗暗地鬆了一口氣。

我要為他叫飲料，卻被他拒絕，這是不好的預兆。於是，我卑微地說：「恕我眼拙，因為我到關口株式會社沒多久，而且又是兼差性質，雖然時常聽到有馬部長的大名，但是……」

他搖搖手，打斷了我的話，說：「那些不重要的事，我們不要談。我只想問你一句話，你和林玉歡小姐的事，關口小姐是否都知道了？」

「我沒有對她提起，所以大概不知道吧！」我望了有馬部長一眼，心想他怎麼知道林玉歡的名字呢？

他似乎讀出我的心意，說：「關口社長只有由紀子這個女兒，他不願意她再遭受任何不幸，所以全權委託我來調查你。我雇用了私家偵探，除了你和林玉歡這個女人還藕斷絲連之外，其餘一切都過關了。」

我緊張地追問道：「你將報告呈給社長了嗎？」

他笑一笑，說：「這就是我要問你的原因，如果由紀子還不知道，我為甚麼要立這種殺風景的功勞呢？」

「謝謝你，有馬部長。我和玉歡的事會盡早做個了斷，而且我保證，會給關口小姐一個完美無缺的歸宿。」

「年輕人，很多事情不要太早下結論。第一、你能夠擺平林玉歡那個女人嗎？從我手邊的資料顯示，她可不是好惹的。第二、你怎麼知道我是站在你這一邊，我為甚麼要為你承擔這種無意義的風險呢？當然，還有第三點、第四點……你是個聰明人，舉一便可以反三、反四，這就不必我多費口舌。」

「有馬部長，您是前輩，請明示吧！」

「我和關口社長是多年的好朋友，所以我也非常疼愛由紀子，尤其是我的獨生女在十年前病故之後，我更是視由紀子為己出，而由紀子也尊敬我如父輩。所以，我很關心她的一切。誰知上次卻弄巧成拙地，為她導演了一幕錯誤的婚姻。」

「可是由紀子說，那是關口社長的安排。」

「看起來的確是如此。事事上，是我一手促成。然而我失敗了，因為我將婚姻視為商品，以各種數值來推演分析，然後帶入我理想中的婚姻公式。我以為萬無一失，然而卻忽略了由紀子的感情世界，那才是最重要的關鍵點。」

我一言不發地聆聽……餐廳裡忽然瀰漫著牛排的香味，但是我卻沒甚麼食慾，雖然肚子已經餓了。

有馬部長繼續說：「當由紀子結束那段婚姻後，我一直非常內疚，希望能夠為她做些甚麼，卻又幫不上忙。終於，她告訴我她愛上一個台灣青年時，我才有了一個贖罪的機會。」

「贖罪的機會？」

「不錯，我要你們順利地完婚，永遠過著幸福快樂的日子。為了由紀子，我不惜任何代價去剷除那些絆腳石，你懂我的意思嗎？」

我驚愕地瞪著他，好像看見從地心鑽出的天狗。

有馬部長往鄰座的餐桌看了看，吸吸鼻子，說：「好香的牛排，提醒我們該飽餐一頓了。怎麼樣？吃完後我們再去銀座喝個痛快，不醉不歸。」

我輕聲地問：「你要怎樣對付林玉歡呢？」

也許我的聲音太輕了，所以他沒聽見，或者故意不理睬我的問話，舉手作了個手勢，對急步走過來侍者點了牛排，然後交代牛排要如何料理，同時叫了一瓶紹興酒和幾顆酸梅。

這兒是座落於新宿四谷二段的一棟豪華住宅，我雙手捧著名貴的丹波燒陶杯，小心翼翼地喝著熱騰騰的茶。因為是從茶包沖出來，所以有著人工的茉莉香，色澤也是不自然的碧綠。

有馬夫人很客氣地說：「用這種茶招待您，實在有失禮儀。聽說貴國的烏龍茶可以健身美容，最近在日本也很流行呢！」

信仰。

「是的！可惜我對茶葉沒甚麼研究。」

我知道這是日本人的說話藝術，在未進入主題之前，必須先拐彎抹角地先談天說地一番。就像方才我進入屋內，就先讚美這個地方寧靜、樹木又多，很適合住家。而有馬夫人就解釋，因為附近有祥山寺、愛染寺、西念寺、真宗寺等寺廟的緣故，然後又扯了一番日本人的宗教信仰。

但是，我非常清楚有馬夫人邀請我來她家，不是單純地與我閒話日本的廟寺或是烏龍茶。因為，在我和有馬部長談過之後的幾天，有馬夫人便打電話約我見面。

地點就是有馬部長的住宅，時間則由我決定。但必須是在白天，因為有馬夫人不希望她的丈夫在場。於是，我依照她的指示的路線前往。

她將我喝過的陶杯收起來，又換上另一組，然後說：「今天請邱君來寒舍，乃是因為聽家主人說，您是關口小姐喜歡的人，所以想要和您見個面，多了解一些。相見之下，果然一表人才，難怪關口小姐會……嘻嘻，連我這個上了年紀的老太婆，都會為之動心呢！」

我知道她在說笑，但是初見面的單獨相處，總是令我有不知如何應對的尷尬。只好以傻笑和說些類似「夫人，過獎了」的應酬話，搪塞過去。

應酬話說完之後，有馬夫人恢復了原有的氣派，正色地說：「前幾天，您和家主人見面的經過，家主人一五一十地告訴了我，我很震驚。」

我不知道她為何震驚，連忙說：「夫人，您不用擔心。這是我私人的事，我自己知道如何處理，絕不會牽連到部長。」

有馬夫人露出慈祥的笑容，柔聲說道：「傻孩子，我震驚的是，像你這麼優秀的青年，怎麼會和那種不三不四的女人混在一起。是因為異地的寂寞，而又遇到來自故鄉，像雨夜花般薄命的女人，才會牽動你悲憐的心。傻孩子，你知道嗎？那是同情，不是愛情。或許摻雜了一些情慾，但絕對不是純真高貴的愛情。」

我啞口無言，就如同玻璃窗外的樹葉，任憑清風吹動。

她又說：「忘記那個無恥的女人，全心全意去愛關口小姐吧！至於家主人要怎麼做，你就不用管了。還有，我請求你為我們做一件事，希望你能答應。」

狐狸尾巴終於要露出來了，我心中暗想。但是，神情卻保持不變，平靜地說：「請說吧！夫人。只要我做得到。」

「**請你殺了我！**」

我以為我聽錯了，睜大雙眼正視她。

於是，她又重複了一遍。這次，我確定沒聽錯。但是，我還是以為她在說笑話，臉上的肌肉鬆弛成笑容。

然而，有馬夫人卻以無比嚴肅的態度說：「現在的人不是流行著換妻的鑰匙俱樂部嗎？那麼為何不能互相殺死對方的伴侶呢？沒有動機，然後互相做不在場證明，這豈不是完璧無暇的謀殺事件嗎？」

「難道有馬部長要殺死玉歡嗎？」這個念頭一閃而過，但是立刻被理智否決，先弄清楚到底是怎麼一回事吧！我問：「妳為甚麼要這樣做呢？」

「那是因為我罪有應得。」有馬夫人的眼淚輕輕地滑下來，但是她迅速地抹去，帶著淒迷的微笑，說：「半年前，我因為朋友的誘惑而涉足賭場。本來以為自己會適可而止，沒想到愈陷愈深。以致於無法自拔。如今，我被賭場的人逼得走投無路，好幾次想服毒自殺，卻又不甘願白白犧牲。所以，我想到了你。」

從茶壺裊裊升起的輕煙，使有馬夫人的臉浮現一種難以形容的青色。飄渺虛無，令人無法捉摸，夏日的寧靜和樹影蛻變成陰森的氣氛。

有馬夫人說：「因為，你是最適合的人選。家主人為了關口小姐而設法除去林玉歡，你不能坐享其成，你也必須為他做點事。」

我平穩一下情緒，辯道：「這是應該的！但是，妳為甚麼要逼我去殺死他的妻子呢？」剎那之間，我將眼前的女人和有馬部長的妻子分成兩人了。這也難怪，誰會要求別人取走自己的性命呢？交換殺人只存在於推理劇或推理小說之中，我無法想像會在現實生活中發生，尤其是我和有馬部長，玉歡和有馬夫人。

「我死了之後，家主人可以領一筆為數可觀的保險金，這是我唯一能夠給他的補償。」

「所以妳要我殺了妳？」

「最好是這樣！你我既然沒有交集，警方必然誤以為是黑道人物，因討不到賭債而下的毒手。當然他們也會調查家主人，但是現在是上班時間，他有完璧的不在場證明。警方絕不會懷疑他因詐領保險金而殺妻。所以，最後會不了了之，成為一宗無頭公案。」

有馬夫人四平八穩地侃侃而談，宛如站在講台上的小學老師。可行性近乎完美，我愈聽愈驚，幾乎要奪門而出。

「我知道你下不了手的，所以只要幫個小小的忙就可以了。」

原來是這樣！有馬夫人文雅的敬語讓我誤解了她的意思，不過我還是無法苟同。

「我不需要殺我的兇手，我只要一個嫌疑犯，讓有馬部長能夠順利拿到保險金。」

我的聲音和身體顫抖得如尚未出現畫面的螢幕。但是，拒絕之意卻堅如鐵石。

「請妳死了這條心吧！夫人。縱然是把我丟到阿鼻地獄裡，我也不會幹這種事。對不起，打擾太久，今天到此為止。」

「難道你不怕我去跟由紀子說……。」

我打斷有馬夫人的話，天不怕、地不怕地說：「妳去說吧！我早就有所覺悟。」

「邱君！如果你知難而退，必然成為警方眼中殺死我的頭號嫌疑犯。」有馬夫人修長而白皙的手指，指著擺在我面前，那只丹波燒的陶杯。然後再說：「因為，那上面有著你的指紋。」

我不假思索地將那只陶杯搶過來，用手帕猛擦。

這個動作似乎早就在她的意料之中，見怪不怪地說：「你忘了還有你先前喝的那一只……早先被我收起來。哦！我就是需要你這種充滿仇恨的眼光。」

「那只陶杯放在哪裡？」我猛然站立起來，對她大吼。

「已經被我鎖在保險箱裡。」有馬夫人露出陰森的微笑，說：「除了那只陶杯，我還留下一份死亡預告書。上面寫著：你是我年輕的愛人，因為要和有錢的千金小姐結婚，為了擺脫我的糾纏，所以就殺害了我。陶杯是你來過我家，我們認識的證據。明察秋毫的警察到最後或許還您清白，但是您的前途大概也全毀了！」

「有馬夫人，求求妳，不要陷害我。」

「直到刀子刺入我的心臟之後，我才會告訴你打開保險箱的密碼。你取走陶杯和死亡預告書，趕快逃之夭夭。我已經確認過，設置在我家門口的攝影機，經過我要求隱私權，只會錄下你的背影，提供警方認為我是被殺的證據。剛才您走右邊的小路，回去時務必走原路回去，否則後果自行負責。」

「有馬夫人，求求妳，不要陷害我。」事到如今，我也只能重複地哀求。

「騎虎難下，一切皆成定局。」她的眼光閃過一陣柔情，彷彿雪魔女回眸凝視親生的稚子，幽幽地說：「邱君，你只是協助我完成心願，和醫生拿掉瀕死病人的維生系統沒兩樣。你的良心非但不會受到責難，還會受到我永生永世的祝福。」

我繼續哀求，希望她能改變心意。

她轉而嚴厲地阻止我，大聲地說：「像男子漢一點，不要如此婆婆媽媽，照我的話去實行吧！從你進入我家之後，我就注意到你的雙手沒有亂摸，這只陶杯，既然你已經擦乾淨了，也不必再費心處理。至於保險箱中的杯子，你拿出來，擦掉指紋之後，放回櫃子中，以免令人起疑。對不起，我先失陪一下。」

有馬夫人真的只失陪一下下，就又出現了，手中握著一把閃動著光澤的尖刀。

「我們的步驟是，我將刀子刺入自己的心臟之前，會將密碼告訴你。但是，為了預防你反悔，我要保留最後兩個數字。看到你的表現後，再伸出幾根手指頭讓你知道。注意，機會稍縱即逝，千萬不要有所閃失，否則你我都會抱憾終生。」

既然已成定局，絕望的我只好抱著一絲僥倖的希望，說：「妳沒有考慮到刀子刺入自己的心臟，會留下自己的指紋嗎？何不戴上手套，事後我將手套脫下來帶走。」

有馬夫人果然聽了我的話，覺得有理，於是再去廚房拿了一雙手套。我看她戴上手套，然後舉起那把尖刀時，彷彿屋外的陽光全部凝聚在刀鋒。精神緊綳的我，已經陷入意識恍惚之中，好像獨自在巨大的運動場，等待著起跑的槍聲。

我凝望舉刀刺向自己胸口的有馬夫人，血花在悲鳴和呻吟中濺放。心中沸騰的熱力，使我汗流浹背。不用回首，便已了然。我在億萬隻眼睛冷漠的注視下起跑，或前或後的是一群各式各樣的我。這是人生的馬拉松，我追趕不同的自己，也被不同的自己追趕，直到身心俱瘁。但是，我已經沒有選擇的餘地了。

那真是一個充滿了可怕回憶的夏天，每當我走過裝飾著金色陽光的樹蔭，就會想起隱藏在有馬部長的住宅裡的陰影。縱然只是陣陣涼風，也輕而易舉地將我推入另一個深不見底的古井之中……。雖然，我只是被迫成為殺人幫兇，可是至今我能感覺到有馬夫人的生命，像流沙似地從我的指縫間流失。

警方始終沒有懷疑到我，然而我卻飽受心靈的折磨，終於病倒了……這場病是上蒼賜給我逃避殘酷現實的良機，在那個與世隔絕的白色空間裡，享受著由紀子的愛情，而肉體上的痛處也適度地減輕了我的罪惡感。至於玉歡呢？完全從我的生命中消失，本來我還以為她只是離開東京或是日本。然而當我親身遭遇有馬夫人瘋狂的行為，我便一心認定她真的被有馬部長殺死了。自欺欺人嗎？我自己也搞不清楚。

我心不在焉地翻著卷宗，一筆又一筆的合約，被我多次地用鉛筆劃過，然而卻不知道內容是甚麼。望著窗外，晴空下的東京鐵塔，宛如一隻倒立在各種色彩冰淇淋中的甜筒。但是，我的心中塞滿了晚秋的山中湖、淺紫色的富士山，還有那個浮光魅影的林玉歡。這到底是怎麼一回事呢？我必須弄個水落石出，否則……。於是撥了個電話給石川，石川是關口株式會社山中湖員工休閒中心的主任。

「日安，石川主任。我是東京總公司的邱健信，想請問你一件事。昨天我和內人到俱樂部休假時，看見一位台灣女郎，對！穿著白色的圓裙。你知道她是誰嗎？沒關係，麻煩你CHECK一下。」

我等了約兩、三分鐘之後，石川的聲音傳過來。

「對不起，邱課長，讓您久等了。那位女郎所登記的名字是林玉歡。當初，管理員礙於公司規定。非員工及其眷屬，一概不准進入休閒中心。那名台灣女子就取出證件，表示她是前任有馬部長的夫人。因為開車經過，發現是有馬部長以前工作地方的休閒中心，聽說風景很美，希望觀賞片刻。所以我們就讓她進來，她繞了一圈就離開了。」

「有馬部長的夫人？石川，你在本會社裡算是老資格了，而且和有馬部長也很有交情，你曾聽聞他再婚嗎？」

「沒有，我也是昨天才知道。我是半信半疑，可是那位女郎說得煞有其事，談吐舉止也很高雅。自從有馬夫人慘遭不測之後，部長就離職。以後我們就沒有再聯絡，有關他的任何事情全然不知。」

我腦海中閃過一個念頭，於是趕緊又說：「石川，麻煩你看看登記冊上，那位有馬夫人是否有留下地址或聯絡電話？有的話，請你詳細地告訴我，有勞你了！」

石川很快就給了答覆，我將地址和聯絡電話抄在記事本上，對坐在門口的秘書說：「我出去一下。」

半個小時之前，我用公共電話打電話給玉歡。如果是有馬部長，不！應該是有馬先生接的話，就不吭聲地掛掉。結果是玉歡本人接的，我約她出來。她說：有馬先生不在家，她不方便出門。如果我有急事，那麼現在去他們住的地方談。我掛上電話，搭上計程車直奔新宿。

再度面對著有馬凶宅，那棟半埋在綠葉、黃葉、紅葉之間的豪華寓所，好像又回到那個搖晃著陽光的午後，只是多了幾分蕭蕭的秋意，彷彿劫後的蒼涼。步上兩邊種植花草的台階，平息一下心情，然後按下電鈴，我等待著另一個有馬夫人的迎接。

電鈴聲音高昂急促，有種山雨欲來風滿樓的緊迫和毛躁。接著在我面前，出現一張既陌生、又熟悉的臉，光滑緊緻的皮膚下似乎有著坎坷起伏的骨骼和錯綜奔流的血管。

「請進。」

我默默地入屋，然後坐下來，是我以前曾坐過的同一張椅子。從這個角度，可以看到窗外的樹影，以及更後面一點的寺廟。我記得有馬夫人曾經告訴我寺名，但是我早已忘記了。

一陣虛偽的寒暄，玉歡從廚房捧出了一壺茶，還有兩只杯子，也是那一天我接觸過的丹波燒陶器……還有飄著茉莉香的綠茶。我有種預感，她似乎想要再次將我推入回憶的深淵。一時之間，我不敢去接她雙手遞過來的茶，唯恐再次留下指紋，就像那錯誤的第一步。

面帶笑容的玉歡先開口說：「幸好當初我沒有魯莽行事，不然這世界上，又會增加三個痛苦的人。昨天我看見尊夫人，是個嫻淑美麗的女子，比我強多了，你的選擇是明智的。」

聽她的口吻，似乎不像是要找我的麻煩，但我依然小心謹慎地說：「你怎麼會嫁給有馬部長呢？」

「你誤會了，我們只是同居。」她倩兮一笑，說：「那不是你牽的紅線嗎？我們就心照不宣吧！」

「心照不宣？甚麼意思？」

「心照不宣的意思是彼此心裡明白，不必用言語說明。」

「妳……。」我一時無言，轉守為攻，問道：「妳不會無緣無故出現在我面前吧？」

「想念你啊！剛好路過，就順便去看你。」

「玉歡，我們就就打開天窗說亮話吧！這樣拐彎抹角，不累嗎？」

「所以你今天來找我，並非懸念往日的情誼，而是別有用心？或是作賊心虛。」

我再度無言，想想會不會自己想太多，庸人自擾，正準備起身道別。

「有馬先生有封信要我交給尊夫人，並且要我昨天特地到山中湖，因為每週三都是尊夫人去休閒中心例行巡視的日子。沒想到您也跟著去，真是恩愛夫妻啊！更沒想到會先遇見您。當時尊夫人恰巧也出現，我怕引起誤會，趕緊離開，那封信就再帶回家。既然您說您要來，那就麻煩您轉交給尊夫人。」

到底是甚麼信？我皺了皺眉頭，望著玉歡往後頭走去的背影。不禁再度陷入沉思之中……有馬夫人過世，我在醫院時，曾經接到當時還在關口株式會社任職的有馬部長的來電，他告訴我，玉歡已經永遠消失在這世界上，我可以放心地和由紀子結婚，再也沒有人會阻礙我追求幸福的權利。當我問及他喪妻之後，對前程的打算時，他說他會好好活下去，沒想到竟然會和玉歡在一起。

玉歡出現時，滿臉沮喪。但是，看起來有些像做戲的感覺。她說：「真糟糕，我把信放在保險箱裏。因為平時很少使用，竟然把開鎖的密碼忘了。」

「到底是甚麼信呢？」

「我也不知道，好像是和他亡妻有關的事情。」

果然！以前的死亡預告書，目前的犯罪說明書？我感覺到臉頰轟轟一熱，然後瞬間退去，留下冰冷的感覺。玉歡必然注意到這我臉色紅白交替的轉變。但是，她卻不以為意，淡淡地說：「那是個很普通的保險箱，本來我把密碼記載在記事本上，可是臨時找不到。我記得幾個數字，說不定可以打開。對了，我需要你的幫忙。」

「我……」

「如果密碼對了，保險箱就會發出『噹』的聲音。可是聲音很小，我耳朵曾經受損，聽力很差，麻煩你幫我聽聽看吧！」她以鼓舞的聲催促：「來吧！」

我像冬盡春來的燕子，內心充滿了對南方的期盼。就是那股無法解釋的引力，牢牢地將我吸過去。不錯，依然是那個保險箱，曾經鎖住印著我的指紋的丹波燒陶杯，還有有馬夫人的死亡預告書。

玉歡來回轉動鎖紐，然後由我貼著箱壁聆聽，就如電影中的妙賊神偷。

事情隔這麼久了，我還牢牢記住最後的兩個數字，因為那是來自有馬夫人的手勢……左手的指頭先伸出三，然後再伸出二，當時她的右手按住了心口。其他的一連串數字，則如同被海浪捲起的泡沫，分不清甚麼是甚麼了。但是，在林玉歡的操作下，我竟然斷斷續續地想起了幾個數字。每當玉歡思索數字，我忍住不開口說出，整個人像被壓在水底，急於抬頭吸一口新鮮的空氣。

玉歡高亢地說：「終於，只剩下最後兩個數字了。」

我望著她開始試最後第二個數字時，憋不住了！最後那兩個數字並蒂地在舌尖怒放了。

玉歡驚訝地抬頭望著我，而我已經顧不了是不是需要去聽音判斷，自顧自地開鎖，逕自伸手去取裡面的白色信封。上面別說沒有收信人和寄信人的名字和地址，裡面的白紙連半個字都沒有。

「你是兇手！」宛如悶雷響起。不知何時，我和玉歡身後多了兩名中年男子，其中一名是有馬先生。我宛如打開溫室的門，突然看見外面暴風雪的世界。

有馬先生走到我面前，說：「其他的話慢慢說，讓我先為你介紹這位大名鼎鼎的高森警視吧！高森君大學畢業之後，通過高級職位考試成為警部補，然後到警察大學進修，回到警視廳服務幾年後，成了警部，陸續又有卓越的表現，不到四十歲，就成為警視了。」

那位看起來比五十多歲的有馬先生還要老的高森警視，沙啞地說：「少說諷刺的話了！我還有許多疑問，要請教邱君。」

有馬先生兩手一攤，說：「那麼就請大家到客廳談吧！」

高森警視靠過來，溫和地拍拍我的背部。我看了他一眼，他正在凝視我。我們彼此交換訊息，解碼的譯文是我說：我是逼不得已的，而他回答：沒關係，我自有主張。當然，這是我單方面的解釋，實際上如何，我就不得而知。

我們以等腰三角形的距離分別坐下，高森警視居於頂點。玉歡再度拿出兩只陶杯，倒了茶水，放在他們面前，然後靜靜地坐在角落，像是屋裡一尊不引人注目的雕像。

有馬先生舉起雙手，說：「高森警視，這些日子來，你一直認為我是殺妻、詐領保險金的元兇。如今，真相總算大白。」

高森警視以他那特殊的沙啞聲音，說：「慢慢來，我們有的是時間，不是嗎？你總不會因為邱君知道保險箱的密碼，就認定他是殺死有馬夫人的兇手吧？」

有馬先生恨恨地說：「當初你們警方假設，內子是被黑道人物所逼殺。調查沒結果，又將箭頭指向我。為了證明我的清白，我自己花了金錢僱請私家偵探調查，好不容易打聽到邱健信在內人遇害的當日，曾經造訪寒舍。」

他得意地瞄了我一眼，又說：「內人遇害時，你們調查發現保險箱似乎被打開。保險箱的密碼除了我和內子之外，沒有第三人知道。如果是內子開啟，一定會留下指紋。但是鎖上乾乾淨淨，可見指紋是被兇手抹去了。當時警方的推論是兇手逼內人說出密碼之後，自己去開啟。因此，我認為兇手必然還殘存著記憶的碎片。」

高森警視笑著說：「所以，你布置一個和現場幾乎無異的環境，引誘你心目中的嫌犯來就範，並特地請我來見證。你不覺得你的佈局有失公平嗎？也許邱君的猜數字能力特別強。剛才你不是親眼看到，前面的數字都是林小姐背出來的嗎？」

有馬先生搖搖頭，說：「我從教育心理學上得知，人類記憶數字，尤其是一連串的數字，最不容易忘記的是頭數和尾數。另外，根據統計，能夠同時猜出最後的兩個號碼，根本是少之又少。方才你親眼所見，邱健信毫不考慮地說出來。所以，結論是……他從內人口中得知開啟保險箱的密碼。」

「你答非所問。不過，我會向關口株式會社人事課，以及邱君所讀的學校，調查他的背景資料，是否查出他有那方面的能力。你說：你從教育心理學上得知的理論，根本不值一談。不過，你的結論倒是值得商榷。」高森警視看見有馬先生露出得意的微笑，繼續挑釁地說：「打開保險箱並不意味會殺人。倒是你有動機，而邱君沒有動機，除非你們之間，有甚麼不足為外人道也的關係。」

有馬先生吼道：「沒有關係，我們之間沒有牽扯。」

「是嗎？我看不盡然。其實，我們也不必繞圈子，直接問問這位滿臉無辜的邱君，是否有殺死有馬夫人，不就得了嗎？」高森警視的眼光從有馬先生的身上，轉到我這邊，輕聲地問：「邱君，你犯了罪嗎？我的意思是你有沒有殺死有馬夫人？將尖刀刺入她的這裡。」

我望著高森警視將右手點在心臟的部位，我想如果我否認，才是他需要的答案。但是，出乎他的意料，我點頭了。然而，就在他吃驚的表情下，我娓娓道出事情的經過。當然，我有所保留，沒有說出玉歡的名字，還有有馬先生和我之間的祕密。

「胡說！哪有這種事！」有馬先生不斷地在我的敘述中，加入憤怒的逗點和不信任的驚嘆號。但是，逗點被保留，驚嘆號則被高森警視技巧地刪除了。

「為甚麼不會有這種事？」靜坐在角落的玉歡，突然開口。連我在內的三個男人立刻感覺到，空氣中似乎開始泛起了女人的體香。

她依然保持著原有的坐姿，垂眉低眼地說：「有馬先生，您找上我的時候，不正也懷著和夫人同樣的動機嗎？」

「妳……」有馬部長猛然站起來，但是看到高森警視阻止的手勢，只好又頹然坐回原位。

高森警視走到玉歡身邊，低低地講了一些我聽不清楚的話，然後選了一張離她比較近的沙發坐下。於是，原先的等腰三角形，就變成了奇異的不等邊四方形。

「今年夏天，有馬先生到我上班的酒廊找我，告訴我邱君要結婚的事情，我雖然有些醋意，卻也沒甚麼辦法。可是，有馬部長又告訴我，他可以幫我向那名千金小姐勒索一些金錢。我覺得也不錯，因為剛好手頭很拮据。我照著他的指示，約邱君出來談。」玉歡看了我一眼，繼續說：「後來，有馬先生在電話中告訴我，錢已經到手了。我說我會依照約定，從此和邱君一刀兩斷。沒想到，他事後表示已將那筆錢挪用了。」

由紀子給了有馬先生錢？不可能。以她剛烈驕傲的個性，似乎……但是如果為了我們之間的愛情，難道不會……然而我們這些日子的相處，我看不出任何異樣。

「當我提出抗議，他竟然說了很多羞辱我的話。我簡直不敢相信我自己的耳朵，一位受過高等教育，在社會上這麼有地位的紳士，竟會說出那種比癟三還下流的話。」玉歡臉上依然平靜，繼續說：「當我撂下狠話，正轉身離開，他掏出一把手槍，強迫我做我不願意的事。我冷冷地看著他埋在我腹部上的頭顱時，幾乎想一槍斃了他。事實上我也有這個機會，因為他竟然把槍放在我右手可及的地方。」

「可是事實上沒有，既然妳有足夠的理由和機會去射殺他，為甚麼又下不了手？」高森警視面帶微笑地問。我發現我們這個四方形的變動，乃是由於他不斷地走動。

不知道是不是因為長久的相同坐姿，玉歡微微地移動她那雙修長的腿，使我想起了那個寒風冽冽的冬夜。那一個冬夜？第一次的重相逢，還是第二次的再相逢？

「也許是我可憐的命運，所受的羞辱不止於此吧！而且，我顧忌到這麼一來，我的後半生就全毀了，所以才又忍下來。但是接下來，我覺得有馬先生並不是真的在羞辱我，反而是用他的方式在取悅我，希望我能幫助他完成一件事。當時我並不了解原因，現在我猛然才明瞭，他要我殺死他。」

我看著面孔幾乎扭成一團的有馬部長，耳邊繼續傳來玉歡的講話聲：「然而當我想到他破壞我的愛情，甚至可能還會再去威脅邱君和由紀子小姐的幸福。不知不覺拿起手槍，對準他的頭部，準備扣下扳機。」玉歡看著天花板，不當一回事地說：「我混過幫派，弄刀弄槍習以為常。」

高森警視自以為是地說：「人世間的恩怨情仇，百轉千迴，一言難盡啊。後來呢？林小姐。」

「有馬先生突然停止了所有的動作，雙眼盯住電視的畫面。」

「我猜想那個電視畫面，正是播報有馬夫人被刺殺的新聞。當林小姐怒火高張地想要扣下扳機時，不由自主地也被電視畫面吸引了。一時的衝動逐漸消失，熊熊的殺意自然而然冷卻下來。」高森警視饒富深意地看著默認的玉歡，然後對有馬先生，說：「你想要犧牲自己的念頭，也因為愛妻被殺而消失。」

我開始整理我的思緒，難道有馬先生的目的正和他的妻子一樣？想要激怒玉歡來射殺他，以便得到保險金，替有馬夫人解圍。沒想到有馬夫人早他一步離開世間。換句話說，有馬先生要用自己的保險金還清妻子的賭債，是這樣嗎？誠如有馬夫人犧牲自己，除了抵銷賭債之外，剩餘的保險金算是對丈夫賠罪的一種方式。

高森警視的聲音，似乎不像先前那麼沙啞。他說：「姑妄信之，雖然還要經過一番查證。關鍵就在……嗯！讓我賣個關子，也許你們會想出來的。邱君，換你了！更要絞盡腦汁來證明，你是被有馬夫人所逼，幫她完成自殺、取得巨額保險金的心願。」

我胸有成竹地看著高森警視一張一合的大嘴，斑黃的門牙像是兩名守在洞口的衛兵。從我剛才進入秋意深深的有馬凶宅、不！從我一開始離開濃濃夏意的有馬凶宅，就預料會有這一天、這一時一刻！但是我還是多想知道一些事情，於是繼續保持沉默。

有馬先生忿忿不平地說：「高森警視，你說姑妄信之！太過分了！」

「告訴你實情吧！你所投保的保險公司，正是家弟所服務的公司，他是徵信課的課長，務必要粉碎你詐領保險金的夢想。邱君目前尚無法證明，到底是真的被迫協助有馬夫人自殺，還是別有隱情。至於法律條款的漏洞，或許會讓你如願以償。所以我更重要的任務，是要證明邱君是不是你的共謀，甚至你是不是幕後的導演。」高森警視平靜地說：「暫且不論這些類似推理小說中常常出現的假設、分析和求證，我們發現有馬夫人的死亡狀況太不尋常了，渾身上下，只有一處致命刀傷，非但沒有防禦性傷痕或掙扎的跡象，甚至表情非常平靜，甚至讓人有種『我很幸福』的幻覺。」

有馬先生舉起雙手，緩緩站起來，說：「ＯＫ、ＯＫ，我承認我曾經有那種借林小姐之手來殺死我，以便讓我的妻子領取我個人所投保的保險金。因為，我深愛我的妻子，我不忍她受一絲絲的傷害，這是我的錯誤。但我也是逼不得已。好了！關於我這一邊，該做一個結束。既然邱君承認他是被迫成為兇手，可是何以見得他所說屬實呢？」

高森警視看著我，等待我發言，我卻轉身對玉歡說：「妳要不要再說幾句話？我不覺得有馬先生真的想犧牲自己。」

玉歡神情暗悒地說：「有馬先生，我對您的信心崩潰是因為高森警視告訴我，那把手槍根本沒有裝子彈。在日本，槍支受到嚴格的管制。所以，當我從圖鑑中認出那把手槍的形狀時，警方立刻查出槍的主人，而他也承認借給您。有馬部長，只是他發誓交給你是一把空槍，而以您的能力而言，不可能會弄到子彈的。所以，您並非有心犧牲自己。」

有馬部長傲然地站在玉歡的面前，說：「妳就像伊索寓言中那條凍僵的蛇，可憐的女人。如果不是妳鬼迷心竅地多管閒事的話，或許妳可以成為真正的有馬夫人，很多事情都會有美好的結局。」說到最後一句，連他自己似乎都感到有些不倫不類，只好以沉默來代替。

我覺得我應該說話了，於是面對有馬先生：「你誘使林小姐殺你，而有馬夫人則對我下手，結果有馬夫人成功地被殺，你卻……。」

激動的心情讓我口齒不清，於是先讓自己深呼吸，然後一字一句地說：「有馬先生，你很狡猾地在有意無意中透露出你的計畫，讓有馬夫人有了內疚感，比你更早一步，實踐這個由你引發出來的計畫。你還推薦了最適當的人選，就是我。不過你高估了林小姐對於我的怨恨，低估了她的智慧。動機清楚了，時機到了，真相大白了。」

「有馬部長，邱君剛才說過，你不但高估了林小姐對於負心漢邱君的怨恨，也高估了自己的魅力。同時，不但低估她的智慧，更低估了她的正義感。」高森警視拍拍額頭，轉而面向我，說：「邱君，我很抱歉，你可能要吃上協助他人自殺的官司。至於如何辯解，那就看你自己囉！」

「手套。」眼前的三個人，高森警視似乎在說：好小子，這下就看你的表現了。有馬部長的表情冷淡而漠不關心，林玉歡的眼睛則閃閃發光，我知道意味著甚麼。

「有馬夫人為了不留下自己的指紋，所以會戴上手套，事後我將手套脫下帶走。我買過那種款式的手套，都是整盒出售。我帶走有馬夫人染血的那一雙，還有我使用的那一雙，其餘的十雙，我藏到放雜物的櫃子。我記得那是一個紅白條紋的外盒，還有廠商的標誌。我估計有馬先生不會注意到，所以應該還原封不動放在那裏。所以麻煩警視先生是否現在去看看。同時調查一下附近的商店，有馬夫人在死亡的前幾天，是否買了那種款式的手套。」

高森警視走向我所說的放雜物的櫃子，然後蹲下彎腰，拿出一個印著紅白條紋的12入外盒，裏頭果然有著十雙嶄新的乳膠手套。

「我知道從乳膠手套內部取得指紋雖然少見，卻仍有例可循。因為那雙染有血跡的手套，內部一共有十個指紋，還有兩個掌紋可以和有馬夫人的手指和手掌比對。當初，我不是整個脫下來，而是用剪刀仔細剪下來，放在塑膠袋中，然後密閉在茶色罐子，再小心翼翼地保存在我家的冰箱。」

高森警視想要說話，我用手勢阻止，自顧自地說：「這款乳膠手套由於防滑設計，所以有特殊的顆粒，因此警察也可從遺留在兇器的刀柄的顆粒狀印痕判斷，有馬夫人自殺時是否戴著我保留的那雙手套。我更大膽假設，你們不但可從手套內部找出和有馬夫人的指紋和掌紋，還可以從手套外部找出刀柄的痕跡。至於不同手套可能會有不同厚度、皺痕、脊線，便如同指紋，也可以拿來比對是否吻合。」

「果然像名偵探一般精彩。」高森警視拍手叫好。

「我不是名偵探，我只是為自己辯解的嫌疑犯。」

「所以是有馬夫人自己戴上手套？還是聽從你的建議。」

我不回答，但是聽到有馬先生呻吟了一聲之後，說：「這些都不重要，只要證明我沒有為了詐領保險金而殺妻就好！」

氤氳迷離中，我彷彿不斷縮小……不斷縮小……從遠遠的地方，伸過來一道長長的鐵軌。依稀中，那隆隆的火車正快速地，承載著一磊又一磊的煤渣，從飄著彷彿淚滴的細雨中，滑過節節的柵欄，向我奔來。車窗外是泥漿色的天空，還有蒼茫的白霧。然後，一聲聲摧心裂肝的汽笛……噴出來的蒸氣，徐緩地彌漫在灰涼的東京午後，把原本就看不見的富士山，撥弄得觸手可及。

林佛兒推理小說獎第三屆首獎作品

本作原載於《遺忘的殺機》（一九九二，林白出版社）

【解說】從故鄉到異國，葉桑的推理之旅

文／林崇漢

我忘了和葉桑第一次見面是在甚麼時候，應該是在台北龍江路的推理雜誌社。他給我的印象是個文雅木訥的文人，講話很有節制，氣質品格相當高尚，不像我認識的某些作家多多少少總會帶有幾分狂氣，他是沒有的。當時我已經不寫推理小說了，專心在中國時報畫插畫，還有分心在寫電腦程式，同時寫一部長篇科幻小說〈從黑暗中來〉，在自立晚報連載，雜務滿多的。

我這個人做事要人催促，否則會一事無成。倒是葉桑經常，應該說是比經常還經常地在推理雜誌上發表精彩的短篇，而且還得了兩次林佛兒推理創作獎（第一屆佳作）和（第三屆首獎）。得獎之後的葉桑創作力益發旺盛，並在短短數年連續出書，總共有十三本之多。

葉桑和我第二次見面是我被邀請到桃園文化中心演講，他特地蒞臨聽講。我演講完畢，彼此打了招呼，聊了一些近況。數年不見的葉桑，沒什麼太大改變，仍然有些木訥寡言的味道。令我感覺遺憾是，他不再寫作，專心工作，只有手癢的時候，在自已經營的部落格（碧葉春桑）寫寫雜文。不過我後來知道，他也在某某網路平台寫言情小說。只是他本人不說，我也裝著不知道。

前不久，葉桑透過友人知道我的電話。相談之下，非常高興得知葉桑在

七年前，以六五高齡重現文壇，以他筆下最知名的名探葉威廉再與讀者見面。這段期間，我拜讀了他近年來所發表的五本書，驚訝於他的改變。文筆變得靈活犀利，富有文學的感性筆調和多變的推理情節，我讀得手不釋卷，平均三天就看完一本。當葉桑邀我為他的新書《天堂門外的女人：葉威廉之事件簿（1983～1996）》寫解說，欣然同意。

本書的第四部包括〈路過天之涯〉和〈遺忘的殺機〉，本是林佛兒推理創作獎第三屆首獎作品〈遺忘的殺機〉的原稿，當時為了遷就徵文比賽中字數的規定，一分為二。故事前半段描寫一九六〇至一九七〇年代，台灣中學生的苦悶，我身歷其境，不得不佩服葉桑的觀察和勇氣（這就需要讀者親自閱讀和領略），我不在此爆雷。不過，可惜葉桑在原汁原味的母語寫作上，由於缺乏河洛話的正確字根，便出現礫敖難讀的台語對話，這是台語寫作的困難所在。譬如出現很多恁字，我知道是爾的錯字。台語本來就是正宗的中原語言，爾在草書的寫法即你去掉人字邊。而恁是你們的意思。除此之外，還有古早的台語歌曲，時空變遷，歌詞變更等等，然而當我和葉桑提起時，虛懷若谷的他立刻表示改進，或許當本書問世時，以上的瑕疵已不復見。因而我衷心希望葉桑能夠多寫一些以母語對白的早期台灣小說，以他的豐富的人生經歷和洗鍊的文筆，必然光耀文壇。

言歸正傳，本書最後一篇，也就是第三屆首獎作品〈遺忘的殺機〉，顯然經過精心改寫，將原文偏重心理性犯罪，增加了謎團的架構性，所以情節更加合情合理，更合乎犯罪推理小說的規範。從前一篇〈路過天之涯〉，描述一九六〇年彼時台灣的生活情趣，藉由主人翁成長的故鄉台北和新店，到後一篇〈遺忘的殺機〉，離家背井至日本東京的曲折意外的變化，產生天命註定的結果。推理的部分有日本高森警視的細膩推理和台灣青年邱健信理性分析，還有先前的伏筆，才得以破解日本主管家屬間，禍水東引的錯綜怪計，令我驚嘆不已。

葉桑停筆二十年後，寫作熱情更勝於當年，之後並以專業作家自稱，每年固定出書一冊。本書為葉桑從往日舊作的精選，改寫的筆法更加老練成熟。以連環小說的方式呈現，讓人一路讀來，行雲流水、勢如破竹，一發不可收拾。尤其是本書，不只是我推薦的第四部，其他三部的十二篇故事，我也一一仔細閱讀，篇篇一開始就烏雲密布，然後狂風巨浪，最後結束得流水無痕，順理成章，毫不雕琢造作。我個人認為是非常成功的推理極品鉅著。

作者簡介：林崇漢

知名插畫家、推理作家。代表作《收藏家的情人》。

要推理100　PG2785

要有光
FIAT LUX

天堂門外的女人：
葉威廉之事件簿（1983～1996）

作　　者　葉　桑
責任編輯　喬齊安
圖文排版　蔡忠翰
封面設計　蔡瑋筠

出版策劃　要有光
發 行 人　宋政坤
法律顧問　毛國樑　律師
印製發行　秀威資訊科技股份有限公司
114台北市內湖區瑞光路76巷65號1樓
電話：+886-2-2796-3638　傳真：+886-2-2796-1377
http://www.showwe.com.tw
劃撥帳號　19563868　戶名：秀威資訊科技股份有限公司
讀者服務信箱：service@showwe.com.tw
展售門市　國家書店（松江門市）
104台北市中山區松江路209號1樓
電話：+886-2-2518-0207　傳真：+886-2-2518-0778
網路訂購　秀威網路書店：https://store.showwe.tw
國家網路書店：https://www.govbooks.com.tw
總 經 銷　聯合發行股份有限公司
231新北市新店區寶橋路235巷6弄6號4F
電話：+886-2-2917-8022　傳真：+886-2-2915-6275

出版日期　2022年7月　BOD一版
定　　價　440元

讀者回函卡

Printed in Taiwan

國家圖書館出版品預行編目

天堂門外的女人：葉威廉之事件簿（1983～1996）
/葉桑著. -- 一版. -- 臺北市：要有光, 2022.07
面； 公分
BOD版
ISBN 978-626-7058-31-2(平裝)

863.57 111008195